D1662500

Hauptstraße
Nebenweg
Pfad

XX km

Kolberg

Stettiner
Haff

Rega

Stargard

Stettin

Stolpemünde

Stolp nach Danzig

Köslin

Schwellin

Neustettin

Nord-Hinterpommern

HANS PLESCHINSKI

PEST UND MOOR

Ein Nachtlicht

HAFFMANS VERLAG

Geschrieben 1983/84.
Der Anfang erschien unter dem Titel
›Ellen von Kolberg und Körlin‹
im Frühjahr 1984 als Vorabdruck in
›Der Rabe‹ Nr. 6.
Die Erstausgabe erschien 1985
im Haffmans Verlag.

Veröffentlicht als
HaffmansTaschenBuch 14, Sommer 1988
Konzeption und Gestaltung von
Urs Jakob
Alle Illustrationen von
Tatjana Hauptmann

Herstellung: Ebner Ulm
ISBN 3 251 01014 X

1 2 3 4 5 6 — 93 92 91 90 89 88

Man kennt es ja, man weiß Bescheid: Kolberg!

Doch beileibe nicht schon immer war diese Stadt an der Ostseeküste die herbe Attraktion, das sicherlich auch etwas ungeschliffene Juwel Hinterpommerns gewesen. Und wahrlich nicht seit je konnte die Volksweise »In Elbing war's mir zu dumm/drum treib ich mich in Kolberg rum« als gültiger Beleg für die gewisse Lebenssüße dieser so enorm nordöstlichen Backsteingemeinde gelten.

Eine ganz andere Rauhigkeit und vertorfte Entlegenheit herrschten hier nämlich in jenem schwindelerregend weit weg gesackten Jahre, in welchem der namenlos gebliebene Stadtchronist mit seinem Gänsekiel und voller Bangigkeit auf sein Pergament die düstere Zeitung krakelte:

»Da hatt im Jarre des zornigen Härrn 1348, alswo die Pestseuchen schon gantz Mecklenpurg mitsamten synem hôhen Hertzôg nydergestrekket hatte, die Markgräffyn dero seltzamen Einfall mit die Spitalssürprise gehabt und hatt in dero Statt Kolberck manniglich Verwirrung und Wahn anricht. Gott sey nun mit uns. Erparm dich Härre, errett dyn irdisch Jammerthal.«

Diese Markgräfin Irene, in einigen Geschichtswerken auch unter dem Namen Ellen von Kolberg und Körlin geführt, von deren Spitalssürprise die Chronik nur ominösen Wehruf zu vermelden weiß, tappte in einer dieser eisigen Dezembernächte 1348 behutsamen Schritts und fröstelnd ihrem Alkoven entgegen. Kaum vermochten ihre Augen im senfhellen Schummer der Talgfunzel, die die alte Aufwärterin Christiane ihr vorantrug, all die tückischen Dellen und Huckel in den Eichenbohlen auszumachen. Die rostige Eisenzange, mit der Christiane vorm Schlafengehen ihrer Herrin noch flink all das Käferzeug knackte, das sich über Tag im Bettkasten angesammelt haben mochte, warf verbogen ihren henkerhaften Schatten über die Lehmwände der fürstlichen Kemenate.

Im alten Rom, bei den Cäsaren, murmelte die noch junge Reichsfürstin und glaubte, über den Nacken ihrer Amme etwas Spinnenartiges krabbeln gesehen zu haben, solle es viel weniger Ungeziefer gegeben haben.

Das sei so ein rechtes Geschwätz, antwortete die Christiane, ohne sich auch nur zur Herrin umzudrehen: Wo Mensch, da Vieh! Leben gehöre zu Leben, und der Herr habe sich schon sein Teil dabei gedacht, Floh und Spulwurm mit auf die Arche zu schicken ... Und da solle sich wundern, wer da wolle, fügte sie nach einer gedanklichen Kehrtwendung noch hinzu, wenn's bei den vermaledeiten Heidenprinzen nicht einmal die ehrlichen Filzläuse am gottverlassenen Schwengel ausgehalten hätten!

Im Namen der Zweimal Guten Himmelsfrau spuckte Christiane zweimal über Kreuz aus. Ihr Speichelnaß gefror auf dem Holzboden sogleich zu acht hellen Flecken. »Ei«, frohlockte die Alte und blieb stehen, »da werden heute nacht auch die Wölfe steif frieren, daß man die Brut morgen vorm Kösliner Tor wie die Brombeeren wegpflücken kann. Ja, heult euch da draußen nur den Schlund heiser ...«

Sie solle nur sowas erzählen, gab die Markgräfin wenig begeistert zurück und rieb sich selbst die Schultern warm: Wie die Brombeeren wegpflücken hätten sie gestern früh auch den Färbermeister Gerold und sein Weib können, die mitten im Bettzeug zu zwei Zapfen erstarrt wären ... Da solle es im Burgundischen regelrechte Kohlenpfannen geben, die man sich dort winters mollig unters Bett schiebe ...

Christiane gab auf solche Rede ihrer Herrin keine Acht. Seit ihrer letzten Messereise ins große und eitle Stralsund hatte Irene nur doppelt so viele neumodische Flausen im Kopf.

Unversehens mußte die Alte ihr blakendes Talglicht vor dem Auslöschen retten. Wie aus dem Ostseepackeis waren ein paar Windstöße durch die Mauerschlitze hereingezwirbelt, so scharf, daß selbst die Eichenbohlen schmerzlich aufzuschreien schienen. Den Dezemberwind schicke der Teufel, wußte die Alte zu melden, und mit Vorwurf sagte sie nach hinten zur hohen Frau: »Gehst Sankt Martin nit zur Messe, haut der Frost dir in die Fresse.« Aber die Markgräfin nahm's nicht wahr:

Den Leib quer durch die Bärenfelljoppe vom Eiswind wie aufgeschlitzt, rief sie zusammengekrümmt, klamm und ohne Besinnung: »Kaffee! Heißen!«

Sich langsam wieder aufrichtend, war's Irene das Einleuchtendste überhaupt, daß das Nonnenvolk in all den eisigen Klöstern nur selten mehr als vierundzwanzig Lenze durchstehen wollte.

Sie gewahrte, daß Christiane sich ganz zu ihr umgewandt, die Runzeln ihres Gesichts dicht zusammengezogen hatte und mehr mit Angst als mit ihrem üblichen Grimm nachfragte, was das denn nun wieder für ein Stralsunder Gefasel gewesen sei, von Kamffee, heißem?

»Habe ich denn was geredet?« fragte Irene verstört nach, »Kaffee? Was soll das wohl sein? Mein Gott, die, der oder das Kaffee gibt es doch gar nicht. Da könnte ich ja auch gleich Kracksfax sagen ... das gibt's ja auch nicht ...«

Zu Recht wurde der Magd vor dem Kauderwelsch ihrer Herrin bange, und bestimmend rief sie, die möge jetzt lieber rasch in die Pfühle schlüpfen.

»Ach, laß mich noch einen Blick auf mein liebes Kolberg werfen, unsre gute Stadt«, entgegnete unruhig die Markgräfin, erinnerte sich beklommen, daß sie selbst in Stralsund nie von einem Kaf- oder Kamffee gehört hatte, und trat mit eng verschränkten Armen und bläulichen Lippen vors Fensterloch. Auf dem Sims sah sie noch das gehackte Blei herumliegen, das ihr bei der bis dato letzten Belagerung die Ordensritter in die Burg katapultiert hatten.

»Gottogott, ist ja wirklich stockduster«, sagte sie und mußte sich mühen, ihre Stadt zu erblicken. Kolberg, ein Schlammzuber am trübsinnigsten aller Meere, voll von Hotten und Zotten, hatte der kölnische Hanse-Sekretär nach

Hause geschrieben, wie sich die Markgräfin laut ins Gedächtnis rief, und sie wischte sich den Schleier, der ihr von ihrer Spitzhaube ins Gesicht geweht war, aus den Augen.

Der Kölnische möge nur sein Mucken lassen, fuhr die alte Dienerin dazwischen: Daheim die Pest, aber in Pommern das große Maul.

Irene machte ein Pst-Zeichen und beugte sich weiter aus dem Mauerloch vor. Mit Anstrengung unterschied ihr Auge nun die schwarzen Giebel unter der Burg von der ebenso schwarzen Nachtluft.

»Da soll einer lustig bleiben, wenn meine Bürgerschaft um halb acht die Feuer löscht und auf den Strohsack kriecht!« Irene verzog den Mund. Kurz bedachte sie bei sich, wie's wäre, wenn man unten in der Stadt durchgehend etwas illuminieren würde – so zum Trost von Augen und Sinn. Drei oder vier gute Pechfackeln wären rasch am Kornmarktbrunnen angebracht, und der städtische Anschluß an Brügge wäre nicht völlig verpaßt.

In mondäne Gedankenspiele versunken, auch noch immer ihrem nebulösen Ausruf von vorhin hinterhersinnend, überlegend, ob sie dabei eher an etwas zum Essen oder zum Trinken gedacht hatte, zuckte ihr Gesicht plötzlich zurück. Knapp vor ihrer Nase flatterte schreiend vom finsteren Liebfrauenglockenstuhl ein Heer von Krähen zum schier noch finstereren Burgfried hinauf.

Ein lautes Gequieke und Geschnatter ließ den von so viel so gearteter Wirklichkeit eingetrübten Blick der Markgräfin abrupt nach unten zielen. Tagsüber schillerte dort an der Burgmauer ein weiter Teich aus vereister Jauche, deren Gestank ihr schon diesen Sommer immer häufiger – wenngleich sie doch schon als Kind mit allem Dung Wand an Wand gelebt hatte – merkwürdig, ganz eigentümlich lästig vorgekommen war.

Mitten unter den Schweinen und Gänsen, die sich dort in die dampfenden Mistberge eingebuddelt hatten, glaubte die Fürstin, jetzt auch eine menschliche Gestalt sich regen zu sehen. Ja, es mußte ein später Zecher sein, der seinen Weg nach Hause nicht mehr fand, dem die Hosen heruntergerutscht waren und der sich nun mit blankem Arsch im warmen Dung ein bequemes Nachtlager grub.

Das sei ja der Meister Leberecht, der Garkoch vom Kreuzspital, lachte die neugierig den Hals herausreckende Christiane. Der backe, dafür stehe sie ein, wenn er sein Bier ausgepißt habe, die saftigsten Schmalzfladen von ganz Kolberg.

Und grabsche dann morgen früh mit seinen Scheißfingern mitten rein ins Schweinefett, ergänzte Irene und zog die Brauen genauso in die Höhe, wie sie es bei einer Stralsunder Senatorsgattin gesehen hatte, als deren Mann auf dem Festbankett zu Ehren einer hennegauschen Gesandtschaft ihr grölend einen abgenagten Wildschweinknochen in den Schoß gerammt hatte.

»Ihr habt heute stockiges Blut«, sagte Christiane, neigte sich zum Ohr ihrer Herrin und flüsterte, daß sie da ein geheimes Pülverchen von gestoßener Huhnkralle habe, mit dem das klumpigste Blut wieder zum Springquell werde.

Irene schüttelte den Kopf. Nein, nur der Winter drücke ihr ein bißchen den Gallensaft ins Mark, weiter sei nichts, und Mistkrümel im Frühstücksfladen, ob das denn wirklich so wünschenswert sei?

Arsch und Maul, das gehöre zusammen wie Peter und Paul. Aber jetzt nur endlich in den Kasten, dirigierte Irenes Milchmutter. Namenlos mißgestimmt, daß um sie herum, diese Gegend, und jede Gegend, daß auch sie selbst, Christiane sowieso, ja sogar das als so wegweisend gepriesene Stralsund mit seinen unzähligen Türmen und Toren so merkwürdig unfortgekommen, ja, wie nach hinten festgenagelt schienen, schlurfte die Markgräfin von Kolberg und Körlin, die noch immer unvermählte Tochter des Komturs von Thorn, der anno 41 bei Nowgorod vor den eigenen Rammbock geraten war, zum Alkoven.

Mir fehlt der rechte Begriff, dachte sie, aber obwohl 1348 natürlich so modern ist wie nichts Zweites, ist es doch alles nicht richtig befriedigend, irgendwie geradezu bedrückend in sich selbst verfangen und verhangen.

Der pfeifende Dezemberwind draußen hatte sich zum regelrechten Wintersturm entfaltet und schickte seine Schübe von Frost herein. Diese Luft in der noch ganz frisch geweißelten Kemenate, empfand sie schnuppernd, diese Luft, sie roch ja geradezu nach dubiosen Pülverchen von gestoßener Huhnkralle, nach herumliegendem Märtyrergedärm, Hexenprozessen mit klarem Ausgang und Fleischresten in den Daumenschrauben. Und wenn wir über kurz oder lang auch noch die Pest hier haben, krampften sich die Gedanken der Markgräfin zusammen: Dann Gute Nacht, Irene!

Während sie nun selbst mit ihrer Kopfarbeit nicht mehr zu Rande kam und obendrein mit dem rechten Schnabelschuh an einem Astloch festhing, klappte die alte Christiane seelenruhig die Verschläge des Alkovens auf. Hurtig machte sie sich ans Knacken der Käfer, die tatsächlich wieder zuhauf aus der Strohlage heraufgekrochen waren.

»Du, Christiane«, fragte, wobei sie sich die Blusenärmel aufschnürte, leise die Landesherrin, »wie ... wie fühlst du dich denn so, ich meine ... hier mit der Burg, dem Kot auf den Gassen, den starr auf die Achsen genagelten Wagen, dem öden Hirsebrei zum Frühstück und den Ordensrittern jedes Frühjahr?« Christiane warf ihrer Herrin vom Alkoven her über die Schulter einen schrägen Blick zu und klemmte sich die Käferzange unter die Achsel.

»Versteh mich recht, Alte ... Ich will nur wissen, ob's dir ganz wie mit rechten Dingen vorkommt, daß ich hier die Burgfrau von Kolberg bin, du ihre treue, schon völlig zahnlose Magd, die seit je nach Kuhmilch stinkt und vor den Mongolen Angst hat. Nein, ach, ist das schwer zu sagen: Was soll man denn davon halten, daß die Welt so eine große, glatte Scheibe ist, von der am Rand alles runterfällt, daß keiner weiß, was zum Beispiel dieser Kaffee ist, daß wir denken, es war ja goldrichtig, daß die alte Böttgerwitwe Regine im Herbst ins Trudenfeuer mußte?«

»Die Vettel hat bei jedem Vollmond mit bösem Gemurmel ihr fettes Geldkistlein durchs Haus geschleift und auf den Spiegel schlimme Zeichen gemalt ... Die Schwiegertochter hat's schließlich selbst dem Magister hinterbracht«, mahnte Christiane und blickte beschwörend zum Kruzifix in Irenes Alkoven.

»Das wissen wir ja«, nickte die Markgräfin und kam mit dem Auskleiden kaum voran, »aber nicht nur von den Hexludern, sondern auch vom Magister Berthold, der ihnen beim scharfen Fragen mit seiner Streckbank auf die Schliche kommt, geht irgendwie ein dumpfer Mief aus. Findest du nicht?«

Eisern schüttelte Christiane den Kopf, wandte sich der Herrin zu und half stumm, die Rückenschnur ihres Kleids zu lösen. »Versündigt Euch nicht!« zischte es plötzlich. »Auch mit Euren Lustbarkeiten treibt Ihr's längst zu toll. Das geht in die Grütze. Wer bis tief in die Nacht vorm Schach sitzt, dem ist der Gefallene Engel leicht näher als der Petersherr in Rom.«

»Bis tief in die Nacht! Christiane! Es hat kaum neun geschlagen! Ist das wirklich spät, nur weil schon immer alle schlafen? Und dann Schach! Ich bitt dich, Alte, wenn's einen Rundfunk gäbe, würd' ich jetzt noch Pavane schreiten wollen ...«

»Was!« rief Christiane aus, »was gäbe?« und angstvoll preßte sie ihre Hände auf den schlotternden Leib ihres fürstlichen Milchkindes.

»Ja, was?« hatte schon ebenso laut die Markgräfin zurückgerufen, hatte ihre Hände gegen die Schläfen gedrückt und taumelte nun ein wenig.

Nachdem sie mit Mühe Christiane davon abgebracht hatte, den Burgbader wachzurütteln, der seinen Patienten, wie man wußte, beim Anzeichen eines Schädelkrampfs gern zu einem mit etwas Muschelkalk versetzten Binsengelee riet, mußte Irene es geschehen lassen, daß ihr die Alte wenigstens die Quarzröhre mit dem darin eingeschmolzenen Zahn des heiligen Pedro von Aranjuez ins Bettzeug packte.

Irene von Kolberg legte sich ermattet nieder. Fest zog sie von innen die Verschläge zu und sah sich nun mit noch heftig hämmerndem Herzen in einer Bettkastenfinsternis liegen, die sie als schlichtweg schaurig empfand. Was hatte sie da alles gesagt? Sie wußt's nicht mehr genau, und dafür dankte sie der jungfräulichen Weltenkönigin mit einem Stoßgebet. »Ich spinne ja«, flüsterte sie dann, drückte mit der rechten Hand zuversichtlich die Röhre mit dem geweihten und kostbaren Pedro-Zahn und entschied sich, das Geklapper der vom Eissturm gerüttelten Alkovenflügel für das selbstverständlichste Burggeräusch zu nehmen.

Meine Großmutter hat 1282 akzeptiert, da werde ich wohl auch mit 1348 zu Rande kommen können, sprach sie sich zu und nahm sich nun vor, einschlummernd ganz fest an einen schlanken und jungen und bildhübschen Ritter zu denken, um dann, wie sich's gehörte, davon zu träumen, wie er sich seine blonden Locken unter den Helm stopfte, wie er sein nach dem letzten Schrei mit Tigermotiven geziertes Visier herabließ und elastisch seine Lanze hob.

Während draußen mit heiserem Gekrächz zwei Krähen starrgefroren von den Dachzinnen in die Tiefe fielen, schloß Irene von Kolberg voll innerer Glut die Augen.

Auf ihren Lippen leise das Wort »Minne«, sah die Komturstochter den blank geschienten Mann immer näher und näher auf sich zu kommen, sich alsbald zu ihren Füßen aufstellen, breitbeinig über sie treten, sich mit schmirgelnden Stahlgelenken zu ihren Hüften niederknien, und schon spürte sie, wie unter seinem gleißenden Panzer er ganz nackt war. Mit beiden Händen hob sie ihm den schweren Helm samt Federbusch vom Kopf und sah das weichste Lockenhaar über seine eisernen Schultern wallen. Die Spitze seines Geschlechts, die sie warm und weich unter der ovalen, eisernen Schamkapsel hervor an ihren Bauch rühren fühlte, bekam Kraft und begann ein zartes Bohren in ihrem Nabel. Lange Seufzer und ein »Min Trobador«-Gelispel kamen über ihre Lippen, ihre Finger faßten um die Lederriemen am Bauchpanzer des jungen Ritters und zogen und schüttelten, daß sein hoch erhobener Kopf lächelnd vor und zurück wippte. Mit einem Ruck riß sie den knienden Mann zu sich, und in all seinem Harnisch schmetterte er ihr schwer auf die lustvoll nackte Brust. Stich rein, stich doch, stich mich tot, daß es mir oben zum Hals wieder rauskommt, bohr zu, treib das Monstrum hinein, pfähl mir deinen stummen Drachen durch den Bauch, stöhnte sie, spieß sie auf, die hohe Fürstin, und sie wühlte durch das blonde Haar, oh, welche Lust mit diesen jungen Rittern, hei, wie blank und stramm die kalte Eisenhaut, gib den Federbusch, ich freß ihn dir, ja, pack meine Gurgel mit der Eisenhand, schlag deiner Irene-Stute nur die Sporen in die Flanke, ei, wie der Fleischberg hüpft, hei, ein Balken, ein Lindwurm, den du trägst, rutsch rauf, Arsch und Maul gehören zusammen wie Peter und ...

»Irene!« rief der blasse Jüngling in den plötzlich wieder akzeptierten Christiane-Ausspruch, »Irene!« und richtete sich langsam im Bettkasten auf, daß er steil über dem Busen der Markgräfin zu knien kam, die nichts vernommen zu haben schien und ihm statt dessen mit beiden Händen zwischen die Beine fuhr. »Irene!« hub er wieder an, als spüre er nichts. »Ich bin tot, bin ein Toter, ich bin tot, seit mehr als sechs Jahrhunderten tot. Geh, Irene, ganz abgewetzt schon wirst du im Westchor von Sankt Georg die Grabplatte des Sebastian von Ulrichsdorf finden, eingesunken zwischen den Bodenplatten. Unkenntlich, Irene, sind schon Inschrift und mein steinernes Abbild. Ich starb doch im Jahre 1348, als die Pest nach Kolberg kam. Irene, wende sie ab! Hilf! ...«

Kalt lief der Markgräfin der Speichel aus dem Mund, und nur schlaff hingen ihr die Fingerspitzen zwischen den apfelfrischen Arschbacken. »Du mußt die Stadt säubern!« redete es von oben auf sie nieder, »daß die Ratten verschwinden. Du mußt Licht schaffen, Desinfektion und deine Ärzte schulen. Irene, du brauchst Elektrizität, daß alles modern und heller sei. Hier!« und der hart auf ihr kniende Ritter zog mit einem Griff eine Tablettenröhre mit Antibiotika und eine strahlende Glühbirne unter seinem Brustpanzer hervor.

»Neuzeit! Neuzeit!« rief er laut mit Flehen aus, »lösch sie
aus, diese Elendszeit. Laß mich doch nicht sterben an der
Pest, ich bin doch erst neunzehn, laß mich mit dir tanzen
gehen und Platten hören und nach New York hinüber-
fliegen ...«

Mit einem fürchterlichen Rülpsen wachte die Markgräfin
auf. Sie fand sich aufrecht im Bett sitzen. Ihr war speiübel,
ihre Stirn war feucht, mit der rechten Hand umklammerte
sie noch immer das Quarzrohr mit dem Sankt-Pedro-Zahn.

Das kaum durchgestandene emotionale Wechselbad bebte
in der norddeutschen Reichsfürstin nach. Sie heulte los,
denn da saß sie nun mutterseelenallein, ohne den jungen
Ulrichsdorf in ihrem Alkoven.

Ihr Tränenfluß strömte noch heißer, als sie sich gewahr
wurde, daß nun ja bald der keckste junge Knappe dem
hereinbrechenden Schwarzen Tod ausgeliefert sein würde.
»Alles rafft er hin, alle, alle, die Wüstenei macht er aus dieser
Welt!« schrie sie jammernd auf und sah vor ihrem geistigen
Auge Brüste, glänzende Augensterne, üppige Hoden, spie-
lende Kinder, schimmerndes Haar, schwatzende Mütter und
kesse Nasenspitzen zu einem Schleim zerfallen.

Noch nirgendwo hatte die von Venedig, Genua und Lucca
heraufziehende Seuche haltgemacht. Frankfurt rauchte, Prag
lag darnieder, Mainz war kalt, und vom so nahen Stettin
ging auch schon böse Kunde.

Das Rascheln der Mäuse in ihrem Bettstroh, ja nun auch
das an die gottbefohlene Ewigkeit gemahnende Geklapper
der vom Wind bewegten Alkovenflügel brachten die Markgräfin wieder zu etwas mehr Besinnung. Der Mensch mußte
handeln, mit seinen Händen fest in die Speichen des Höllen-
rads greifen, und sie hatten in Kolberg die rudimentärsten
Maßnahmen gegen die Beulenpest schließlich schon getroffen: Die fünf ansässigen Juden waren ins Verlies geworfen,
ihre Barschaft den Barfüßigen Karmelitern von Körlin überlassen, zwei Zigeuner geviertelt, ehe sie die Brunnen hätten
vergiften können, ja, auch die Ärzte hielten ihre Schnabelmasken und Schwefelbecken parat, die Bewegung des Saturn

war völlig unter astrologischer Kontrolle, der Etat fürs Passionsspiel aufgestockt.

Bei der Erinnerung an den Moment, in dem der holde und ihr unbekannte Sebastian von Ulrichsdorf merkwürdige Dinge unter seinem Brustharnisch hervorgezogen hatte, riß Irene trotz aller einlullenden Vorkehrungen, trotz aller bitterkalten Dunkelheit um ihre Lagerstatt, weit und verstört die Augen auf. Nicht eher als jetzt hallte ihr das Wort »Neuzeit« durch die Ohren. Jetzt war doch neue Zeit.

Die Markgräfin verfiel in ein hastiges Grübeln. Sie stieß die Alkoventüren auf. Messerscharf schnitt ihr der Wind ins Gesicht. »Das ist nicht der denkbar höchste Standard«, sagte sie. »Der Sturm, der durch die Schießscharten in mein finsteres Bett braust und mir mit vierzig das Fleisch mürbe gemacht haben wird, wenn mich nicht schon früher bei fünf Monaten Pökelfleisch im Jahr der Skorbut holt ... oder die Pest.«

Mit dem Finger, den sie auf die geöffnete Bettklappe gesetzt hatte, malte sie wehenden Haares in die darauf liegende Staubschicht jene eigentümlichen Wörter des Ritters, des Geists: E-leck-tri-sitet und Desin-vek-zion.

Verwundert sah sie dort im dünnen Mondlicht beides von ihr hingeschrieben. Dann schüttelte sie den Kopf. »Ich träume!« sprach sie laut: »Ich, die Markgräfin von Kolberg, geboren Sankt Bonifaz Anno Domini 1315, träume, was es nicht gibt.« Beruhigt über diese aus keiner Ursache beruhigende Feststellung, grimmig über den – sie wollte beinahe sagen satanischen – Aberwitz ihres Nachtmahrs, klappte sie ihr Bett wieder zu, legte sich ostentativ müde zurück und kuschelte ihren Kopf ans Keilkissen. »Scheißspiel«, nuschelte sie, die Bocksfüßler sollten eine gottesfürchtige und regierende deutsche Burgfrau in Ruhe ihre Sorgen überschlafen lassen. Als ob ich mich nicht schon genug placken müßte ... Auch noch den Himmel stürmen sollen, um das Nicht-Mögliche herunterzuholen, wie's ist, soll's nun mal sein ...

»Irene! Hier, Irene, schau, das soll übers Jahr alles Moder sein und Grabesschlick?«

Die Markgräfin wollte eben ein abwehrendes »Weg, kusch!« ausrufen, konnte aber nicht, verspürte, daß warm und fest ein zweites Lippenpaar auf ihren Lippen lag. Rings um ihr Gesicht, das soeben noch den Himmel nicht hatte stürmen wollen, erkannte sie eine flimmernde, sie berauschende Gardine aus blondgelocktem Haar. Gelähmt blieb sie unter diesem wunderherrlichen Zelt liegen und wisperte alle hellen und dunklen Vokale. In ihre vulkanische Leibesmitte schob ein Glied sich ein, und kühles Eisen hob und senkte sich auf ihrem Bauch. »Hast du es behalten, Irene: Desinfektion, Elektrizität, Antibiotika!« Der Mund, der das sprach, war so süß und feucht auf den ihren geleimt, daß sie stumm alles mitgesprochen hatte. »Komm, Irene, dies ist die helle Welt!«

Weit sprangen die Alkovenverschläge auf. Licht blendete herein. Wärme legte sich nieder. Musik war erklungen. Auf sein federndes Glied gespießt, wurde die Markgräfin von ihrem Bezwinger emporgehoben und langsam vor ihm her aus dem Bettkasten in die Kemenate geschoben.

Strahlende Lichter hingen in Kristallgehäusen an langen Schnüren von der Decke, standen auf silbernen Stelzen in den Ecken und blendeten nach unten und oben und um sich herum, beigefarben spannte sich ein flauschiger Teppich quer durch den Raum, neben einer niedrigen weichen Lederbank standen Gläser mit Eiswürfeln und einer roten Flüssigkeit, zwei weiße Weihrauchstäbchen lagen glimmend, mit bläulich aufsteigenden Spiralen in einer Aschenschale auf dem Tisch. In einem länglichen, schwarzen Kästchen auf einem Regal sprang feurig dämmernd, mit einem irisierenden Punkt in der Mitte, die Ziffer 23.59 um zu der Ziffer 00.00. Die Markgräfin wollte sich die Hände vors Gesicht schlagen und hatte plötzlich nur den jungen Recken umschlungen, dem die Rüstung fehlte, der mit bloßem Oberkörper vor ihr stand und mit seiner Hand vorn in seinen ausgebleichten bläulichen Beinkleidern eine zwiefache Spur von Bronzezähnchen zu einer geschlossenen Naht zusammenzog.

Lautloses Geschrei formte sich auf ihrem Mund. Die Finger ihrer beiden Hände spreizten sich. Sie hatte an sich hinuntergeblickt, hatte zwetschgenfarbene Lackstiefelchen an ihren Füßen gesehen und darüber eine schwarzsilbrige, hauteng Hose, gewirkt aus kühler Faser von Kunst. Die Finger griffen platt auf ihren Bauch, wo ins weiche Weiß einer schlabberigen schnur- und knopflosen Überziehjoppe tiefrot ein Hase mit einer Möhre gedruckt war.

»Ein Sweatshirt«, sagte der junge Ritter, »und richtige Nylonjeans. Komm, tanz mit mir«, und er schob seine Arme über ihre Schultern, legte in ihrem Nacken die Hände zusammen, drückte sein Kinn in ihr Haar und wiegte summend auf der Stelle von einem Bein aufs andere. Rasend klang es wie aus seinem linken Arm gleichsam tickticktick in ihr rechtes Ohr hinein, und in ihr linkes hörte sie ihn flüstern: »Dir wird der Mantovani-Sound gefallen.« An seinem breiten Rücken vorbei erblickte sie, wie seine Hand nach einer scharf zugeschliffenen, mit Abertausenden von Rillen ziselierten Diskusscheibe fassen wollte.

Die Markgräfin von Kolberg machte einen Satz rückwärts, sackte in die Knie, wurde wieder zärtlich hinaufgezogen und von ihrem Begleiter, der die Wurfscheibe abgelegt, sich sein Dampfstäbchen genommen hatte, ins Badezimmer fortgeführt.

»Nimm das, ein Aspirin plus C«, sagte er, riß ein biegsames Silberfutteral mitten entzwei und ließ vor ihren Augen die aufzischende Oblate in ein Wasserglas fallen. Die starke, ruhige Hand fest in ihrem Nacken, flößte er ihr die sprühende Flüssigkeit ein, während ihre aufgesperrten Augen über riesige Flächen glasklarer Spiegel glitten, aus denen die gelblichen Sonnenstangen widerschienen und in denen sie ihren Kopf mit der sommerbraunen Manneshand im Genick unsagbar oft unendlich viele Meilen weit bis hinter die Wände fortgespiegelt sah. Ihre Nase sog die Düfte wundervoller Seifen und Herrenwässerchen ein, ihre Füße standen in weichem Flausch, und ihr Kopf brauste und schmerzte vor Licht und abermals Licht. Der Anblick eines riesigen

Auges inmitten einer weißen, brummenden Truhe, in dem eine eingefangene Quelle mit bunten Flecken irrwitzig sich im Kreise schleuderte, ließ die Augäpfel der Markgräfin nach kurzem Mitrotieren nach oben wegrutschen.

»Diese elektrische Bewegung ist jetzt wohl noch zu schnell für dich, das ist eine Waschmaschine«, sagte der junge Mann und hatte rasch, die erneut nach hinten wegsinkende Markgräfin fest im Arm, ein großes Handtuch über das wirbelnde Auge geworfen. Halb umgefallen starrte die Markgräfin mit schwindligen Augen zu einem immensen, schneeweißen Trog am anderen Ende des Badezimmers.

»Das ist die Badewanne, Irene. Morgens steigt man hinein, wäscht sich, braust sich mit heißem Strahl ab, cremt sich ein und ist sehr erfrischt. Das da, das ist eine getestete Bürste für die Zähne, und dort hinter den Spiegeln ist ein Schrank, da sind hygienische Pflaster drin, antiseptische Salben, Zellstofftücher, eine Packung Tampons für dich, hauchdünne Pariser, damit jeden Tag die Empfängnis verhütet werden kann, für dich neue, lange Wimpern und gute Vitamintabletten. Schau«, sagte der riesengroße Schöne nach unten, zu der mit ihren ein Meter vierundfünfzig doch außerordentlich hoch gewachsenen Markgräfin, und strich ihr über den Mund, der ohne Ton die Worte ›neue Wimpern‹ nachbuchstabieren wollte, »schau, wenn du noch ein paar Jahre lang im Winter nur Salzfleisch und gedörrtes Gemüse ißt, weil nichts anderes da ist, dann werden dir sehr bald alle Zähne ausgefallen, und du wirst ganz ausgemergelt sein, mit fünfundvierzig eine mürbe Greisin. Das hier hilft«, sagte er, nahm die Zahnpastatube aus dem Becher, drehte sie auf, hielt sie der Markgräfin zum Dranriechen unter die vibrierenden Nasenflügel und legte sie ihr in die Hand. Mit stummem Schreck drückte Irene fest zu, und zuerst mit einem Graus, dann mit einem Wohlgefallen verteilte sie die von roten Streifen durchzogene, würstchenförmige Masse in ihrem Handteller.

»So ist das falsch, Irene«, sagte der junge Fremde und wischte ihr mit seinem Schneuztuch die Hand sauber. »Das

Spülklosett darfst du nachher allein ausprobieren, wenn du wieder mutiger bist«, sprach er dabei und nickte zu einem gleißenden Stuhl hinüber, um den ein sichelförmiger Teppich gelegt war, in dessen Gewebe Irene eine Ente erkannte, die einen knappen, blauen Kittel trug.

»Das ist Donald, der immer Pech hat und vielen Spaß macht.«

Willenlos ließ sich die Markgräfin von dem ruhig aus seinem Mund qualmenden Jüngling in die grell ausgeleuchtete Kemenate mit dem daunenweichen Fußboden zurückziehen. Unter einem Schwall von Wärme fühlte sie die Haut ihrer Beine, ihres Rückens, ihrer Wangen weich werden.

»Kaffee«, fragte der lange Mensch, »oder Campari?«

»Kaf...fee?« war der erste Laut, den Irene herauszubringen imstande war. »Ich habe doch vorhin der alten Christiane ...« sie tastete um Halt nach der Wand, drückte dabei etwas ein und sackte mit einem gellenden Schrei im Pechschwarzen zusammen.

»Ruhig bleiben, Irene!« hörte sie, dann nach einem kleinen Getöse im Dunkel: »Die Augen zu. Es wird wieder hell!« Sie sah es um sich aufblitzen und hatte die nackten Füße des Fremden vor ihrem Gesicht. Der half ihr mit behutsamen Griffen, wobei ihr Antlitz seinem Körper entlang emporgezogen wurde, wieder vom Teppich auf und sagte dann zu der noch mit den Augenlidern zuckenden Markgräfin: »Christiane! Was ist das doch für ein mittelalterliches Geschöpf gewesen. Ein Staub nur, an den sich seit einem halben Jahrtausend und länger niemand erinnert. Die verlauste Christiane ... Den Kaffee mit Zucker? Ich meine, mit einer Art weißem, körnigem Honig?«

Er führte sie zu dem niedrigen Tisch, schenkte ihr aus einer durchsichtigen, zarten Karaffe ein und streute von einem Löffelchen weiß blinkende Brillantkörnchen zu Tausenden in die dampfende, braunschwarze Flüssigkeit.

»Wie das anregt!« rief die Markgräfin nach dem ersten Schluck, nippte mit spitzen Lippen noch einmal und drehte die wundersam schimmernde und linnenweiße Trinkschüssel in ihren Händen. »Kommt wohl aus Italien, wo immer das Neue ... Und meine Christiane kennt keiner mehr?«

Sie brachte die Sätze nicht zu Ende. Der Fremde hatte lächelnd den Kopf geschüttelt, hatte die Füße auf ihre Knie gelegt und freundlich ihre Siegelhand gefaßt: »Kaffee«, sagte er jetzt und danach sehr langsam die Worte, »importieren wir aus Amerika. Von da stammen auch die Kartoffel, die Menschenrechte und die Geschlechtskrankheiten.«

»Am-menschi-toffel ...« stotterte Irene, fand ihren Rosenkranz nicht um ihre Hüfte hängen und erblickte an der Wand neben dem Tisch eine Landkarte. Blindlings patschte sie mit ihrer flachen Hand darauf und sagte, wie um nun auch einmal sich einschalten zu können: »Da, das Heilige Römische Reich!« Mit einem Auflachen beugte sich der Fremde vor, nahm ihre Hand ganz in die seine und tippte mit ihrem Zeigefinger auf einen kleinen gelben Fleck: »Da ist das Sacrum Romanum Imperium, da war es ... Schau Irene, das war genau Amerika, wo du hingefaßt hast, und da hat Karl IV. gar nichts zu sagen. Dort unten, siehst du, bestimmt zwölfhundertmal so groß, so weit wie Pommern und immer mit Sonne und voll mit Riesenhasen, die eine Tasche vorm Bauch haben, ist Australien und vieles, vieles andere, worüber selbst der eitle, wichtigtuerische Hanse-Sekretär aus dem großen Köln verrückt werden würde.«

Unter diesen Worten hatte er die vor Erregung zitternde und doch aufgebracht auf Karl IV. aus dem mächtigen Haus der Luxemburger insistierende Reichsfürstin an die Stelle geführt, wo bis soeben noch die Mauerlöcher mit dem gehackten Ordensritterblei gewesen waren. Er zog die Jalousien hoch, er kippte die Thermopanefenster auf und wies mit der Hand nach draußen.

»Mein Gott, Liebfrauen, der Kornmarkt, wo ist mein Stallmist, nein, nein, ich träume. Wer hat die spitzen Giebel abgesägt! So hell alles! Es muß doch Mitternacht sein.«

»Das ist eben das Licht aus der Elektrizität. Sie ist auch in dem flammenfreien Feuerkasten hier unter dem Fenster, der es hier so warm macht. Die Elektrizität tut beinahe alles, was du nicht mehr tun willst, wenn sie da ist. Sie saugt nicht nur den Schmutz weg, macht nicht nur das Bier kühl, macht nicht nur alle Büchsen auf und fliegt in Reisepfeilen über die Meere, sondern du kannst sie dir in einer winzigen Schachtel sogar ans Herz pflanzen lassen, wenn es wieder schneller schlagen soll ...«

»Ja, Minne«, mutmaßte die Markgräfin und schaute an Arm und Zeigefinger des Fremden entlang wieder nach draußen.

»Sieh nur, die Automobile, die bunten Kästen«, hörte sie, »da unten, wo die Jauche gefroren war und sich der Garkoch Leberecht mit dreikommafünf Promille in den Mist gebuddelt hatte.« Eins der parkenden Autos startete und fuhr los; ob der zunehmenden Geschwindigkeit wurde der Markgräfin fast wieder so übel wie vor dem bunten Wirbelauge.

Sie spähte heimlich, aber völlig vergebens nach der Wache am Burgtor. Keiner stand da, auf dessen Hellebarde sie zählen konnte, leer und zerfallen im weißlichen Licht der Gang hinter den zerstörten Mauerzinnen. »Da unten verbrennt jemand Pech«, sagte sie und klammerte sich hilflos hilfesuchend an die nackte Schulter des Fremden. Der machte das Kippfenster zu.

»Das ist leider nur die normale schlechte Luft, Irene, selbst nachts«, antwortete er. »Bei dir ist die Luft so sauber, wie du das hier niemandem mehr klarmachen kannst. Du schwitzt ja so. Ach ja, achtzehn Grad Zimmertemperatur im Winter kennst du nicht. Für euch ist es ja mit zehn Grad schon mollig. Komm von diesem elektrischen Nachtspeicherofen lieber weg. Laß uns noch ausgehen«, sagte er, während Irene händeringend durch ihre fremde Kemenate von ihm fortstrebte, mit wirrem Blick über einen Haufen Zeitungen strauchelte und nun, noch immer die Hände ringend, vor einer eingerahmten Landschaftsfotografie stand. »Das ist ja, wie Natur ist das ja, welch unerhörtes Meisterwerk, kein Baum, kein Strauch anders, als sie sind.

Oooh«, rief sie und faßte auf das entspiegelte Glas. »Ooh! Für diese Miniatur gäbe unser Kaiser, der vierte Karl, sein Böhmen weg.«

»Aber jetzt sollten wir ausgehen. Sonst schlägt die Polizeistunde«, hörte sie hinter sich. »Wenn du dich nachher aufs Spülklosett setzen willst, kannst du dir dabei die Fotoalben anschauen. Jetzt sollst du das Steakhouse kennenlernen, die gestreiften Fußgängerüberwege, die Gullis in den Straßen, unter denen aller Schmutz aus der Stadt strömt, der ganze Kot und Unrat, der als frisches Wasser dann wieder aus den Wänden läuft. Den Jazz-Club sollst du sehen, eine Disco mit unseren Punkern, die keinen Bock mehr haben. So vieles, was du noch kennenlernen mußt, wo's lärmt und blinkt und wo disputiert wird. Und dann morgen gehen wir Platten kaufen, Theaterkarten für ›Eine Nacht in Venedig‹ oder den ›Troubadour‹ ...«

»Ja, du«, stammelte Irene und blickte sehnsüchtig verwirrt.

»... Bücher kaufen, gedruckte«, hörte sie reden, »du mußt auch noch Goethe kennenlernen, ja, Luther, Novalis, wir kaufen Salinger, Freud, so viel, Irene, dauernd was Neues. Und im Sommer, das will ich dir jetzt versprechen, wenn Urlaub ist, jetten wir hier aus dem Ostblock rüber nach Kalifornien. Viele haben da als Tellerwäscher angefangen und machen jetzt laufende Bilder von schönen Frauen. In Kalifornien essen wir die größten Eisbecher der Welt, bestellen wir uns Shrimps, aalen wir uns mit dunklen Brillen in der Sonne und fahren dann ganz beschwipst, begleitet von ganz vielen klitzekleinen Musikanten in unserem Automobilradio runter an den Beach von Santa Monica. Wenn wir da in unseren schwarzen Gummianzügen im Pazifik und mit wunderschönen Melodeien im wasserdichten Walkman auf den Surfbrettern stehen, die Flugtickets für Las Vegas schon im Hotelzimmer bereitliegen haben, dann, du liebe Markgräfin, wollen wir zufrieden sein. Erkältest du dich beim Surfen, weil du, wegen der letzten Erinnerung an deinen Kaiser Karl IV., nicht darauf achtgegeben hast, daß es schon kühl geworden ist, fahren wir bei der Apotheke vorbei, und dort gibt es fast alle Mittel bis zum späten Tod.«

»Und die Pest?« rief die Markgräfin, wobei ihre Augen über all das Lichte und Bequeme und so frisch Gestylte in der Kemenate glitten. »Wenn der Knochenmann an die Tore pocht?«

Zum zweiten Mal saß die Markgräfin schweißgebadet und mit tobenden Wortkaskaden im Ohr aufrecht in ihrem Alkoven. Sie verspürte den Traum verfliegen und küßte dem entschwindenden Wesen des neunzehnjährigen Ritters hinterher in die leere Luft. Kalt überlief es sie, als ihr Mittelfinger über dem Bauchnabel in noch warmes Sperma faßte.

»Heiliger Sankt Pedro!« betete sie kerzengerade dasitzend und preßte ihre Reliquie an den Mund. »Was ist hier über mich gekommen? Wo kommt der Samen her? Was soll ich arme Frau machen? Es war so süß. Es war so licht. Aber wie kann ich denn die Seuche aufhalten, wie kann ich –« und sie blickte zu ihrer Schrift auf der offenstehenden Alkoventür, »die Elecktrisitet erfinden, die Desinvekzion machen! Alle Heiligen, Seligen und Erzväter, steht mir bei und verschont auch den wunder-, wunderschönen Ritter, falls er irgendwo lebt.«

Schlagartig von allen Kräften verlassen, legte sie sich wieder hin, zog sich die Felle bis unters Kinn, betete einen dreiviertel Rosenkranz und sank wie immer darüber in den Schlaf.

Als Christiane sich wachräkelte und die zwei schlaftrunkenen Mastgänse aus ihren Röcken scheuchen wollte, wobei sie wieder einmal mit Zeter und Mordio von ihrem Ofenplatz auf den Boden der Gesindestube herunterkrachte – heute mit ihren zwei Zentnern genau auf ein meckerndes Zicklein –, da war es schon halb fünf und Kolberg in seinem Mauerzirkel längst auf den Beinen.

Was für ein langschläfriges Warzenschwein sie eigentlich sei, mußte sie von Konrad, dem Koch, als Morgengruß einstecken. Er habe schon vor einer Stunde sein Messerchen gewetzt und einem Dutzend Kapaunen ans Bratspießlein geholfen. Haha, lachte er und piekste der Alten, die nach ihrem Ofensturz nicht recht hochkommen wollte, mit seinem Messer in die Weichen. So ein lahmes Luder sei wohl bald reif für die Räucherkammer.

»Ei doch«, brummte Christiane zurück, beließ es auch dabei und zog sich am feixenden Konrad hoch, dem, wie einem Papageno, einige Kapaunenfedern im speckigen Brusthaar hängengeblieben waren.

Während so auch in der Gesindestube der Wintertag seinen Lauf zu nehmen begann, der Burgvogt, Herr Ludewig von Öllstein, auf seiner Amtsstube sein viertes Entenei ausschlürfte, Pommerpickel, der Narr, seinen bunt gehörnten Kopf aus der Dachluke streckte und in den dunklen Morgen schnalzte, die Torwache den Mägden am Brunnen übermütig die ersten Armbrustbolzen zwischen die Füße schoß, gähnte auch die Burgherrin zum ersten Mal.

Wie wenn ihr Zeigefinger auf etwas Weckerähnliches neben dem Bett drücken wollte, kam ihr Arm langsam seitlich unter der Zudecke hervor, stieß sich aber nur am oberen Alkovenpfosten. »Pardautz!« sagte sie und hörte schon, daß Christiane mit dem obligaten Hirsebrei zur Kemenate hereinhumpelte.

»Ach, Christiane«, gähnte die Burgfrau, noch während sie sich auf die Bettkante setzte und an der Breischüssel schnupperte. »Ich bin so wahnsinnig übernächtig. Geh zum Pater Ambrosius. Ich komme nicht zur Frühmette. Soll er heute nur allein seine Winde von der Kanzel furzen, ah, mein Kopf.«

Kaum hatte Irene ihre Order gegeben, sich zurechtgesetzt und den ersten Löffel Brei in den Mund geschoben, hörte sie von der Tür her auch bereits das vertraute Schellengeklingel.

»Sieh da, mein Hofstaat rauscht an«, sagte sie Pommerpickel entgegen, der sich, was beim Herrn von Öllstein seit fünf Schaltjahren besonders gut ankam, mit den Daumen den linken Mundwinkel nach oben, den rechten nach unten zog und dabei auf einem Bein zum Alkoven gehüpft kam.

Über ihren Hirsebrei gebeugt, schätzte Irene die Zugkraft dieser Lustbarkeit ab und stöhnte kurz einmal auf, als sie sah, wie Christiane sich vor Lachen die Flanken hielt. Mit was für einem Menschenschlag hatte sie es hier eigentlich und unwiderruflich zu tun?

»Ich muß heute nacht etwas Fürchterliches geträumt haben«, murmelte Irene und stocherte mit dem Holzlöffel in der grauen Frühstückspampe. »Grauenerregendes! Das ist sicher. Nur was? Mir blitzt es geradezu im Kopf.«

Angesichts des trüben Zustands seiner Herrin hatte Pommerpickel – unter seiner Hörnerkappe ein kahlköpfiger Mann von Mitte Fünfzig – schon wie auf Sprungfedern dagestanden. Nun aber gab es für den mit dem Asthma ringenden Kolberger Schalksnarren kein Halten mehr, und alle Register des sorgenübertünchenden Entertainments wurden gezogen. BRRR und BRRRU rief er, schleckte seine Zunge bis zur Nasenspitze, rannte dann mit seinem rübenhaften Schädel zweimal wuchtig gegen die Wand und echote dabei gewitzt: »Was hab ich nur geträumt? Vom Pommerpickel gar, der auf dem Seile springen konnt?«

Dann fiel der hüstelnde Lümmel hintüber, machte noch seine Nummer mit dem Gezappel vom Maikäfer-auf-dem-Rücken, stellte sich schließlich tot und hatte nun Muße zu wissen, daß er wieder einmal die Höhe des neidisch verehrten Kollegen aus Mölln nicht erreicht hatte. Doch hätte er tauschen wollen, hatte Pommerpickel sich vor Jahren zurechtgelegt, wo er hier bei fester Burganstellung sein sicheres Gemüsesüpplein hatte, der große andere aber zwischen Braunschweig und Rostock nächtens mit seinem müden Leib oft den kalten Heideboden hatte küssen müssen? Und trage ich, dachte sich der wie mausetot daliegende Schelm, der seine närrischen Knochen vor lauter Rheumatismus einzeln zählen konnte, nicht auch mein Scherflein gegen das zähe Weltgetriebe bei, wenn ich mir vor dem feisten Öllstein einen Kopfstand abquäle? Ohne das wüßte der dicke Mann sonst gar nicht mehr, daß sein Aufrechtgehen der pure, gewöhnliche Zufall ist.

Vor Lachen und Schenkelklatschen konnte Christiane, die den Vergleich mit dem Möllner Eulenspiegel nun einmal nicht intus hatte, ihre Blase nicht mehr bändigen, und Irene erkannte, daß ihre alte Amme mit den Holzpantinen in einer gelben Lache herumpatschte. Sie selbst wollte heute morgen den Anschluß an so viel Ausgelassenheit einfach nicht finden und taxierte den kleinen Mitburger da zu ihren Füßen mit seinem vollgesabberten Wams, gelinde gesagt, als ziemlich idiotisch ein. Und bis zu seinem seligen Ende hatte ihre Caritas, wollte sie nicht als eine Anti-Heilige-Elisabeth-von-Thüringen in die Historie eingehen, dies väterliche Erbgut durchzufüttern.

Gottseidank erschien nun mit Pater Ambrosius, dem Burgkaplan, ein studierter Mensch in der morgendlichen Kemenate, und wenn auch nicht auf lebendigen Charme, so war doch nun auf hübsches Bildungsgut zu hoffen.

»Aber, aber, meine Teure, nit zur Messe kommen?« sprach er schon von der Tür her strafend, »das wird ein Jährchen heiße Fegeflämmchen extra geben!«

»Wie kann ich's denn sühnen?« fragte sogleich ein wenig lockerer die Markgräfin zurück, »soll ich einen guten Dukaten für Rom geben oder Euch und Eurem Stampfer frei für einen Ausritt zur Äbtissin von Köberitz?«

»Hei, da wird dann durch den Beichtstuhl galoppiert«, lachte Christiane den etwas geniert stehen gebliebenen Theologen an und machte sich daran, der wieder in einen Dunst zurücksinnenden Markgräfin die Zöpfe aufzustecken.

»'s ist doch von Sankt Pankraz der neue Abt, mit dem das Vögeln besser klappt«, reimte Pommerpickel vom Boden dem Pater Ambrosius flapsig ins Gesicht, krabbelte ihm auch schon unter die Kutte und machte dort dem gebürtigen Straßburger zu schaffen. Herrje, diesen Umstand hätte sie ganz vergessen, gestand allmählich aufwachend Irene ein und fragte, nun wieder gut ins Alltägliche eingerastet, etwas unmutig nach, ob's in ihrem lieben Hinterpommern überhaupt noch Nonne oder Mönch gäbe, die nicht schwanger wären.

Das sei wohl die Mode der Badehäuser, bemühte sich der Kaplan zu erklären, der schon auf seiner Heidelberger Fakultät Schwierigkeiten gehabt hatte, Christi Geist von Adams Fleisch zu trennen, und trieb nun mit Hilfe seines silberschmiedenen Kruzifixes den Narren unter seiner Kutte hervor. Wenn da in den Badezubern – immerhin eine Sache, die auch der Volkshygiene diene – Männlein und Weiblein sich zusammendrängelten, dann könne wohl selbst die keusche Lucrezia nicht mehr auseinanderdividieren, wer da Laie und wer da Pfaff sei. »Es gibt halt auf dieser Welt nicht mehr die schöne Simplicitas, von der vor über zweihundert Jahren Cäsarius von Heisterbach verbürgte Berichte zu geben wußte.« Begierig zum Erzählen auffordernd fiel Irene auf diese geschmeidige Ablenkung herein, während Pommerpickel es mit stiller Pein wieder hinnehmen mußte, daß ihm der Pfaffe an Unterhaltungswert den Rang abgelaufen hatte.

»In seinem fünften Lebensjahr wurde einst zu Luzerath bei Trier von Vater und Mutter ein Mägdelein den Nonnen überbracht, daß es hinter deren festen Klostermauern nur ja keusch die Lebensbahn durcheile ... Aber kennt denn einer nicht diese hübsche Geschichte des Cäsarius?« unterbrach sich Pater Ambrosius, um mit Erfolg auf die dringliche Aufforderung zum Weitererzählen zu warten. »So jung ins heilige Leben und ins strenge Klostergeviert geraten, war das Dingelchen bald in allen Weltensachen so weit gediehen, daß es Tier vom Bauersmann nicht zu unterscheiden wußte. Die Klosterschwelle übertrat es nie. Eines Tages aber stieg ein Ziegenbock auf die Mauer des Obstgartens von Luzerath. Als unser Nönnlein ihn erblickte und sich gar nicht erklären konnte, was das eigentlich sei, sagte sie einer Schwester, die dort mit ihr über den Verlorenen Sohn gerade heiße Tränen geweint hatte: ›Was ist das?‹ Die andere aber kannte ihre Einfalt und meinte: ›Eine Frau von draußen?‹ und fügte im bösen Necken noch an: ›Schau nur, wenn die Weltweiber alt werden, dann wachsen ihnen Hörner und ein Bart.‹ Worauf unsere gutgläubige Nonne für diesen Wissenszuwachs geziemend und allen Ernstes dankte und nach dem Scheusal auf der Mauer den dicksten Stein warf, den sie zu ihren Füßen zu fassen bekam.«

»Heilige Simplicitas!« rief die Markgräfin den gebenedeiten Begriff etwas entstellt aus, »das kann's nur in den Eifelschluchten geben!«

Ehe der Pater nun näher darauf eingehen konnte, wieso sich heute hingegen die Novizinnen am leichtesten am runden Bauch erkennen ließen, polterten Schritte schwer die enge Wendeltreppe herauf. »Ah, die Verwaltung kommt«, rief nicht ohne Laune der Pater, der bei geistlicherer Gelegenheit gern darauf verwies, daß der Dreieinige Sohn und wahre Weltenkönig seinerzeit im Galiläischen auch ohne Vogt, Steuerpächter und Büttel recht gut zu Rande gekommen war. Und genau in diesem Sinne bekam der Pater von Pommerpickel jetzt dreist ins Gesicht geschleudert, daß er die Kemenatentür rasch von innen zurammeln solle: Der Öllstein habe des Morgens so einen Taxierblick, als ob er an seinem Gegenüber abschätze, wie viele Dukaten er für dessen Knochen beim Seifensieder einsacken könne.

Das Schrittegepolter von draußen kam näher.

Noch bevor Pommerpickel und Ambrosius, die beiden Kontrahenten im Schöngeistigen, vor der Markgräfin in ein Gezänk über das offenkundige Narrentum der Welt einerseits und den Zwang zu lückenloser Grafschaftsverwaltung andererseits geraten konnten, stand bereits der Burgvogt in der Tür. Leichenblaß war seine linke, puterrot war seine rechte Gesichtshälfte.

Schwammiger noch als sonst quollen ihm aus heftiger Wassersucht die Waden über die halbhohen Stiefel. Sein Wamsgurt schien heute unter seinem schweren Atem zerspringen zu wollen, und ein sehr kleines Pergament raschelte ihm in der Hand wie Espenlaub.

»Von Öllstein!« rief die Markgräfin mit einem plötzlichen Beben in ihrer Stimme aus, »Neuigkeiten von der Pestfront?« Intuitiv war sie vom Bettrand aufgestanden, hatte einen Fuß vorgesetzt, ihn zurückgezogen und stand nun steil und kreideweiß vor dem Alkoven.

Der schnaufende Öllstein, sonst der Mann, der in seinem Amtsbereich mit seinen Burgmauern um die Wette zu trutzen und sich Aussichten zu machen schien, es nach einer Eheschließung und nachfolgendem Kindbettfieber seiner Landesherrin zum Titularlandverweser zu bringen, war wie verwandelt. Einzig seine Körpermasse schien zu verhindern, daß er wie ein Messer zusammenschnappte: Es mußte für etwas zu spät sein.

Herr von Öllstein ließ sich gegen den Türpfosten sinken: »Stettin …«, schnaufte er, »Stettin, das machtvolle Stettin läßt die Sterbeglocken läuten! … Mit Eisenketten ist sein Hafen gesperrt … Die Bußefeuer lodern auf den Straßen!« Ohne Zwischenstufe war Kolbergs riesiger Vogt zum stützungsbedürftigen Menschenwrack im Jammergrund geworden: »Pest!« keuchte er, »die Pest!«

Die Markgräfin und ihre enge Umgebung waren zu einer Ansammlung von fünf gerade noch flachen Atem verströmenden Säulen geworden. Als die Magdalenen-Glocke von Liebfrauen die sechste Stunde schlug, mußten schon Minuten der völligen Stille vergangen sein.

Pommerpickel, als erster, löste sich aus seiner Starre, zog sich die Kappe vom Glatzkopf, schlurfte mit bimmelnden Glöckchen an seinen Schuhen zum Fensterloch und ließ aschfahl den Kopf in die Finsternis hängen.

Kurz danach war auch Christiane schon auf die Knie gesackt und jammerte Gebete. Allein Pater Ambrosius schien angesichts der heranwalzenden Katastrophe Haltung vermitteln zu wollen, rückte mit zitterndem Finger die Kordel um seine Kutte zurecht und fragte mit in schrillen Ton entgleister Stimme beim Burgvogt nach, ob's denn nicht nur wieder aus der Gerüchteküche wäre, ob's denn schon Schriftliches über etwa Erkrankte, etwa Tote gebe. Das könne doch wohl nicht gut sein! Stettin! Vorbereitet wie keine zweite Stadt gegen die Seuche, die Juden schon vor Jahresfrist in die Ostsee versenkt, drei neue Glocken für den Dom, eine Stadt voll von Gelehrsamkeit! Nein, das wolle er nicht glauben – und Pater Ambrosius ahnte, daß er hier einen leider nur pompösen Beweis für das menschliche Willenspotential ablegte – Stettin, das sei doch eine mächtige Stadt, wie ein Harnisch, und liege überdies in der kalten Erdzone, wohin die Pest nicht vordringen werde, nicht hierher nach Pommern, das hätten erste Hippokrates-Männer der Sorbonne schon im letzten Jahr bewiesen. Stettin, das halte stand, das sei etwas anderes als Padua, Verona ... ja, im Fernen sei das Zuhaus der schlimmen Geißeln ...

»Achtzig Tote«, sagte ihm der Burgvogt lapidar ins Angesicht, »am ersten Tag!«

Da seine untere Kinnlade den Anschluß an die obere nicht wiederfand, ging nun auch der Burgkaplan auf die Knie, verspürte in sich aus dem schummrigen Kosmos ein auflösendes Wehen, murmelte etwas vom Weltgericht, sagte aus dem alten Annolied – wie zum Abschied von der Kunstfertigkeit der Welt: »Nû ist cît, daz wir dencken, wî wir selve sulin enden«, verfiel dann ins Beten, erst auf Pommerisch, kurz im bewahrenden Latein, doch letztlich gar in seiner elsässischen Mundart.

Keiner hatte auf die Markgräfin geachtet.

Gleich nach der schrecklichen Botschaft war sie stehend in sich zusammengesunken. Leer war ihr Blick über die Mauern gewandert. Diese Mauern hatten nun keinen Sinn mehr. Gerade als Pater Ambrosius sich zu »Däde unser, der De pest drinne Hämmel« gehenließ, hatte ihr Auge haltgemacht, war auf der geöffneten Alkoventür haften geblieben, hatte im Talglichtschein in der Staubschicht gemalte Zeichen entdeckt und entzifferte nun: E-leck-tri-sitet-Desin-vek-zion.

Auf einen Schlag war ihr das meiste wieder im Kopf. Sie schaute mit pochenden Schläfen über die Anwesenden. Viel zu leise – aber womöglich war es gut so – fragte sie zum Burgvogt hin, ob dort, wo die Misthaufen aufgeschüttet waren, letzte Nacht bunte Kästen gestanden hätten. Sie räusperte sich. Sie faßte sich, und wiewohl sie ihn noch wie auf beigem Teppichboden knien sah, unterbrach sie den Pater Ambrosius im Psalmgerappel. »Hatten sich die Stettiner«, fragte sie mit heftig bemühter Konzentration, »beim Heiligen Vater nicht sogar die Pestbannbulle gekauft? Teuer? Und jetzt das? Hat denn auch das Heilige Offizium, hat der Heilige Stuhl keine Möglichkeiten mehr?!«

Der Burgkaplan blickte vom kahlen Boden auf, zuckte die Achseln und sagte in gereiztem Ton, daß eine römische Pestbannbulle nicht völlig wirkungslos bleiben könne. Solch ein Papier könne, was wisse man schon, die ganze Seuche zuguterletzt noch zu den Mauren weglenken, wo sie hingehöre …

»Mag sein, mag sein«, schaltete sich der Burgvogt ein und trat, im Grunde ratlos, näher. Was habe es dann aber damit auf sich, daß ein gut Teil des deutschen Episkopats, und nicht nur die Lumpenhunde, schon in der Schindergrube modere. Daß sich die Kardinäle von Rom nicht mehr in die verpesteten Gotteshäuser wagten, ja, daß gar der Heilige Vater sich vor Ostia auf einer Galeere verschanzt habe, um sich vor dem Beulenjammer zu retten. Womöglich sei er trotzdem schon hin.

Entsetzt schlug Pater Ambrosius das Kreuz. Nein, stemmte er sich idealistisch auf, der Heilige Vater wie auch der Römische Kaiser in Prag könnten nie und nimmer wie ein Hans oder Franz dahingerafft werden. Dagegen rebelliere doch alles Gefühl von Majestät. Ein Papst, ein Kaiser, in ein paar Stunden gefällt, stinkend und schmierige Kadaver … Wo bleibe da das schöne Ehrgefühl …

»Wie dem auch sei«, hakte Irene ein, ob nun das Gefühl für die menschliche Hoheit mehr durch die Verschiedenheiten oder aber durch die Verbundenheiten, wenigstens im Vorgang des Verrottens, entfacht werde, es wäre jedenfalls vielleicht besser als nichts, wenn man mit eiligen Herolden die kaiserliche Kanzlei auf dem Hradschin um einen Pestschutzbrief angehen würde …

»Die Kanzlei? Tot! Auf dem Hradschin hausen die Strauchdiebe, und von Karlstein aus sieht der Kaiser zu, wie sein Abendland zerschmilzt«, stellte der Burgvogt klar und schien, dank der konkurrenzlosen Härte seiner Botschaften, wieder an Amtsherrlichkeit dazugewonnen zu haben: Ob nun heilige Bulle oder kaiserlich Brief, der Schwarze Tod wolle nun einmal nicht recht lesen können.

»Was ratet Ihr, was, Ihr, Öllstein, Ihr, der Ihr mir doch stets eingetrichtert habt, noch bei Sankt Peter an der Himmelspforte könne Euer Siegel mehr nützen als schaden?«

»Ich …« stotterte der Burgvogt und verbesserte sich angesichts der schweren Stunde großartiger zu: »Wir könnten draußen im Lande die Fronschraube noch ein bißchen anziehen, etwa Nachtpflügen oder sonntags Moorentwässerung.« Wer kräftig zu schaffen habe, der verschwitze nicht nur alle Gefahr, sondern bekäme obendrein vom Exitus auch kaum mehr mit als die Fliege von der Klatsche.

»Bravo«, hielt ihm seine Fürstin entgegen, die eben wieder nach ihrer nächtlichen Notiz auf der Bettür geschielt hatte. »Kehrt nur den kernigen Krautjunker hervor, der meint, er hätte die Lebensregeln mit dem Löffel gefressen. Wenn Ihr vom Leben etwas verstündet, könntet Ihr von selbst darauf kommen, daß lübbische und Augsburger Patrizier – und recht haben sie – nicht deswegen fast alle ins muntere Greisenalter kommen, weil sie sich Tag und Nacht für ein Gerstensüpplein abgerackert hätten … Wenn wir jetzt aber die Eleck …« Irene hielt inne. Sie korrigierte sich dahin, daß es dem Pater Ambrosius nunmehr obliege, am besten in Windeseile die Geißelzüge zu organisieren. Die Ochsenziemer und schwarzen Spitzmützen lägen auf dem Rathaus parat und seien schon Sankt Martinus geweiht. Die abrupt plastisch werdende Vorstellung, daß in drei, in vier, in einer Woche von ihren dreitausend Kolbergern womöglich nur noch fünfzig über die Erde kreuchen würden, um die Leichen ins Meer zu schleifen und die verödeten Häuser zuzunageln, deprimierte die Burggräfin zutiefst.

Ein Besucher, der unbeachtet eingetreten war, brachte sie vom Bild ihrer ausgeglühten Hauptstadt, ihres schwelenden Landes wieder ab.

Es war Junker Jörg, der Hanse-Sekretär aus Köln in eigener Person, der heute ausgesprochen blaß, aber nicht

unfidel am Burgvogt vorbei nähertrat und seinen Morgengruß entrichten wollte. Seine Bonhomie stand ihm ins
Gesicht geschrieben, da der bunte Geck, wie Christiane
meinte, einen Fürstenfimmel hatte und alle Herings-
schwärme verpfändet hätte, nur um seinen Morgen mit
einem Plausch auf der Burg beginnen zu können.

»Na, solche Gesichter alle?« rief er. »Habt Ihr gerade den
Messias ans Kreuz genagelt? Was soll ich da sagen? Seit zwei
Monaten kein Schreiben mehr vom Rhein. Womöglich
gibt's dort niemanden mehr, der buchstabieren kann. Man
spricht ja von nichts anderem mehr als von der Pest. In
Wismar, hört ich gestern, sollen zwei Koggen gestrandet
sein und Mann und Maus hingen schon faul über die Reling.
Feine Überraschung für Wismar, was? Die sollten's so
machen wie die Florentiner, die Pokale füllen, die Poulets in
den Topf und sich dann schöne syrische Geschichten vom
Paulus erzählen, als der noch Saulus hieß.«

Schwungvoll wippte ihm die Fasanenfeder am Barett. Er
blickte in die verschlossenen Gesichter der Wissenden und
nahm die am Boden dahinwimmernde Christiane wahr. War
auf der Burg eine Mausefalle zugeschnappt, und die hier um
ihn herum saßen drin? »Ach, Ihr habt wohl alle noch viel
verworfener geträumt als ich? Nein, Träume gibt's ...«

Irenes Blick schoß zum Hanse-Sekretär hinüber. Mit ihrer
linken Hand griff sie um Halt nach der Alkoventür. »Einen
Traum, gar nicht zu erzählen«, schwatzte der Junker und
wurde, gegen all sein sonstiges Gehabe, plötzlich noch
blasser, als er heute schon war. Jetzt aber war ihm in der
drückenden Atmosphäre das Reden erstorben. Auch er
hörte nun nichts anderes mehr als das Geräusch der Brunnenwinde vom Burghof.

»Laßt mich mit dem Junker Jörg allein!« befahl die Markgräfin hastig.

Während Pommerpickel mit verweinten Augen dem
Burgvogt, der sich mürrisch zur Tür wendete, auf den
Rücken kletterte, während Christiane sich hochstemmte
und trotz der plötzlichen Todesverwandtschaft mit dem

Junker für dessen Barettfeder noch einen Hackebeilblick aufbrachte, musterte Irene den Rheinländer.

Bei all seiner Eitelkeit mochte sie ihn eigentlich gut leiden. Er hielt etwas aufs Flair, zur Spitzenspezies der Schöpfung zu gehören, und ein hübscher Mann war er obendrein. Wer trug hier schon so wie er gelb und rot gestreifte Strumpfhosen? Wer kannte hier schon so wie er die pikante Erfindung, sich Schleifchen in die nußbraunen Haarspitzen zu binden? Und wer konnte vor allem von Weltreisen erzählen, die ihn bis Wisby, Bordeaux und Bologna geführt hatten? Von wem bekam Irene schon solche Komplimente zu hören wie »Eine Frau wie Ihr, die gehört an die Seite eines pisanischen Senators und nicht in einen pommerschen Burgturm?« Und nebenher hatte er auch so manche tintenfrische Abschrift neuester Minnesänge aus Aquitanien unterm Wams verborgen, manchen Wink in den Fingerspitzen, was für eine Haube die elegante Sarazenin in Messina trug.

»Kommt näher, Junker Jörg«, bat sie dezent und nahm mit Wohlgefallen den federnden Gang wahr, den dieser Kölner da hatte. Irene tastete nervös an ihrem Zopfkranz, um sich dann mit den Händen am Hals entlangzufahren.

»Da habt Ihr heute nacht, ich meine ... da habt Ihr also vom Bösen geträumt?« Sie sah Christianes Kopf in der dunklen Rundung der Wendeltreppe nach unten verschwinden.

»Vom Bösen? Im Grunde gar nicht so böse«, berichtete Jörg zögernd, wie auf der Schneide zwischen Herausplatzen und Mundhalten. Auf einen Wink der Markgräfin schloß er die Tür. Vergebens suchten seine Augen nun in dieser eisigen pommerschen Kemenate wieder einmal nach einem mit Tapisserie bezogenen Tabouret, auf das er sich mit nach hinten weggewinkelten Beinen niederlassen könnte. Von der Kleidertruhe der Fürstin nahm er einen Schemel und setzte sich zum Alkoven. Draußen begann es zu tagen.

»Also nicht allzu böse?« half die Markgräfin mit verheimlichter Emsigkeit dem wortkargen Junker nach.

»Ach, ich erzähl das nicht. Lieber nicht. Ein Traum, unwichtig. Und man kann ja in Teufels Küche kommen.«

»Oh, der große, böse Inquisitions-Magister Berthold!« spielte Irene die Spaßmacherin.

Schweigen kam auf.

»Ein Traum von einem jungen, blonden ...«, Irene bedachte sich klug, »ich meine, von vielleicht einer jungen, blonden Dame, die, die so fremdartige Dinge gesagt, ja, sie sogar gezeigt hat? Wer träumt nicht alles mögliche.«

Junker Jörg wurde auf seinem Schemel ganz Verblüffung.

»Stimmt«, gestand er mit dünnen Lippen ein, »bis auf ... Sebastian hat er sich genannt, von Ulrichsdorf.«

Die Markgräfin gab sich in diese eher äußerliche Korrektur drein. Vorerst, so schien es, ging es hier ganz offenkundig nun um Enormeres.

Irene setzte sich aufs Bett und befahl sich selbst mit einer Geste ihrer beiden Hände, jeden lauten Ton aus der Stimme zu nehmen. Ihren Blick, der sich im frühmorgendlichen Ostsee-Firmament verloren hatte, holte sie hastig zurück.

»Junker Jörg. Jetzt faßt Euch. Und nehmt Euren hanseatischen Mut zusammen. Ich habe heute nacht«, jetzt mußte sie das Wort einfach ausspucken: »Kaffee getrunken!«

»War er nicht ungeheuer anregend?« schoß es ihrem Gegenüber aus dem Mund.

Stumm schauten Hanse-Sekretär und Markgräfin sich an. Ohne es überhaupt gemerkt zu haben, hatten sie sich gegenseitig die Hände auf die Knie gelegt. Selbst Jörgs Barettfeder hatte das Wippen eingestellt und reckte sich starr über die beiden fassungslosen Gesichter. Zum zweiten Mal mußte die Markgräfin ihren Blick wieder einfangen, der sich hinter den Mauerlöchern im Himmelsgrau verlieren wollte. Mit innerem Kräfteaufwand zu sich zurückkehrend, fragte die Burgherrin mit einem Flimmern im Kopf: »Amerika?«

»Australien!« antwortete der Junker.

»Karoffeln?« fragte sie.

»Sörfen!« antwortete er.

War das noch Deutsch, war das noch Menschensprache,

was sie da redeten? Die Grunzlaute vielleicht, die man unter der Erdscheibe sprach?

»Blendwerk, Blendwerk, vom Teufel!« Diese Wörter waren von beiden Sitzenden wie aus einem Munde ausgestoßen worden, und wie um sich auf sicheres Terrain zurückzumanövrieren, hatten sie ihre Hände wieder auf die eigenen Knie gezogen.

Vom Burghof tönte ein Kommando des Burghauptmanns an die Wachmannschaft herauf.

Als hätte die als energisch gerühmte Kolberger Hexenkammer ihre Ohren überall, schauten Jörg und Irene sich in der Kemenate um. Jörg schien sich zu mühen, in seinem Kopf ein Aperçu über eine seiner Meinung nach allzu hoch gejubelte Dante-Übersetzung aus Zürich zu finden, während die Markgräfin meinte, nun, wie sonst ja auch, auf den neuen Dombauplan einschwenken zu müssen. »Die Fenster sollen ganz entzückend bunt werden. Um den Chor würde ich gerne mehrmals Bilder von der Babylonischen Gefangenschaft haben. Da sind dann immer so hübsche Städteansichten mit dabei. Hatte ich schon gesagt, daß an die eine Kryptawand mein eigenes Abbild kommt ... was Nettes mit Flandernhaube auf dem Kopf ...«

»Schließlich seid Ihr die Stifterin ... Wann mag denn Richtfest sein ...«

»Der Bischof meint, in fünfzehn Generationen hätten wir's. Aber was weiß man schon bei den Handwerkern heutzutage. Den Bürgern von Beauvais ist ihr Kathedralschiff zweimal über den Haufen gefallen ...«

»Tja, tja«, nickte der Junker unruhig. Die fromme Konversation versiegte.

»Wart Ihr auch im Badezimmer, bei den Spiegeln und dem Aspirin?« flüsterte Irene.

»Ich«, fiel der Junker ein, »habe sogar das Spülklosett benutzt.«

»Aha«, machte die Markgräfin. Man konnte sich in den Erfahrungen also sogar noch ergänzen. Den pferdefüßigen Schwefelgeruch, der über der ganzen nächtlichen Ge-

schichte lag, dick in der Nase, fragte sie dennoch drauflos:

»Und die Landkarte, Junker Jörg, diese Landkarte da in
dem heißen Zimmer?«

Jörg rutschte mit einem Ruck seines Schemels beinahe auf
den Schoß der Landesmutter.

»Da bin ich nicht durchgestiegen. Da war noch hinter
Moskau so viel Grün, Grün mit Flüssen drin. Aber wie
komfortabel alles eingerichtet war, mit doppelter Riesen-
butze im Fensterloch. Und dann der Peletonapparat!«

Das wollte Irene sich später genauer erklären lassen, peilte
jetzt aber den wundesten Punkt an, nämlich ob er das
verstanden habe, was das mit der ›Neuzeit‹ auf sich gehabt
hätte?

»Genau darüber habe ich auch schon gegrübelt«, tuschelte
der Hanse-Sekretär. Denn, wie jeder Ackertrapp wisse, sei
die neue Zeit ja jetzt.

»Hm«, antwortete die Markgräfin. Da habe er recht, aber
das reiche ihr nicht.

Junker Jörg, einbezogen in allerhöchste Gedankengänge,
polierte sich mit dem Ärmel einen Wamsknopf, sortierte
seine Wissensschätze und hub an:

»Nun, die Griechenzeit war schon, die Römerzeit war
schon, die – Gott hab sie selig – Stauferzeit ebenfalls«, zählte
er an seinen Fingern ab, »sogar direkt vor uns oder, ich
meine, hinter uns. Na, und nun ist eben die Neuzeit.«

»Oder Luxemburgerzeit?«

»Die kann man doch Neuzeit nennen!«

»Ja, aber wie nennen denn die, die Moskowiter die
Luxemburgerzeit, wo sie doch gar keinen Luxemburger
haben, bis dato der kaiserlichen Befriedung jedenfalls noch
entgangen sind?«

»Die nennen das dann gar nicht, wo sie leben«, verstieg
sich der Junker kühn. »Und was hinter der Weichsel lebt,
das kommt noch schlicht mit Sommer, Herbst und Winter
zurecht, alle Jahre namenlos aufs neue.«

Irene wiegte den Kopf. »Aber wenn die Neuzeit, Jörg,

ohne daß wir das ahnten, schon beim großen Kaiser Karl gewesen war. Der hat doch gedacht, er sei neu – bestimmt.«

»Unmöglich«, beharrte Jörg, »spätestens jetzt würde er sogar selbst sehen, wie uralt er mit seinem achteckigen Dom dasteht.« Die Forschenden hielten inne.

Was richteten sie denn hier gerade an? Was für ein Gehäcksel hatten sie aus dem großen, festen Zeitenfluß gemacht, der doch so ruhig von der Geburt des Herrn bis hin zum letzten Zeitengericht floß? Neu, alt, welches Gepurzel, wo doch Menschengeschlecht auf Menschengeschlecht jeweils dieselbe armselige Runde von Lastern und Tugenden lief, um sodann im Geisterreich der allerletzten Trompetenfanfare zu harren. Was durchstocherten sie die Zeit, die doch die Zeit Gottes war?

Demütig wollte die Markgräfin ihre Hände in den Schoß zurücklegen, als in ihrem Kopf ein Biß zuzuschnappen schien.

»Und wenn die Neuzeit erst später kommt, viel später, Jörg?«

»Na, dann müßte jetzt, wo die heidnische Vorzeit bereits war, die Neuzeit noch nicht ist – obwohl auf ›alt‹ ›neu‹ auch direkt folgen könnte – müßte jetzt Mittezeit sein!«

»Mitte von was überhaupt?« bohrte die Markgräfin. »Mitte vom Ganzen, Mitte vom Anfang, Mitte vom Ende?«

»Na, eben so ein Mittelalter«, überdeckte Jörg das abgrundtiefe Denkloch seiner Gönnerin und fingerte an einem Schleifchen in seinem langen Haar. Da tappe man im dunkeln.

»Mittelalter!« rief die Markgräfin nach kurzer, obskurer Überlegung aus: Ob ihm nach dem Traum denn nicht schwane, was das heiße, daß sie hier beide im Zwischenalter dahinvegetierten.

Obwohl der junge Edelmann aus Köln erst dachte, das Ergebnis dieser Bezeichnungsdebatte mit ein bißchen Gleichmut so hinnehmen, die derzeitige Weltenära vielleicht mit dem Begriff ›Frühneuzeit‹ versüßen zu können, sich seinethalben aber auch durchs Mittelalter durchzuschlagen, schrak er schließlich dennoch sichtbar zusammen.

»Da haben wir's!« stellte die Markgräfin von Kolberg und Körlin fest. »Ihr seht's wie ich, Junker Jörg. Junker Jörg: Da hilft kein Augenwischen mehr. – Wir leben zwischen Schmutz und Zoten, mit Pökelfleisch und Reichsacht, eingekeilt von Osmanen, Tataren und Mauren, zwischen Pest und Raubrittern. Ich kann gar nicht aufzählen, wozwischen und womit wir leben ...«

Jörg ließ den Kopf sinken. Diese Enthüllungen der Markgräfin trafen eigentlich ins Schwarze. Es war offenkundig übelstes, grobianischstes Mittelalter, in dem sie sich befanden. »Wir sterben hier wie die Fliegen und pilgern wie die Idioten barfuß nach Compostela, während die da in der Neuzeit mit ihrem Automobil nach Kalifornien fahren und Kaffee trinken«, steigerte sich die Markgräfin. Ihre Faust hämmerte gegen die Bettkante, die sich dumpf weigerte, ihre frisch erkannte Mittelalterlichkeit fahrenzulassen.

»1348! 1348! Das ist ja zum Verrücktwerden!«

»Wo soll man denn hier eine Zahnbürste herbekommen«, bäumte sich auch der Junker auf und kämpfte beinahe dagegen, die Luft, die ihn hier umgab, atmen zu müssen. »Nie wieder werden wir die Vitamintabletten zu sehen bekommen und diese schicke Hose, die der Ritter angehabt hat!«

»Ich glaube, das war gar kein Ritter mehr!« stellte Irene großräumig spekulierend zur Debatte, »das war ein flotter junger Mann, der noch auf keinem Turnier den Morgenstern geschwungen hat.«

»Kein Turnier? Aber reiten wird er doch können?« forschte der Junker dieser markgräflichen Hypothese oder Wahnsinnseingebung nach.

»Ach, die machen ganz andere Sachen in ihrer Neuzeit. Die entdecken dauernd noch riesige Weltenteile, siehe Amerika, und lassen süßes Salz in den Kaffee rieseln, wenn sie in ihren ungepinselten Büchern lesen. Hat er bei Ihnen auch ›Lutter‹ gesagt?«

»Der sei ein Prosestant, der den heiligen Florian abgeschafft hat.«

»Seht Ihr! So sind die in der Neuzeit. Reinen Tisch, Florian weg und überall Licht. Da können wir einpacken, bester Junker ...«

Christiane war hereingekommen und hatte nicht gepocht. Einen Rest Kuhfladen an ihrer linken Pantine mitschleifend, murmelte sie kopfnickend, daß es klug sei, auch noch den Feuersnothelfer in die heutigen Gebete einzubeziehen, und meldete dann unwirsch, Pater Ambrosius habe den ersten Geißelzug losgeschickt, dreißig Mann, die sich am Rabenberg bald das Blut aus den Sündenleibern schlagen würden. Ob die Frau Markgräfin und der Herr Junker nicht auch schon mal mitmachen wollten, wo doch der Tod jetzt komme, lasse Pater Ambrosius anfragen.

Die Angesprochenen wechselten, nachdem Christianes Worte wie Mühlsteine auf den hellen Schaum ihrer Gedanken gefallen waren, einen haltlos konsternierten Blick.

Im übrigen, schob Christiane nach, stehe das Große Frühstück bereits im Rittersaal und werde bald kalt. In solchen Läufen sollte die hohe Frau ruhig nochmal zugreifen. Morgen gäb's vielleicht keinen Konrad mehr, der ihr das Gesottene auftischen könne. »Der Sensenmann ist da, der Sensenmann ist da«, murmelte die Alte und bohrte sich traurig im Ohr. »Der Sensenmann ...«

Rasch ließ sich die Markgräfin von der wimmernden Amme ankleiden und wußte nun nicht recht, ob Junker Jörg in seinem Traum nicht vielleicht erfahren hätte, daß es in jener neuen Zeit als völlig unschicklich gelte, die Landesherrin in ihrer Kemenate nackt nach einer Haarspange suchen zu sehen.

Jörg zeigte auf seinem Schemel keinerlei Anzeichen, daß er an den Brüsten der Hausherrin Anstoß nehme, also war man in den sittlichen Belangen wohl nicht übermäßig hinter der kommenden Zeit zurück.

Der alten Aufwärterin hinterdrein stieg man die düstere Wendeltreppe zum Rittersaal hinunter.

Auf der untersten Stufe blieb die Markgräfin stehen: »Die Schweine raus! Die Küken vom Tisch. Muß Bettina denn unbedingt hier kalben!«

Irene warf dem Hanse-Sekretär einen vielsagenden Blick zu. Nach kurzem Nachsinnen hatte er den neuen Ton ganz richtig im Sinne radikaler, ulrichsdorfscher Sauberkeitsmaßnahmen gedeutet.

Die beiden Knechte, die vorm Kaminfeuer auf den angewärmten Steinplatten lagen, rappelten sich auf, jagten mit Händeklatschen die Entenküken aus dem Brotkorb, schoben die markgräflichen Sauen rüber in die Dürnitz und zogen die trächtige Bettina an den Hinterbeinen in die Ahnengalerie.

»Na also!« sagte Jörg. »Es geht ja. Das ist doch schon ein Schritt in die richtige Richtung.«

Die erstaunt beäugten Herrschaften ließen sich am Eichentisch nieder. Hier dampfte und duftete es so kräftig aus den Holzschüsseln und von den Zinnplatten, daß dem Junker die Spucke aus den Mundwinkeln schoß. Kaum hatte seine Hand nach dem dicksten Fleischkloß in der Kohlsuppe gefaßt, ließ ihn ein Augenaufschlag der Markgräfin innehalten.

Tatsächlich. Da griff sie heute zum Löffel und schmierte sich, ohne sich auch nur die Fingernägel schmutzig zu machen, mit diesem Eßgerät das Majorangelee aufs Zimtbrot.

»Gabeln gibt's noch nicht!« lachte sie verstohlen zu ihrem Gast hinüber, reichte auch ihm einen Zinnlöffel und schaute, ob etwa einer der Knechte das Wort aufgeschnappt hatte. Die Kerle waren vor dem Kaminfeuer aber wieder eingeschlafen.

Die Frühstückenden rückten ihre Faltstühle dichter zusammen. »Jetzt seht Ihr die bestialischen Zustände, Junker: Tag und Nacht offenes Feuer im Raum, klafterdicke Feldsteinmauern, Holzbalken als Decke, ein Eßtisch, voll und groß wie für eine gesengte Bärenmeute, dumpfe Ausgeburten, die ich seit zehn Jahren vor dem Kamin nichts als ratzen sehe, nichts zu rauchen auf dem Tisch, eine Stille, daß man sich verkriechen möchte, würde nicht wenigstens das Feuer prasseln ...«

»Wenn ich diese gepfefferte Essigtunke mit den Cocktailhäppchen vergleiche«, sprang auch Jörg wieder auf das brennende Thema zurück, »die mir gestern nacht gereicht wurden, dann essen wir viel zu gewürzt.«

»Ach ja«, meinte die Markgräfin und ärgerte sich, daß sie so etwas nicht angeboten bekommen hatte.

»Doch so ein bißchen Pfeffer in der Kuttelsuppe«, sagte Irene und ließ eine Handvoll schwarze Körner auf die Fettaugen rieseln, »ist nicht das, was mir jetzt am meisten Sorgen macht. Ich bin hier zur Herrin des Landes bestellt. So war Gottes Wille. Das Land wird demnächst von der Pest verheert werden. – In Stettin, Junker Jörg, haben die Sterbeglocken zu läuten begonnen. Ich muß das von meinen Städten und Dörfern abwenden. Den Konsum von Pfeffer können wir später bedenken.«

Aus der Hand des Junkers plumpste der Löffel in den Napf mit der Essigtunke zurück. Eine Gänsehaut, die seinen Körper überzogen hatte, war bis über seinen Wamskragen zu sehen. Die Hiobsbotschaft des Traums, beim Aufwachen mußte er sie mit einem genialen Verdrängungs-Coup beiseite geschoben haben. Hilfesuchend schaute er zu Irene.

»Dachtet Ihr, wir kommen davon? Nein, wir sind dran, Junker Jörg. Was heute noch gesund hier um uns lebt und steht – alle Macht ist aus ... Doch, diese beiden Wörter habt auch Ihr gehört, nicht wahr, habt Ihr doch, Electkrisität, nicht wahr, und das andere, Desinvekzion? Gut. Das scheint das Allheilmittel zu sein. Und dann müßten die Ratten weg, hat er gesagt, und Sauberkeit her.«

Jörg nickte.

Das hatte Irene nicht erwartet: Da fummelte der leichenfahle Hanse-Sekretär unter seinem eleganten Wams herum, schlug sich mit der anderen zittrigen Handfläche vor die

Stirn und zog schließlich sein Wachstäfelchen für eilige Notizen aus einer Innentasche hervor. Er legte es stumm vor die Schüssel.

»Ich hatte mir doch etwas aufgeschrieben, beim ersten Wachwerden«, erklärte er. »Ich fürchte ja die Seuche wie die Pest.«

»Es ist doch die Pest!«

»Anti-bio-tika hab ich eingeritzt. Aber«, und Junker Jörg kam wohl zum Entscheidenden: »Diese Sachen, wie sind die zustandezubringen?«

»Wie? Egal doch wie! Wir müssen einfach. Es geht ums Ganze«, entgegnete Irene und löffelte sich vom Kräutersenf in die Suppe nach. »Es waren immer nur die wenigen, die die Welt vorwärtsbrachten. Denkt an Herrn Polo in Venedig, das gescheite Freiburger Mönchlein Schwarz, an den genialen Ptolemäus, von dem wir die Weltscheibe erklärt bekommen haben, an Urgroßonkel Heinrich, den von Schlesien, dessen Name noch in der Neuzeit gepriesen werden wird, weil er die Welt vor den Mongolen gerettet hat.«

»Vor 107 Jahren auf den Feldern von Liegnitz«, flocht pathetisch der Hanse-Sekretär ein, wenngleich er innerlich meinte, das sei nun wirklich Schnee von gestern, und daß es soeben nur darum gegangen sei, markgräfliche Familiengeschichte aufzufahren.

»Jetzt ist das Los auf uns gefallen, auf Kolberg, die letzte Bastion. Jetzt und hier, nicht woanders oder irgendwann. Hier ist der Pest ein ›Halt!‹ zuzurufen. Wen können wir ins Vertrauen ziehen?«

Jörg dachte scharf nach. Wen kannte er in diesem Ostseenest, in dem er festsaß?

»Euren Kaplan vielleicht? Der kann Latein.«

»Wollt Ihr Euch den Fußmarsch ins Heilige Land verordnen lassen?«

»Den Vogt von Öllstein? Der kann Listen aufsetzen, der kann rechnen.«

»Ja, Listen mit den Namen der zinspflichtigen Hinterbliebenen. Ja, rechnen: ein Dukaten Schmiergeld vom Schultheiß von Körlin minus einen halben Bestechungsdukaten für den Schultheiß von Kolberg. Dem Mann wollen Sie erklären, wie eine Glühbirne aussieht?«

»Nun, ich glaube, Meister Johannes, der Bader vom Kreuzspital, ließe sich fürs Neue gewinnen. Er hat sich in Norddeutschland als erster daran getraut, Tauben neue Ohren aus Wachs anzunähen. Zum Zähneausreißen und Furunkelstechen reist er oft bis nach Elbing. Man munkelt, er schneide Tote auf, trotz des strikten Verbots, das Ebenbild des Herrn durchs Aufschlitzen zu entweihen.« Irene wiegte den Kopf.

»Wenn ihn da der Magister aber schon ins Visier genommen hat! Man könnte schneller auf dem Feuerholz stehen, als man denkt ...«

»Überdies soll der Bader einen guten Draht zu allen Alchimisten haben.«

»Guten Draht!« wiederholte Irene mit einem dämpfenden Zischen. »Wir müssen aufpassen, daß solche Worte uns nicht ans Messer liefern. Aber, ist Meister Johannes trotz allem nicht auch als eine Schreiberlingnatur bekannt, mit genauem Rechnungsbuch, Soll und Haben des Spitals und so?«

»Nicht daß ich wüßte. Solchen Kram macht er mit Handschlag ab.«

»Um so besser. Ich hasse die Federfuchser. Jedes Jahr das Kirchenbuch und die Steuerrolle in Augenschein zu nehmen macht mich selbst schon dröge. Gut, der Bader vom Kreuzspital. Irgendwo muß man ansetzen. Gehen wir rüber zu ihm! Sofort!«

Junker Jörg steckte sich rasch einen Stockfisch in den Mund, pißte über die schnarchenden Hausknechte ins aufzischende Kaminfeuer und hatte sich schon sein Pelzmäntelchen umgehängt, das wie von fern an die spanische Hofmode des übernächsten Jahrhunderts erinnerte.

Dick in einen Wolfsfellumhang gehüllt, trat die Markgräfin mit dem Hanse-Sekretär in den Burghof hinunter. Schneefall hatte eingesetzt. Um ein Lagerfeuer vor dem

Rüsthaus trat sich die kolbergische Burgbesatzung die Füße warm. Am Eisen ihrer unter den Arm geklemmten Piken, Schlagkolben und Streitäxte klebte noch das Ordensritterblut vom letzten Frühjahr.

»Ich habe lange gezaudert, sie mit der Armbrust auszurüsten«, erläuterte die Markgräfin mit dem Blick auf die frierenden Männer, »denn wie formulierte es doch die Lateransynode anno elf neununddreißig: ›Die todbringende und gottverhaßte Kunst der Armbrust- und Pfeilschützen sey bei Strafe des Anathems von nun an auf ewig jeglichem Christenmenschen untersagt.‹ Selbst mein Vater fand diese Fernwaffen gar nicht mannhaft und hatte denn auch nichts als sein Schwert bei sich, um die Nowgoroder Pfeilschützen von der 120 Ellen hohen Stadtmauer herunterzuholen ...

Die Zugbrücke runter!« rief Irene von der Treppe aus der Wachmannschaft zu und stand dabei da wie ihre Patentante Ute vorm Naumburger Dom. »Friert Euch nur nicht Euer Mannesgut ab«, sagte sie zur Seite dem Junker, der sich gerade dort mit seinen Händen auch schon warm rieb. »Schick sind sie ja, Eure Streifenhosen, aber hier in meinem Ostseewinter ...« Er nickte und stapfte mit der Markgräfin über die dünne Schneedecke zur ächzend niedergehenden Zugbrücke.

Als sei ihr das mit den allzu deftigen Zoten eben durch den Kopf gegangen, hakte sich Irene beim Hanse-Sekretär unter und bot ihren an knackigeren Umgang zwischen Manns- und Weibsbildern gewohnten Landsknechten und Hauptleuten das romantische Bild einer Intimität, die zart besaitet war. Von rätselnden Gesichtern begleitet, setzte das Paar seine Schnabelschuhe auf die ersten Planken der Zugbrücke.

»Uns steht was bevor!« flüsterte der Junker. Die rüstige Komturstochter bejahte still und drückte seine schlanke Hand. Es tat ihr eigentümlich wohl, daß diese Hand wohl noch auf keinem Schlachtenfeld mit dem Beil auf die Köpfe eingehauen, mit der Hellebarde in die Visierspalten hineingestochen hatte. Während sie hoch über dem Burggraben zur Stadt hinunterstiegen, dachte Irene zum ersten Mal mit einem Schaudern an all die Ordensritterkörperteile, die dort unter ihr, abgehackt, mit Pech übergossen und siedendem Öl im Wasser geschwommen waren. Halbierte Leiber, über der Hüfte durchgetrennt, bis zum Gaumen gespaltene Schädel, vom Wurfspieß durch beide Ohren durch gebohrte Köpfe, vom Katapult zermanschte Fleischbatzen. Sie sah die Mutigsten des Ordens die Sturmleitern an die Zinnen legen, hinaufklettern, sah ihre Leute dem ersten, der hochkam, mit der Sichel die Hände abschneiden, sah, wie die Leitern mit Stangen zurückgestoßen wurden, wie sie kerzengerade in der Luft standen, dann langsam nach hinten überkippten und alle Angreifer mit zerbrochenem Rücken, einer mit abgeschnittenen Händen, unter der Burgmauer lagen. Sieben, acht, die nicht mehr zwanzig werden würden, zweihundert, dreihundert jedes Jahr, die auf den Mauern und unter den Mauern aus der Welt weggehackt und weggestochen wurden, die den Gurt, den sie sich im Morgengrauen umgeschnallt hatten, nie wieder ablegen würden. Tot und besiegt lagen sie in Stücken umhergestreut, und am Abend griffen die Hände der Besieger zu, ihnen die Kreuze und Amulette vom Hals zu reißen, ihnen Eisen und Hemd vom Leib zu ziehen und die zerfledderten Gliedmaßen ins Moor zu karren. Es schauderte ihr. »Neuzeit«, dachte sie. »Pest weg, Belagerung weg, Folterkammerwesen überdenken!«

Ihre Schritte ließen Schnee zwischen den Planken der Zugbrücke hindurch auf die Eisfläche des Wassergrabens hinunterrieseln. Bis zum Körliner Tor im Süden, dem Kösliner Tor im Osten, dem Stettiner Tor im Westen und der endlosen Eis- und Wassermasse der Ostsee dort oben im Norden überschauten sie das Kreisrund Kolbergs. Nicht weit von ihnen waren die Palisadenwälle der Gründerjahre noch nicht durch die Steinmauer ersetzt.

»Ich bin zum ersten Mal in meinem Leben nervös«, raunte Junker Jörg der Markgräfin zu. »Ich wußte gar nicht, daß es so etwas geben kann wie eine solche Nervosität.«

»Das liegt am Bewußtsein«, sinnierte die hohe Frau, die

selbst gerade bemerkt hatte, wie sehr sie aus dem Lot geraten war. »Wie naiv waren wir zu glauben, daß es niemals Elecktrisitet geben werde.«

»Ich bin schon ganz gespalten, innerlich«, führte der Junker aus und faßte sich ans Herz, »wenn ich ›Licht‹ sage, denke ich schon dauernd an Glühbirnen. Und wenn ich an den großen Ritter denke, habe ich dauernd Angst, daß ich für die Neuzeit viel zu klein bin.«

»Ihr bringt es doch beinah auf einsfünfundsechzig, Junker. Für mich bleibt Ihr, was immer da komme, ein ranker Hüne.«

»Nun, Hüne«, wehrte er ab.

Mit einem Schritt, dessen Kühnheit sie eingestandenermaßen auch noch überhaupt nicht überschauen konnten, marschierten sie beide über den festgefrorenen Schlamm des Burgvorplatzes und gelangten in die anstoßende Weißgerbergasse. Von den Fensterlöchern der Hütten links und rechts wurde im Nu von innen das Ölpapier abgenommen, und neugierig gafften die Gesichter hervor.

»Gott zum Gruß, Mutter!« rief es von überall, »daß der Segen dich begleite!«

Irene nickte zurück.

Da brauche er nicht an die Neuzeit zu denken, erzählte der weitgereiste Jörg im Gehen: Daß Kolberg und alle deutschen Städte nur aus trostlos zusammengenagelten Bretterbuden bestünden, das habe er vor vier Jahren schon in Mailand erfahren. Durchweg seien die Gassen dort breiter als 15 Ellen, und zum Häuserbau verwende man viel mehr behauenen Stein, mit hübschen Fabeltieren am Sims, oft zwei köstlichen Säulen neben dem Tor und Drachenköpfen unterm Dachstuhl. »Tja, Italien!« seufzte er und zog sich seinen Pelz enger über die Brust. Zu seinem zweischneidigen Trost fiel ihm ein, daß verbürgter Meldung zufolge auch in Italien die Pestbeulen nicht kleiner waren als in Thüringen.

»2900 Seelen«, gab die Markgräfin, die Herrin dieser bemäkelten Residenz, zu bedenken: »Das ist doch schon eine ansehnliche Stadt.« Dieses Neu Yorck, von dem der

Ritter gesprochen habe, könne wohl auch nicht so viel größer sein – und sie griff gleich zum Extremsten – als das riesige, megalomanische Lübeck mit seinen 25 000 noch lebenden oder schon heimgegangenen Seelen.

»Größer vielleicht schon«, plauderte Jörg, »amüsanter bestimmt nicht.« Und er berichtete, daß in Lübeck beinahe das ganze Jahr hindurch Gaukler durch brennende Reife sprängen. Die Wirtsstuben würden bis Schlag zehn ausschenken, und auf der Lübecker Messe habe man sogar schon eine fürchterliche Echse vom Nilusstrome bestaunen können. Die mußte man abstechen, weil sie dem Gottseibeiuns wirklich zu ähnlich gesehen und alle Lübeckerinnen wegen dem Vieh albgeträumt hätten. Ja, selbst der König der Dänenmark komme oft zur Trave-Metropole herunter, um sich auf einen Rutsch zwei, drei neue Wämser schneidern zu lassen und den Zehnten von ganz Jütland zu verwürfeln.

Ach, gern hörte Irene diese Geschichten aus der weiten Welt. Das war doch etwas anderes als das ewige Schachspiel mit dem wassersüchtigen von Öllstein, das Sticken von noch und noch einem Einhorn, mit dem Leu mal links, mal rechts und dem Basilisken in der Mitte.

Ja, jetzt auf dem Kornmarkt war's entschieden, daß sie den Brunnen illuminieren lassen würde. Eine markgräfliche Residenz mußte etwas bieten, Zeugnis ablegen von der Weltzugewandtheit ihrer Besitzerin. Mochte der Bischof nur weiter um die Dukaten für einen Kran zum Dombau betteln – ein provenzalischer Lautenspieler auf der Burg wäre fürs hauptstädtische Flair gewiß nicht weniger wichtig. Gamben, Trumscheite mit mehr als zwei Saiten, Krummhörner, Zinken, Serpente, Maultrommeln mit mehr als fünf Tönen, Portative und Virginale mit über zehn Tasten sollte es dort irgendwo im sonnigen Süden schon geben. Würden die Zeiten wieder pest- und belagerungsfrei, schallen sollte Kolberg, ein Lustplatz ohnegleichen werden. »Ein zweites Werßeil«, dachte sie laut und konnte aber selbst vom Traumkumpanen Jörg nicht erfahren, was es mit diesem womöglich echt amerikanischen Begriff auf sich hatte. Mit dem Satz

»Ein bißchen mehr Größe«, konnte sie ihre sonnenköniginnenhaften Gedanken schließlich verständlich machen.

Der Junker und die Markgräfin kämpften sich durch die beizenden Schwaden der Färbergasse. Über ihnen schlossen sich jetzt die vorspringenden hölzernen Giebel wie zu einer taglosen, langen Höhlendecke. Nicht mehr nur rötliche, sondern schon tief lilane Hände und Arme hatten die Färbermeister und -gesellen, die das Tuch mit ihren Stangen durch die Tröge rührten. Bereits den zehnjährigen Lehrburschen waren hier vom ätzenden Dampf durchweg die Vorderzähne ausgefallen, und brauner Schorf überzog fast alle Gesichter.

Im Anblick dieses Unoptimalen – zum Wort ›Elend‹ mochte sie bei diesen wohlversorgten Handwerkern nicht greifen – kamen Irenes hochfliegende Gedanken auf den Erdboden zurück. Die Nachricht vom Pest-Ausbruch in Stettin war offenbar noch Burggeheimnis geblieben.

Sie bogen in die Nadelmachertwiete ein, wo wegen des zu Weihnachten bevorstehenden Zunftfests schon kaum jemand mehr ans Schaffen dachte. »Nun, Meister Hermann, soll's bei Euch auch so ein schönes Kegelfest geben wie bei den Metzgern und Gerbern zu Sankt Bartholomä?« richtete die Burgherrin den Gruß an den Zunftoberen.

»Ach, Kegeln«, tat er diese Empfehlung ab, zog sich die Kappe vom Kopf und trat flüsternd näher zur hohen Frau: »Einen Umzug machen wir, wo auf einem Schauwagen zu sehen ist, wie unsere Patronin Maria in der Heiligen Nacht die Windeln des Jesusknäbleins mit Nadeln zusammensteckt.«

Sowohl Irene als auch der Junker lobten solchen schönen Eifer der Nadelmacher. »Da wird es dann im nächsten Jahr überall einen Schauwagen geben«, sagte Irene zuerst munter, dann mit überspielter Beklemmung. ›Nächstes Jahr‹ . . .? »Die Metzger werden ihren Bartholomäus auf den Wagen stellen, der seine Haut in Händen trägt. Die Holzschneider ihre Maria und Elisabeth, die bei ihrer ersten Begegnung sich einander so zugeneigt hatten wie zwei Holzschneider, die mit der Säge sägen.«

Das ›nächste Jahr‹ ließ Irene weitereilen. Da war man endlich aus dem scharfen Gestank auch der Fischergasse heraus, stand wieder in guter Stadtluft und vor dem Kreuzspital. Der Schnee hatte den Spitalsplatz schon weiß zugedeckt. Daß dieses langgestreckte, einstöckige Lehmgebäude wegen des, zugegeben reizenden, Glockentürmchens auf seinem First eines der entscheidenden Vorbilder für den vielberaunten Kathedralbau von Amiens sein sollte, mußte von ehrlichen Leuten schon damals bezweifelt werden. Junker Jörg tat's auch, hielt aber den Mund, als Irene ganz überrascht tat, einen doch so schmucken und geräumigen Zweckbau in ihren Mauern zu finden. Jedoch, ob er für die kommenden Wochen geräumig genug sein würde?

Von allen Seiten sah das vornehme Paar auf einmal dunkle Flecken aus der diesigen Schneeluft auf sich zu kommen. »Deine Hand, hohe Frau!«, »Berühre mich!« rief es vielstimmig durch den feucht fallenden Schnee. Ein schneidender Blick seiner Burgfreundin veranlaßte auch den geplagt aufstöhnenden Junker zum Stehenbleiben. Im Handumdrehen war man von mehreren Dutzend Bettlern und Krüppeln umringt, die der Burgfrau herzeigten, was an ihren Leibern verwachsen oder verstümmelt war. Mitunter war es das härtestgesottene Augenlicht, das aus ihren Lumpenwickeln heraufstach.

Einen beinlosen Reitknecht, der sich nach einem Kreuzzugsgemetzel vor Jaffa auf den Händen quer durch Kleinasien und Ungarn bis nach Pommern zurückgefuhrwerkt hatte, erkannte Irene sofort. Sie legte dem Getreuen, der noch immer von den kühnen Taten seines verschollenen Ritters sprach, die Hand auf den knochenharten Haarfilz. Und da im Schnee: die stadtbekannte Unglücksrabin Gesine. Die mochte nun selbst nicht mehr wissen, ob sie vierzig oder sechzig Lenze gerochen hatte. Bei einer Fronleichnamsprozession habe sie zu lachen angefangen, hatte man ihr einstmals nachgesagt. Von Haus und Hof hatte ihr Mann die Frevlerin gejagt. Aufs Rad war sie geflochten worden. Und dann war's ja zu spät, daß man herauskriegte, nicht Gesine hatte neben dem Monstranzenzug losgelacht, sondern es war die Fleischhauerstochter Marthe gewesen, die ihr verfluchtes Gekicher nicht hatte zurückhalten können.

Da waren sie jetzt beide gerädert und in der Exkommunikation vereint, Gesine und Marthe, und küßten gemeinsam Irenes bestickten Rocksaum. Und sieh da, an seiner Krücke schleppte sich auch der Wagnermeister Winfried heran.

»Zunftausschluß«, erläuterte die Markgräfin dem Junker: Alle guten Regeln mit Füßen tretend habe Winfried sein Aufgebot munter mit einer zunft- und stadtfremden Kürschnerswitwe bestellt. Über solche Unverfrorenheit konnte auch der Hanse-Sekretär nur den Kopf schütteln.

Man habe es eilig, drängte er dennoch die Markgräfin, deren Siegelhand von all den Küssen bereits vor Nässe glänzte. Sie zog wieder den Handschuh über. Wenn der Lutter, sagte sie dem nun also nervös dastehenden Junker zum Ohr, schon den heiligen Florian abgeschafft habe, dann hätte er gleich all diesen Jammer mit wegorganisieren sollen. Siebzehntausend Bettler gebe es, laut Pater Ambrosius, allein in Straßburg, dreitausend müsse das Spital in Konstanz durchfüttern.

»Ohne Leid, wie wolltet Ihr dann noch gute Werke tun, Irene, und Euch den Weg in den Himmel bereiten«, hielt Junker Jörg ihr recht orthodox aus den Heilslehren entgegen. Von einem so oder so bestellten Gewinsel verfolgt, pochten die beiden eleganten Spaziergänger ans Tor vom Kreuzspital.

Ehe es dahinter zu rumoren begann, mochte sich hinter ihnen die Zahl der vollgeschneiten Rechtlosen verzehnfacht haben. Diese wuchernde Klagemasse im Rücken, war es dem Junker ganz wohl bei dem Gedanken, wie trefflich die Jurisprudenz alten deutschen Kalibers die Leibesmängel mit der Rechtsunfähigkeit verband. Was für eine Lawine von Prozessen wäre wohl über das Reich gerollt, wenn etwa so ein beinloser oder schwachsinniger Reitknecht als klage- oder erbfähig gegolten hätte? Nichts doch erinnerte bei diesen unglückseligen Kreaturen daran, daß Gerichtsfähigkeit mit der Zweikampffähigkeit, mit mannhafter Streitbarkeit zu tun haben mußte.

»Ei was, so seltener und hoher Besuch!« rief der Chefbader Johannes durchs Guckloch und schob persönlich den schweren Torbalken auf.

»Junker Jörg, Hanse-Sekretär aus Köln«, stellte die Markgräfin ihren Begleiter vor, der sich die Schneeflocken vom grünen Samtbarett wischte.

»Wie farbenprächtig Ihr gekleidet seid, bester Junker, in Rot, Gelb und Grün. Ich erkenne den Weltmann zuerst am Äußeren.«

Mit etwas aufgesetzter Heiterkeit erklärte der Meister, daß die beiden Herren sich schon kennen würden, vom Fastnachtsumtrunk im ›Goldenen Klippfisch‹.

»Wo Ihr mit einem furchterregenden Kürbis überm Kopf am Zechtisch gesessen habt«, erinnerte sich auch Jörg recht gut.

»Mummenschanz«, gestand der Spitalsleiter willfährig zu und erinnerte seinerseits den Junker daran, damals beim Winteraustreiben, beim fidelen Bocksspringen vorm Körliner Tor mit seinem Krokusbuschen im blanken Ärschlein gleichfalls keine schlechte Figur abgegeben zu haben, fürwahr, die Rheinländer ...

Meister Johannes führte seine Gäste ins Studiergehäus. Nebeneinander nahm man auf der Ofenbank Platz.

Es war der Hanse-Sekretär, der sich erstaunlicherweise auf die Tatkraft und Dignität der von ihm vertretenen Handelsorganisation zu besinnen schien und die Initiative ergriff:

In Stettin schippe man seit gestern die Hekatomben von Pestleichen auf den Schindanger.

Meister Johannes nickte betrübt.

»Soso, morgen wir«, raunte er und schaute seinen Gästen nun auf einmal so ins Angesicht, als habe man sich zum letzten Male beieinander. Tränen traten ihm in die Augen.

Nach einem kurzen, tiefen Grauen schob Junker Jörg nach, der neben sich auch die Markgräfin mit den Tränen kämpfen sah: »Der Tod. Das Weltenende.«

Wenn er nur recht fest daran glauben könnte, daß der Tod der kurze Weg aus dem Jammergrunde zum Läuterungsberg und danach ins Seligengefilde sei, sprach der Bader kopfschüttelnd. Aber etwas in ihm widerstrebe der Ansicht, diese Welt sei irgendwo noch einmal noch schöner vorhanden und dürfe wie ein Fußlappen in die Ecke geschleudert werden. Sie sei schön, sie sei einzig, eine zerbrechliche.

Er fuhr sich dann über den Bart und sprach vorgebeugt direkt zu Irene, daß in seinem Spital seit Wochen das Menschenmögliche vorbereitet sei. Seine zwanzig Strohsäcke habe er im Herbst frisch stopfen lassen. Heißes Wasser wäre zu jeder Stunde zur Hand. Ein großer Bottich mit quecksilbriger Schwefelsalbe schon angerührt.

»Wird's helfen?« fragte Irene nach.

Der Bader blickte sie ernst an, erhob sich dann und ging zu einer Truhe.

»Ich habe mich umgehört. Ich habe in Danzig Reisende ausgehorcht, Schriften der Universitäten von Cordoba und Byzanz befragt«, sagte er zögernd, »mich vorbereitet.« Er klappte die Truhe auf und zog behutsam ein etwa zweieinhalb Ellen langes Gerät hervor, das aus reiner Bronze war. »Das ist das Neueste vom Neuen, aus Arabien. Eine Klistierspritze. Vielleicht endlich die Erlösung. Vielleicht die Hoffnung. Man kann damit«, und er streichelte den glänzenden Apparat wie ein Neugeborenes, »so viel Essigwasser in die Därme pumpen, daß zu guter Letzt auch die Pest mit herauskommt. Wenn nicht sogar, bei genug Druck, die ganzen schwarzen Seelensubstanzen dazu. Man hört Wunderdinge: In der ganzen von meinen arabischen Kollegen damit behandelten Stadt Basra soll von früh bis spät nur noch Lachen und Jauchzen sein. Ist das der Durchbruch der Wissenschaft?«

Obwohl ihm die Trennung von seinem schweren Kleinod eine kleine Qual zu verursachen schien, mußte der Bader es Irene und dem Junker hinüberreichen, die es auf ihren Schößen beäugten.

»Jene eingravierten Schlangenmotive«, erläuterte der

Bader beinahe zappelig – und wurde kurz vom Junker unterbrochen, der meinte, Zierat mache in der Tat alles liebenswerter –, »mögen ihr Teil zur Heilung dazutun. Denn die Schlange ist ja Symbol für die Substanz Wasser, das Elementum aller Verwandlung.« Nach Tralles von Byzanz, einem der ganz großen Führer auf dem Weg zum hygienischen Glück, könnte man den Pestkranken damit gar Knabenurin einführen. Dann würden sie unter Umständen Epilepsie und Gicht auch gleich los. Plinius empfehle dasselbe Knaben-Serum in seiner ›Naturgeschichte‹.

Aber wie selbst nicht restlos davon überzeugt, verstaute Meister Johannes seinen schweren Spritzapparat wieder in der Truhe: Zu oft hatte man selbst in seiner Zunft Irrwege eingeschlagen, war üppig purgiert worden, wo eine Trübsal den Magen blähte.

Das Ding würde er jedenfalls dem Aderlaß allemal vorziehen, denn, und hier spreche er als eine Art Rebell in der Gilde des Galen, durch lebenslange Beobachtung habe er kürzlich festgestellt, daß von zehn kranken Subiecten ihm immer nur jene neun weggestorben seien, denen er nach Vorschrift zweimal am Tag kräftig die Fliete angesetzt habe. Womöglich habe das Abendland durch den Aderlaß schon mehr an Menschenmaterial eingebüßt als durch den Pestbesen. »Aber was vermag in dieser Stunde die Wissenschaft«, fragte er klagend. »Ist die Pest doch höchstwahrscheinlich ein Gas, das von der Melancolei erzeugt wird, und an die kommt man vielleicht nur mit dem Messer heran, was das Offizium nicht mag ...«

»Also die Melancolei, der Weltalb, der kosmische Wahn, die Jammerklänge der Seele sind die Ursache?« fragte der Laie Jörg nach.

Nach einer bedächtig bejahenden Geste des Baders – weil jene Melancolei zum Beispiel dem Vogelweide auch so manche vorzügliche Träumerei eingegeben hatte; das konnte man nun nicht alles dem Gejauchze von Basra opfern – sah Irene den Augenblick gekommen, vorsichtig den Kreuzbader an die Elecktrisitets-Idee heranzuführen.

Sie erschrak. Gleich würde sie diesem gebildeten Mann, der in seinem braunen Wollgewand sinnend neben seiner Instrumentenkiste stand, klarmachen müssen, daß er mit all seinem Wissensschatz hier im Mittelalter herumfummele, auf völlig verlorenem Posten stehe, womöglich nichts als ein Popanz sei. Möglicherweise konnte er seine Studienreisen, seine kostbaren Handschriften, sein ganzes Erkennen und Wirken auf den Mist schütten. Es galt, dem Bader mit einem einzigen Ruck den Boden unter den Füßen wegzuziehen. Für das Bessere! Ja, die pestfreie Zeit mit all ihrem Komfort, der Wärme, der Zahnbürste, dem gleißenden Licht in winterlichen Kemenaten, den erschreckend herrlich exakten Landkarten, lückenlosen, an denen sich kein Mönchlein mehr mit privaten Inselzugaben im Südmeer, einem wasser- speienden Lindwurm bei der Wolga-Quelle die Finger wund pinseln mußte.

Natürlich, das war klar, dachte Irene bei sich: Auch noch in der Electrisitetszeit würde sie Kolbergs hochgeborene Markgräfin sein, die sich von niemandem, auch nicht von Herrn von Öllstein, ins richtige Regieren reinreden lassen würde. Natürlich würde sie dann auch noch immer ihr kerniges Zweitfrühstück am liebsten mit dem plaudernden Junker Jörg einnehmen, dem seine rot-gelb gestreiften Hosen übrigens viel schmucker standen als die Jeans dem Sebastian von Ulrichsdorf. Mehr Desinvekzion würde es allerdings beim Zweitfrühstück geben: Die Brotfladen nicht mehr mit den Händen gebrochen, die stundenlange Völlerei gezügelt, nicht mehr mit jedem neuen Gast der Begrüßungs- trunk aus ein und demselben Kelch geschlabbert werden! In der Neuzeit, der desinvekzionierten, wenn dann auch auf den Gemälden endlich die Proportionen stimmen, die Maler die Welt endlich so erfassen würden, wie sie wirklich war, jedenfalls nicht mit goldenen Himmeln, vor denen die Mär- tyrer dreimal so lang waren wie Heidenbüttel neben ihnen. Einen ganzen Saal würde sie mit neuen Bildern ausschmük- ken wollen, um dort am Rosenmontag ihre Armen zu speisen. Mit Electrisitet würden sie dann alle gemeinsam dem Automobil aufsitzen, um nach vielleicht nur zwei Tagesreisen – gut, daß sie vor dem Einbruch solcher Geschwindigkeiten schon mehr als ausgiebig die durchreisten Landschaften hatte kennenlernen können – zum Turnier in Danzig einzutreffen. Hell würden die Glühbirnen der Stechbahn von den Schilden der Ritter, den rosigen Wangen der Knappen widerstrahlen. Auch in Danzig hätte man die Ratten ausgerottet und das ganze Kleingetier dazu, und ein fideles Springen und Rundtanzen würde sein. Die Hanse könnte nicht Fässer genug mit Kaffee von Amerika herüberschaffen, das der Kaiser mit einem geschickten Feldzug doch noch lehnspflichtig gemacht hatte. Das reiche Danzig, voller Automobile war es, mit denen man direkt zur Vesper in die Marienkirche kutschen konnte, eine summende Rennbahn die ganze Hansestadt, ein Schäkern der Jungfrauen von Automobil zu Automobil, ein Sausen, daß die Spitzhutschleier wie Wimpel aus den Autobutzen flatterten. Tja, und im Kreuzspital war Bader Johannes der Segen aller Kranken. Seine Elecktrisitet hatte im Nu das ganze Abendland erobert. Die Antibiotika in seiner Pillenröhre prellten den Knochenmann um seine fette Ernte. Wie nicht mehr zu denken war der Todesfall. Vergessen die Sudpfannen des Untergrunds, die allzu ewigen Schalmeienklänge und Palmenhaine des Paradieses. Vorbei diese schwarzkrause Zeit, wo ein Mann wie Meister Johannes Salomos Siegel auf den Fußboden zeichnete, im Zeichen der Zwillinge in seinen glühenden Tiegeln die Elemente fixierte, den Blasebalg trat und unter dem Geraune von Zosimos späthellenischer Krebsformel auf die Vermählung von König Schwefel mit Königin Quecksilber lauerte. Unter Umständen würde die Desinvekzion all das überflüssig machen, und von Reval bis Coimbra könnten sich die Alchimisten Sinnigerem widmen, als mit Phiolen in Kranichform dem Lebenselexir endlich Pfeffer auf den Schwanz zu streuen.

Irene öffnete den Mund und offenbarte dem Bader ihres Kreuzspitals geradeheraus, daß er seine Kraft im Mittelalter vergeude ... »Nebenan, oder vielleicht brauchen wir mit einer seetüchtigen Kogge nur weit genug gen Norden zu segeln, vielleicht auch nur an der richtigen Stelle die richtige Mauer durchzustoßen, ist die Zeit des Lichts und der Wärme – während wir hier wie unter erzener Glocke in ahnungsloser Schwärze gefangensitzen und der Pest in die Augen glotzen, wie das Kaninchen der Schlange. Wir müssen raus, Meister!« rief sie, »müssen hindurch, weg hier«, und sie schien sich mit ihren Ellenbogen geradezu aus der Zeitmasse freistoßen zu wollen. Ab in die Neuzeit, zugegebenermaßen auch in die Epoche der kaum mehr einzuatmenden Luft, wie sie festgestellt hatte. Junker Jörg pflichtete ihr bei, hustete noch nachträglich und gab auch noch kund, daß man von hier Badewasser mitnehmen müsse. Was dort in die Badezuber fließe, sei nur eine säuische Kloake ...

»Meister!« flehte die Markgräfin aus ihrer Kerkerangst, »schafft uns weg ...«

Daß Meister Johannes wissend abwinkte, war nach solch mächtigen Kundtuungen allerdings eine Überraschung. War der Traum ein drittes Mal geträumt worden?

»Seit langem schon«, sprach der Bader feierlich und nahm zwischen seinen sprachlosen Gästen auf der Ofenbank wieder Platz, »seit nunmehr fünf Jahren nämlich, pflege ich mit der Neuzeit intensiv Kontakt.«

Junker Jörg fand bestätigt, daß sich mit seinem frischen Bewußtsein auch seine Nervosität multipliziert haben mußte, und hatte so erregt die Schnabelschuhspitzen gekreuzt, daß die Fransenquasten vorn verheddert waren.

»Ich korrespondiere mit Bologna!« gab Meister Johannes preis.

»Bologna!« hallte es ihm von beiden Seiten in die Ohren.

»Bologna. Hier unter vier Augen bekenne ich, daß ich mich zum Kreis der Bologneser Frühhumanisten zähle. Unser Ziel ist die Abschaffung der Gotik und dann was Neues.«

»Humanismos, und obendrein der frühe, und war denn Gotik?« haspelte der liebenswerte Junker mit hausbackener

Naivität. Er habe seinerzeit in Bologna weder das eine noch das andere gesehen.

Um ein weiteres verwirrt, mußten die Markgräfin und ihr Begleiter sich bequemen, Meister Johannes ausführen zu lassen, daß mittels des Frühhumanismus der Mensch, das Schöne und das Edle generell mehr in die Mitte, der Weltalb, die Inquisition und die Femejustiz generell mehr an den Rand des Lebens gerückt werden sollten. Ungefähr so ... Zur Zeit lasse sich jedenfalls mutmaßen, daß der Mensch in Zukunft Gutes und Böses nicht nur selber machen, sondern zudem auf das Böse sowieso gleich verzichten werde und solle. Auf diesem Wege, so hätten die sehr sensiblen Gelehrten zu Bologna ausgeklügelt, werde diese Welt über kurz oder lang eine friedfertige, gnadenreiche, heroische und gebildete.

»Hm«, sagte der Junker. Die Markgräfin hingegen konnte angesichts solcher so vernunftbestimmter Verheißung sich der Beifallskundgebung »Wie romantisch!« nicht erwehren. Was sie jetzt ganz stark empfand, war, wie trefflich es doch war, sich als Potentatin von einem Eingeweihten so nett mit dem neuesten Stand des Frühhumanismus die Zeit vertreiben zu lassen.

Natürlich gab's hier viel zu verdauen, und so schaute sie zu den Butzen hinaus, vor welchen der Acht-Uhr-Verkehr zu holpern begann. Als ein Karren mit einem aufgeladenen Heringfaß im Schneegestöber schemenhaft vorbeiknarrte, die vorgespannte Mähre auch noch laut wieherte, war Irene klar, daß sie hier im innenstädtischen Gehäus des Baders vor lauter Lärmen nicht einmal einen Lehnsbrief konzentriert hätte siegeln können. Und dann die Brunnenwinde draußen, die regelmäßig alle Viertelstunden neu zu jaulen begann. Ihre Burg würde sie nie freiwillig hergeben, sann sie, nie.

Irene wollte ansetzen, nun ihrerseits den Bader ins Vertrauen zu ziehen, denn nicht allein ihre Pläne, sicherlich auch ihre Geduld waren seit heute nacht wie umgestoßen. Wo sie sonst kaum bemerkt hätte, ob sie nun vier oder sechs Stunden schwatzend am Ofen saß, fand sie schon die eine

Stunde hier im Gehäus merkwürdig unfunktional zuge-
bracht. Mit ungekannter Hektik verlagerte sie ihr Gewicht
bereits zum zweiten Mal auf die andere Gesäßhälfte. Solche
Nervosität – zu seiner Rechten hatte auch Junker Jörg einen
Blick auf die Sanduhr geworfen – schien den gelehrten
Hausherrn sehr zu irritieren, der eben hatte anfangen wol-
len, zusammen mit seinen beiden Besuchern ein kleines
Stündchen zu schweigen.

»Meister! Meister!« rief von draußen eine atemlose Jüng-
lingsstimme. Der Adept riß die Tür auf. »Meister!« keuchte
es aus seinem rußigen Gesicht, »rasch, kommt. Das Individuum ist gelb geworden!«

»Folgt mir! Ein großes Experiment!« rief Meister Johannes aus, griff wie verwandelt seine Gäste beim Arm und
stürmte mit ihnen aus dem Gehäus. Der Adept machte vor
den vornehmen Herrschaften vom Burgberg Bücklinge und
lief, die Lederschürze vorm Bauch, die Filzkappe schief auf
dem Kopf, voraus zum Laboratorium.

Es lag genau am anderen Ende des Kreuzspitals, fast
versteckt, und der Länge nach hatte man den ganzen Krankensaal zu durchmessen. Dort, wo die Spinnweben am
dicksten aus dem Dachgebälk über die Strohlager hingen, im
Schatten des schwarzgebrannten Suppenkessels, besorgte es
der Hilfsbader – wie Junker Jörg im Vorbeieilen mitbekam –
gerade der Buckligen, die hier seit Jahr und Tag mit ihrem
Aussatz rang. Der mochte es egal sein, dachte Jörg, ob sie
obendrein noch die Pest bekäme, schon gar jetzt, wo sie dem
geilen Bock von Hilfsbader den Hals abschleckte.

»Junker!« rief die Markgräfin dem Säumigen von der
schmiedeeisernen Laboratoriumstür zu: »Rasch! Schaut nur
hier herein! Hier tut sich was! Hier werden wir mit Meister
Johannes gleich weiterexperimentieren!«

Irenes Augenzwinkern sagte alles: Dies Laboratorium
hatte die Wiege der Kolberger Electrisität zu werden.
Meister Johannes aber achtete vorerst weder auf diese Hin-
tergrundstöne, noch darauf, daß seine Markgräfin ihren
Spitzhutschleier aus dem Topf mit geronnenem Lämmer-

blut, das in die Hustenpastillen kam, wieder herausziehen mußte. Der Frühhumanist in ihm war ganz zum Wissenschaftler geworden, und er stürzte mit Friedhelm, seinem hoffnungsvollen Gehilfen, gierig zur umsorgten Feuerstelle.

»Welcher Hitzegrad?« fragte er hastig und stieß den Adepten zur Seite.

»Der vierte natürlich, Meister, Steinbock.«

»Gut. Einen perfekten Meister man jenen nennt/Der seine Hitze richtig kennt/Nichts anderes kommt dich so teuer/Wie Unvertrautheit mit deinem Feuer«, dozierte er aus dem Albertus Magnus.

Durch die Destillierkolben, Tiegelberge, Phiolen, Vorräte an getrocknetem und gesiebtem Pferdemist fürs hochkarätigste Alchimistenfeuer fanden die Markgräfin und Junker Jörg einen dunklen Gehpfad zur Brandstätte.

»Seit sieben Wochen kocht's«, raunte ihnen aus dem Feuerschein Friedhelm zu. »Der Meister hält nichts von den zwölf Apostelwochen. Wir probieren's mit der Schöpfungszahl in Wochen umgerechnet plus drei Tage Trinitätsvorwärmung ...«

»Pst!« zischte der Gelehrte. Er hatte allen Grund. Das Schauspiel, das sich den vier Augenpaaren im stickigen Dunst der Alchimistenküche bot, die offiziell natürlich ausschließlich den Übungen der Weißen Magie gewidmet war, konnte den Atem verschlagen: Im Siedekolben, eifrig von den roten Flammenzungen umleckt, brodelte es blaugrün. Mitten durchs blubbernde Naß aber torkelte gelb ein fasriger Kloß, der die Tendenz hatte, dauernd zum Gefäßgrund abzusacken – von dort jedoch, ehe man sich's versah, sich wieder in die Höhe schraubte. Glitzernde Schleimspuren überzogen wie Geäder die inneren Gefäßwände. Manchmal machte es plopp, und ein paar Kloßkrümel begannen blindlings durch den kochenden Sud zu rasen.

»Wenn das Individuum vom blassen Gelb in einen satten Goldton übergeht, haben wir's geschafft«, wandte sich Meister Johannes an seinen Adlatus und fuhr mit dem rechten Mittelfinger beschwörend über ein an die Esse genageltes

Pergament, auf welches der Uroboros, die sich selbst verschlingende und wiedergebärende Schlange gemalt war. Ihre indigofarbenen Natternschuppen leuchteten im Feuerschein, und sie bezeugte hier das Wesen aller ewigen Kreisläufe, indem sich das Uroborosvieh im Kreise wand und sein Schlangenkopf den eigenen Schlangenschwanz verschlang. »Alles ist eins. Und eins ist alles«, murmelte, den Finger auf dem Symbolum, der Alchimist gemeinsam mit dem rührigen Friedhelm den Ur-Satz vom Grunde und vom Ziel.

»Ein neues Arkanum auf dem Feuer?« fragte leise der selbst ein bißchen im Goldmachen dilettierende Junker Jörg.

»Solange ich noch an den Zahlenreihen für den Stein der Weisen zu multiplizieren habe, so lange werde ich mich im Praktischen dieser Substanz widmen und diese zur Vollendung bringen.«

»Wir haben den Tip aus Bologna bekommen«, fiel vielleicht etwas vorlaut Friedhelm seinem Meister ins Wort. »Auch dort ist man jetzt auf der Spur des Individuums. Mit dem Zeug soll man alles in Einzelteile spalten können, die dann wie besoffen draufloswachsen, alle eigene Summtöne von sich zu geben beginnen und so rumtorkeln, daß sie in keinen Kasten mehr passen ...«

»Ulkig«, gestand Irene und fixierte den Kloß, in dem so gewaltig-obskure Teilungs- und Wachstumspotenzen gären sollten. Friedhelm schien beseligt, auch einmal der Landesmutter, und zum ersten Mal, etwas unterbreiten zu können, und haspelte schon weiter: »In Bologna ist der berühmte Signore Petrarca ausgerechnet beim Sonettedichten aufs Individuum gestoßen. Als er nämlich an eine Frau Laura dachte, auf die er etwas reimen wollte, hat er gemerkt, daß er vor Liebe ganz traurig und einsam und nachdenklich war und mit niemandem etwas zu tun haben wollte. Alle Welt war glücklich und ein Haufen; nur er war in seiner Stube allein, dachte dies und das und hin und her, was keiner sonst dachte, und meinte, daß er ein schweres, unvergleichliches Schicksal hätte, wo ihm nicht Priester, noch Obrigkeit recht den Weg und Sinn weisen könne. Und da hat der Signor

Francesco dann gedacht: Es muß wohl ein Individuum geben.«

»Brav, Friedhelm«, lobte Meister Johannes seinen Stift. »Weißt du denn auch noch, mit welchem Sonettvers Herr Petrarca an jenem Tag die Individuumsnachforschung begann?«

»Solo e pensoso! Einsam und versonnen!« schoß Friedhelm los.

»Eine hübsche Anekdote«, zog sich Irene aus der Affäre, denn die Zusammenhänge zwischen einsamer Versonnenheit und dem Kochkloß, der besoffene Einzelwesen produzieren sollte, hatten sich ihr nicht gelichtet. »Hilft's gegen die Pest, oder gegen die Ordensritter?« fragte die zum praktischen Denken gezwungene Landesmutter. Sie schaute zum Kloß, der schon wieder, und noch zerfaserter, auf dem Grund des blaugrünen Elixirs liegen blieb. Sie riet, hilfsbereit, doch den ganzen Bologneser Frühhumanismus zu verflüssigen, dazuzugießen und die Solo-e-pensoso-Formel zu murmeln. Vielleicht komme der Knödel dann wieder in Gang. Junker Jörg knuffte ihr heimlich in die Seite. Hier konnte nur der Spezialist, nicht ein Weib das Sagen haben.

Obwohl man nicht voraussehe, was man auskoche, sagte gewichtig der Bader und Schwarz-Weiß-Alchimist, sei dennoch anzunehmen – das zu erkennen sei Friedhelm noch zu dumm –, daß jener gelbe, und wohl bald goldige Kloß, jene Substanz werde, die die so abgedroschene Säuglingsernährung mittels Mutter- und Ammenmilch neu regeln würde. »Was belanglos wäre«, spann er vor den stark in Anspruch genommenen Besuchern den spekulativen Faden fort, »wenn damit nicht einherginge, mindestens im Bereich des Halswachstums ganz neuartige Varianten zu eröffnen.«

»Ei ja?« rief der Junker.

»Erst Teilung, dann Sonett, jetzt Hals?«

Der Bader ging darauf nicht ein, daß die hohe Frau offenbar nur mit fertiger Wissenschaft zu Rande kam. »Aus chemologischen Gründen kann ich erst einmal nur den menschlichen Hals anpeilen und ihn mit dem Individuum reagieren lassen ... Unsere Hälse, schaut selbst: Alles derselbe eintönige Zuschnitt. Immer zylindrisch, immer genau unterm Kopf. Was die Schöpfung in lieber Einfalt so regelte, auch das muß heute überdacht werden. Also, in Bologna, im Petrarca-Kreis plädiert man entschieden für mehr, viel, viel mehr Nuancierung innerhalb der Spezies Mensch.« Meister Johannes tippte mit gespitztem Zeigefinger gegen den innerlich tosenden Siedekolben: »Und genau da wird mein Kolberger Individuum nachhelfen. Flößt Ihr davon den Einmonatigen tüchtig ein – ich lege meine Hand schon jetzt dafür ins Feuer – je nach eingetrichterter Dosis werdet Ihr Geschöpfe mit den köstlichsten Abstufungen und Mischformen, vorerst im bisher tristen Halsbereich, heranzüchten ...«

»Lange Alabasterhälse bei den Mädels, Bauern ganz ohne, Edelfrauen gleich mit angewachsener Spitzenkrause, lauter Überraschungen«, schob Friedhelm nach, trat den Blasebalg und strahlte übers ganze Gesicht.

»Ist ja lustig«, bemerkte der Hanse-Sekretär und sah das bunte Völkchen vor seinem geistigen Auge über den hiesigen Marktplatz lustwandeln. Was denn aber Kaiser und Papst dazu sagen würden, wenn es von diesem neuen Unterschiedsgezücht allüberall zu wimmeln begänne? fiel ihm dann ein.

Zuerst gelte es, die Kleinkinder, die er mit dem Individuum – falls es endlich golden werde – probeweise zu nudeln gedenke, vor aller Obrigkeit zu verstecken. Bannbulle und Reichsacht winkten ja hinter jeder Ecke, reflektierte der Alchimist und bot leutselig dem Junker einen Zinnlöffel an, um vielleicht schon einmal vom Kloß zu kosten.

Der Kölner lehnte dankend ab. Womöglich käme er als einzelner mit einem Schwanenhals, den er gestern noch nicht gehabt habe, so bolognesisch der auch wäre, nur ins Gerede. Überdies zweifle er, ob der blaßgelbe Kloß für seinen schlichten Christenmagen überhaupt verdaubar sei. Er danke: Solo e pensoso mit Schwanenhals – das müsse nicht sofort sein, da sollten erst einmal andere ran.

»Vielleicht wird da doch noch der Stein der Weisen draus«, erklärte die Markgräfin, von der beabsichtigten Leibesumgestaltung wenig berauscht, und schonte kein Gefühl des Forschers. Der neigte spielerisch untertänig das Haupt, sehnte sich nach seinen Kollegen in Bologna und streute eine Prise Lorbeerpulver – unter Umständen verfrüht – in den kochenden Sud.

»Nun denn, Meister Johannes, dies Individuum ist Eure Angelegenheit. Ich und der Herr Hanse-Sekretär sind heute gegen alle Sitte aus rein zweckhaften Gründen zu Euch gekommen und haben es damit, gegen alle Sitte, eilig. Da nun Euer Kloß weder die Pest noch die rücksichtslosen, ganz penetranten Ordensritter beseitigt, werden wir Euch jetzt unsere Pläne unterbreiten.«

Daß in diesem Moment hoher Spannung in einem der finsteren Winkel der Alchimistenküche, dort, wo ein paar Schädel nachdrücklich an die Kehrseite der Welt erinnerten, ein anderer vor sich hin dampfender Destillierapparat zusammenkrachte, gab den überraschenden, markgräflichen Worten nur noch unheimlicheren Nachdruck.

»Ja ... ich bin ganz Ohr, wenn's in mein Spezialgebiet fällt«, sagte Meister Johannes, gab Friedhelm – als bräuchte es für körperliche Kontakte keinen erkennbaren Anlaß – ein paar hinter die Löffel und mußte das Individuum wieder sich selbst überlassen. Man befreite fürs Gespräch die gut fünf Alchimistengenerationen alten und eigentlich stocksolide gezimmerten Hocker von den Wünschelruten, sumerischen Horoskopen in Kalbsleder, den kunstvoll in Silber getriebenen Linealen und Zirkeln und setzte sich um die Feueresse. Ob ihrer Hitze zerschmolzen die Schneeflocken, die zum Rauchfang hereinwehten, schon im Flug.

Ohne viel Federlesens, die Unterschiede zwischen Sehnsucht und Zweck, Politik und nächtlicher Erotik, Wissenschaft und Leben noch nicht im Griff, breitete die Markgräfin dem nun allerdings baß vor sich hin staunenden Bader vom Kreuzspital ihre mitternächtliche Offenbarung aus. Hier und da wußte der Junker Klärendes hinzuzufügen und zementierte die Bedeutsamkeit des fürstlichen Traums damit, daß er zwiefach geträumt worden war. Friedhelm klingelten die Ohren, und nur quasi mechanisch trat er den Blasebalg, was übrigens auch nach sieben Wochen und einem Tag in seinen mittelalterlich geschulten Schenkeln noch keinen Muskelkrampf verursacht hatte.

Irene schloß ihren Bericht mit den Worten: »Das zu tun, gab er mir auf.«

Diese vier Menschen, die vom Schicksal zufällig gemeinsam ins pestbedrohte Hinterpommern des 14. Jahrhunderts hineingepflanzt worden waren, rätselten nun über ihren Vorstoß in die erlöste Ära. Gerade als die Markgräfin dort im Laboratorium dem Alchimisten die neuen Zauberworte wiederholte, bimmelte das Glöckchen auf dem Kreuzspital die neunte Morgenstunde und schloß sich der Schnee auf dem Reetdach des länglichen Gebäudes zur dicken Decke.

Ab und zu hallte vom kleinen und wegen des Eisgangs stillgelegten Hafen das Krachen der Eisschollen über die Gassen, durch die geschäftig mancher Karren geschoben, mancher Zugochse vorwärtsgetrieben wurde. Kolberg stand auf der Schneide. Mit dem Neun-Uhr-Läuten hatten für alle, die in ihren Häusern oder auf den Gassen waren, die letzten Minuten begonnen, die sie vor dem Wissen von der sicheren Katastrophe hatten. Ein paar Kolberger nämlich, gerade um diese Zeit, hatten aus ihren Giebelfenstern bemerkt, daß sich eine Viertel Kolbergische Meile vor der Stadtmauer Gestalten regten. Die Spähenden schärften ihre Augen, um trotz des leichten Schneefalls etwas zu erkennen. Ihnen stockte der Atem. Was sich dort am Rabenberg zusammengefunden hatte, waren Geißler und der Burgkaplan. Wer sie von der Stadtmauer oder aus seinem Dachfenster sah, wußte nun Bescheid. Zwischen den zwei Galgen, Rädern und sieben Scheiterhaufenresten wurden Gewänder in den Schnee geworfen, wurden die Oberkörper bis auf die Haut entblößt und nach den Ziemern mit den eingenähten Bleikugeln gefaßt. Mit einem Aufschrei zerriß sich jetzt auch Pater Ambrosius im fahlen Tageslicht seine taillierte Benediktinerkutte, stimmte in die auftönenden Mariengesänge der gebückt Umherwandernden ein, verfluchte alle Huren und peitschte sich den glatten Priesterrücken. Sein Blut begann mit dem der anderen in den Schnee zu spritzen, der Burgkaplan verlachte mit einem Kreischen seine alte Weltenlust, die an den Wein verlorene Zeit auf der Heidelberger Fakultät und versank im Schauer-Reich der schmerzbegierigen Flagellanten, die ihm ihre Rücken darboten, daß er darauf einschlage.

Auf der anderen Seite Kolbergs, in den letzten Augenblikken der alten Zeit, wanderten barfüßig ein paar Minoritenbrüder über den Rundweg längs der Stadtbefestigung und kreuzten dort den augenlosen Reinhard, der seit seinem Unglück an der Salzsiederpfanne nichts tat, als sich von einer Werkstatt in die andere zu hocken, mittags um eine Suppe und abends um ein Schlafplätzchen am Herdfeuer zu bitten. Dicht hinter ihm und den Ordensbrüdern wurde auf dem winterlichen Boden Hufgetrappel laut. Hastig zogen die Mönche den blinden Salzknecht an die Stadtmauer. Mit geschlitztem Barett trabte ein Herold an ihnen vorüber, bog dann geradewegs zum Rathaus ab, wo er dem Schultzen der bedrohten Nachbarstadt vom Losbruch der Seuche die klare, offizielle Kunde zu überbringen hatte. »Nun gehen wir ein ins himmlische Reich«, hatte der Rat von Stettin anstelle des Stadtsiegels auf die Rolle schreiben lassen. Etwas anderes enthielt ein Begleitschreiben, das der Herold aus der Ledertasche zog: Der Hohe Rat von Stettin habe nächtens in seiner Not beschlossen, die Narren der Stadt ins Schiff zu sperren, auf die See hinausfahren zu lassen und sie ins Eis zu versenken. Ob man aus Kolberg ein paar von diesen unheilbringenden Kreaturen dazustecken wolle? Von seinem langen Ritt die menschenleere Küste entlang, durch die nordischen Urwälder mit ihren heißhungrigen Bären, Luchsen und Wölfen, schnaufte der Stettiner Sendbote, als er vors Rathaus gelangte, und wollte bang seinen Kopfschmerz, die rötlichen Flecken auf den Händen der Eiseskälte zuschreiben. Er fühlte mit plötzlichem Entsetzen, dabei einen Blick zum Rathausgiebel hinaufwerfend, unter den Achseln, in der Leiste nach. Nein, nichts war da geschwollen, schien es ihm, es mußten Wams- und Hosenstoff sein, die dort so dick auftrugen, wo er mit den Fingern hingedrückt hatte. Er saß ab.

»Heilmittel, alles Reinigende ist scharf und sauer. Das gibt das vernünftige Gefühl ein. So wird's um Eure Desinvekzion und das ander Ding, die Elecktrisitet, auch bestellt sein. Was denkt Ihr denn, warum in Burgund, dem Lotterland, die Eitelkeiten zersetzenden Einzug gehalten haben? Wegen des Markusbrots!« sagte der Leiter des Kreuzspitals und meinte das pane Marci, das gefährliche Marzipan, durch dessen Genuß die Burgunder ihrem körperlichen und geistigen Zerfall die Tür geöffnet hatten. »Wir im Reich und in Pommern müssen uns an die beizenden, ätzenden, ja gräßlichen Substanzen halten, um das Heil zu zwingen. Glaubt das einem gutdeutschen Alchimisten! ... Nur jetzt nichts Mildes ... Mit dem Kaffee wird's ein Leichtes sein«, sprang der Fachmann in schon moderner Manier von einem Einfall zum nächsten: »Schwarz, bitter, anregend sei er gewesen? Wenn wir diese Qualitäten erzeugen – und nichts simpler als das, lächerlich! – werden wir selbstverständlich auch den Kaffee haben. Ich denke mir eine wohlproportionierte Mixtur aus heißem dunklem Bier und einem gewissen Quantum an Weinessig. Was wird's anderes sein!«

»Wie einfach es doch ist, wenn man's weiß«, jubelte Junker Jörg auf seinem Schemel, wobei ihm das Barett vom Oberschenkel rutschte und wegen der Schwerkraft, was dem Junker physikalisch noch entging, auf den Steinboden herunterfiel.

»So weit gut. Mit einer Kaffeebrauerei ließe sich klingende

Münze machen«, schaltete sich die Markgräfin ein. »Aber erst einmal müssen wir an unser schlichtes Weiterleben denken. Die Desinvekzion, die Elecktrisitet, Meister! Wie herstellen? Wie sie anwenden?«

Des Baders Schweigen schien einem Kapitulieren vor der in der Tat gigantischen Aufgabe gleichzukommen.

»Habt Ihr das auch genau und wirklich geträumt?« probierte er elegant. Er mußte ein Nicken der beiden Köpfe erkennen. Wie war von den dunklen Begriffen auf den Inhalt und den Zweck des Bezeichneten zu kommen? Wo Sprache war, fehlte halt nur noch, doch leider gänzlich das Ding. ›Investitur‹, ›Simonie‹, ja, da wußte wenigstens jedermann, woran er war.

Daß man hier sowieso seine Seele eher dem Teufel in die Hand spielte, als daß man auf dem Pfade der Erzengel wanderte, daß einem in dieser Stunde des Fortschritts der ewige Glutofen angefeuert wurde, schon das schuf genug Bedenken ob des Voranpreschens. Die Markgräfin versprach, gleich anderntags für alle Anwesenden beim Liebfrauenkapitel einen größeren Betrag für einen Ablaß mit Zweijahresgültigkeit deponieren zu lassen.

»Wir müssen uns konzentrieren, dem Prinzip der beschränkten Wissenschaft folgen«, schlug in der Seele erleichtert Meister Johannes vor. »Unmöglich kann ich in ein paar Tagen all das von Euch Geträumte und jetzt ja durchaus Denkbare nacherfinden. Auf was beschränken wir uns? Was wird der Menschheit so über den Daumen am meisten helfen?«

Markgräfin und Junker schauten sich an.

»Ich hatte eigentlich gleich alles gewollt«, gestand die Markgräfin ein. »Sonst wird die Neuzeit ja gar nicht neu ...«

»Ich denke, die Antibiotika können wir fortlassen«, gestand der Hanse-Sekretär konziliant dem stark beanspruchten Forscher zu. Denn erstens: Diese rabiate und nur auf Zerstörung deutende Vorsilbe ›Anti‹ schließe ein schönes ›Pro‹ ja völlig aus – aber Probiotika ständen nun mal nicht zur Debatte. Zweitens habe das ganze schleierhafte Wort den fatalen Hautgoût von ›Antichrist‹. Nein, all diese Antis seien womöglich eine Sippschaft, der man nicht zu nahe kommen sollte. Drittens aber seien ihm im Traum die Antibiotika auch längst nicht so ins Auge gestochen, im Grunde überhaupt nicht, wie die anderen schönen Neuzeitsachen. Man müsse sich zuerst immer am Augenfälligsten orientieren. Das sei das Licht gewesen.

»Hoffentlich machen wir da keinen entscheidenden Fehler, wenn wir die Antibiotika unter den Tisch fallen lassen«, grübelte der Alchimist. »Ich würde dann aber auch die Desinvekzion hintanstellen«, riet er, »denn fällt Euch an dem Wörtchen gar nichts auf?«

»Nö«, überlegte der Junker: »Nur, ›Des-in‹ muß ja wohl als ›Weg-hinein‹ übersetzt werden. ›Vek‹ könnte Küchenlatein sein und von ›facere‹ – ›machen‹ kommen ...«

»Weghineinmachen ...« schnitt Irene ungeduldig dem knobelnden Junker das Wort ab.

»Die letzte Silbe, der Wortschwanz!« hob der Meister den Finger: »Zion! – Desinvek-Zion ist jüdisches Teufelswerk. Da grinsen Judas und Kaiphas aus den Lettern, da steckt Sodom und Gomorrha drin. Hände weg davon. Das mag noch so mit Kirchen- und Küchenlatein umgarnt sein.«

Man beschloß, das Heil zuerst in der Elecktrisitet zu suchen. Erst bei unüberwindlichen Problemen mit der Elecktrisitetskonstruktion sollten Sodom und die Messiaskreuzigung zurückgestellt und im Talmud genauer über die Feste Zion nachgelesen werden. »An die Arbeit«, mahnte sinnvoll der Kreuzbader. »Ans Werk! Laßt uns Geschichte machen!«

Daß trotz der ausgegebenen Parole selbst herausragende pommersche Geschichtsbücher von einem Bader Johannes, dem Hanse-Sekretär mit den Schleifchen im Haar nichts und von einer Irene nur nebenher melden, unter ihrer Regentschaft sei der Flecken Körlin zu völliger Bedeutungslosigkeit herabgesunken, darf die Nachwelt nicht irre machen. Denn wie lückenhaft unser Wissen ums Ganze ist, niemand hätte es besser verstanden als die eben genannten selbst.

Meister Johannes reichte Irene, deren Grabplatte 1522 von den lutherischen Bilderstürmern zertrümmert wurde, und dem Junker Jörg, dessen Gebeine im Dreißigjährigen Krieg aus der Gruft gezerrt wurden, zwei knöchellange Lederschürzen. Der Tisch wurde für die Experimente freigeräumt.

Da man das sprachliche Phänomen Electrisitet von der Gühbirne her aufzurollen gedachte, kramte Meister Johannes aus seinen Gerätschaften eine Phiole hervor, die, das bestätigte selbst Friedhelm, der Birnenform sehr nahe kam. Dies rundliche Gefäß, das man in einen Dreifuß stellte, galt es nun schlichtweg zum Leuchten zu bringen.

Von jener gutdeutschen Alchimistenthese ausgehend, das Nutzbringende sei stets scharfbitter bis ätzend, nahm auf des Baders resolutes Geheiß Junker Jörg die Tontöpfe mit Seidelbast-, Liguster-, Tollkirschen- und Eibenblättern vom Regal und reichte sie vorsichtig nach unten. Als eine Viertelstunde später der daraus gemischte Brei zu kochen begann, verteilte der Hausherr an seine Gäste und den recht biedersinnig weiter Blasebalg tretenden Friedhelm die schützenden Eisenmasken: Dieser Schlick könne Völker morden.

»Jetzt graust's mir beinah«, sagte selbst die burgerfahrene Irene, als sie sich hier im Zwielicht der Esse mit Giften und drei Männern zusammenfand, die in lange Lederschürzen gewickelt waren und rostige Masken vor den Gesichtern hatten. Durch ihre Augenschlitze sah Irene dem stummen Hantieren zu. In höchster Spannung beobachtete auch Jörg durch seine Maskenlöcher, wie der Bader nun den heißen, grünlichen Schlick mit äußerster Vorsicht in den Phiolenhals löffelte. »Zurück, die Dämpfe!« rief er. Die Substanz war drin. Man lauerte – und lauerte dann noch etwas länger.

»Sie leuchtet nicht!« rief Friedhelm vom Feuer herüber und gewahrte im selben Moment, daß sich auch das Individuum nicht aus seiner gelblichen Blässe befreien wollte.

Junker Jörg schlug sich vor die eiserne Stirn, dann noch einmal. Er habe zu berichten vergessen, zur Glühbirne gehöre eine Schnur. Eine Schnur, die an einer Wand festgemacht sei, quasi in sie hineingestopft werden müsse.

»Sapperlot, Junker, träumt das nächste Mal gewissenhafter!« raunzte Meister Johannes und stellte mit dem Verdruß darüber, auf das Niveau von blutigen Laien angewiesen zu sein, die dunkelgrün gefüllte, vergeblich geschüttelte Phiole wieder auf den Dreifuß zurück. Als er der unruhig wartenden Markgräfin einen süßlichen Blick der Entschuldigung zuwarf, hatte nun er seinerseits vergessen, daß sein Gesicht unterm Eisen steckte. Irene hatte indes schon ein dünnes Hanfseil bei der Hand. »Hier!« rief sie, »die Leitung, die Jörg meint. Rasch, rasch. Wir trödeln hier, und draußen hat der Weltuntergang begonnen.«

Die beiden Herren versteinerten in ihren Bewegungen. Auch sie hörten jetzt die Schmerzensschreie, die von den Flagellanten am Rabenberg zur Stadt herüberwehten. Nun konnte es nicht mehr lange dauern: Vor ihrem geistigen Auge sah Irene, wie auf den Plätzen, in den Gassen gallige, aus dem Boden geschossene Bußprediger ihrem Volk Sack und Asche einbliesen, Hysterie anstifteten, Nachbarn entzweiten, zu der Pest noch einen neuen Hunnensturm herbeiredeten und allen lieben Tand ins Läuterungsfeuer schleuderten. Hatten sich die Erfurter in ihrem Wahn nicht die eigenen Häuser über dem Kopf angezündet und geschrien: Wir machen selbst das Weltgericht! In solchen entfesselten Zeitläuften würde es nicht mehr hinreichen, sich mit seinem bestimmten oder namenlosen Kummer von Zeit zu Zeit zu den Eremiten zurückzuziehen – sich in deren Waldklause in einen kühlen, dunklen Winkel zu knien –, sich einen Morgen oder einen ganzen Tag lang inniglich auszuweinen, um mit der Abenddämmerung erfrischt durch die Flur in die Stadt zurückzuwandern. So war doch noch gestern die stille, kleine Kur für die geknickten Seelen gewesen!

Den langen schweinsledernen Schurz vor den Leib

gebunden, gräßlich die angerostete Maske über den Wangen, knotete Junker Jörg das eine Ende der Schnur auf Weisung des Baders um den Phiolenhals. Mit dem anderen Ende lief er zu einer der Laboratoriumsmauern. Hier schlug Meister Johannes in den Backstein schon das Loch, welches das nächste Mal erst wieder benutzt werden sollte, als 597 Jahre später genau dort in die Grundmauern des Kolberger Heimatmuseums, auf dem alten, ehemaligen Spitalsgelände ein Volkssturmmann einen Sprengstoffsatz stopfte, um der Roten Armee nur Verbranntes zurückzulassen.

»Hinein ins Loch mit der Leitung, Junker«, rief der Bader und fragte sich still, was sich selbst heute noch jeder Elektriker fragen würde, was das eigentlich sollte – ein Schnurende in eine Wand zu prokeln. Er kratzte sich am Kopf. Der Junker hingegen glaubte, wegen der äußerlich ziemlich zutreffenden Form sei nun auch schon das zutreffende Wesen des Glühbirnenmechanismus geschaffen. Und richtig: Genausosehr wie fünfzig in Strophen geschriebene Seufzer einen Minnegesang, die neuerliche Geburt eines Zimmermannskindes in Bethlehem ein neues Jahr 0 ausmachten, ebensosehr erfüllte des Junkers mit einer Schnur vollgestopftes Loch die Aufgabe, eine tüchtige Steckdose zu sein. So flehentlich er am gespannten Hanfseil auch zu zupfen, zu ziehen, zu reiben begann – bis zwischen seinen heißen Fingern ein elektrischer Funke wegsprang: Die scharf geladene Birnen-Phiole blieb auf ihrem Dreifuß, wie und was sie schon immer gewesen war: groß und dunkel!

»Eure Elecktrisitet!« fluchte der Alchimist. »Ein Traumgespinst, etwas Politisches, was mich Alchimisten nichts angeht, eine Abart von Spekulatius vielleicht nur …«

Während er schnaubend die Installation im Mauerwerk begutachtete, probeweise die Heilige Schrift langsam über das Hanfseil zog, hatte die Markgräfin etwas gesucht, etwas gefunden, hatte jetzt einige Kerzen in der Hand und stellte sie rund um die Phiole auf die Dreifußhalterung.

»Hierher Männer! Kommt endlich!« rief die Tochter des heldisch in die Nowgoroder Stadtmauer gerammten Komturs mit bebender Stimme ihre Mitverschwörer heran: »Die Glühbirne glüht, sie glüht!«

Die Herren erkannten sofort, was der intuitive Zugriff der Frau fertiggebracht hatte.

»Eine Art Glühbirne, oder?« fragte diese erste Marie Curie. Man mußte bejahen.

Man steigerte sich schlagartig ins Gefühl des nun Erreichten und faßte sich bei den Händen. Vor ihren herabgebeugten Masken schimmerte im Lichtschein der fünf um die Phiole herumgestellten Wachslichter das Glas des Gefäßes mitsamt seinem scharfreinigenden Inhalt.

»Quecksilber, Meister!« rief Friedhelm zum ersten und einzigen Mal in seinem Leben genialisch vom Blasebalg herüber. Mit Entzücken träufelte Meister Johannes sogleich von dieser silbrig-perlenden Substanz in die Phiole.

»Ja! Ja!« klatschten Markgräfin und Junker in die Hände, »so ist es richtig!« Nun reflektierte sich das Kerzenlicht von außen sogar im Innern der Phiole, überall dort, wo schimmernd die Quecksilberkügelchen still umherschwammen. »Sie leuchtet!« plapperten sich alle durcheinander an und konnten es kaum fassen. »Ein Viertel Watt!« rief der aufgedrehte Junker und hatte wieder einmal eine nicht unterzubringende Silbe, vielleicht aus der letzten Nacht, gesagt. Ein nur leichtes, aber unwillkommenes Stirnrunzeln – denn die Skepsis galt im Kolberg jener Jahre noch nicht wie in der Neuzeit als das nach der Liebe häufigste Gefühl – zeigte sich erst nach einer halben Stunde des ungebrochenen Triumphierens auf den Gesichtern der Versammelten. Es war nicht zu leugnen, der epochalen Leuchtphiole ging eine gewisse Geschmeidigkeit ab. Ihrer Glühbirnenartigkeit schien etwas aus dem Boden Gestampftes anzuhaften. Da waren vor allem diese fünf langsam niederbrennenden Kerzen um die Glühbirne herum, die es bei Sebastian von Ulrichsdorfs Zimmerbeleuchtung trotz aller jetzt versuchten Erinnerungsmanipulationen einfach nicht gegeben hatte.

»Unsere Glühbirne ist um so luxuriöser«, beruhigte die Markgräfin, »nämlich mit Kerzen und mit Dreifuß.«

»Doch wenn der Luxus weg ist, ist gar nichts mehr!« traute sich der Junker die Markgräfin aus ihrer Eloge zu scheuchen.

»Junker«, holte sie ihn mutwillig zur Ordnung zurück. »Diese Birne glüht und ist somit eine Glühbirne. Also ist die Glühbirne eine Glühbirne. Und da sie prächtig ist, ist sie also eine markgräfliche Glühbirne. Und jenes gerüttelt Maß an Phantasie habt Ihr doch noch, Euch der Überzeugung hinzugeben: Wir haben unseren Fuß eben in eine neue Zeit gesetzt. Dies Gerät ist unerhört und neu. Neu ist neu, merkt Euch das.«

Die neue Zeit? Junker Jörg schaute sich ratsuchend um. Er überblickte den Sachverhalt offenbar noch nicht. Die Anwesenden schienen noch genau dieselben zu sein wie vor einer Stunde, als die Phiole noch dunkel war: Mit ihrer Angst vor der Hexenkommission von Magister Berthold, mit ihrem Hunger auf ein Mittagsmahl nach all der schwierigen Laboratoriumsarbeit. Natürlich, die Glühbirne war nun da, das sah Jörg, war zur bisherigen Welt dazugekommen, Talglichter waren sozusagen schon Nostalgie. Und wenn die Birne auch noch nicht im allgemeinen, folgenschweren Einsatz war, so war sie doch etwas, was er von nun an mitzubedenken hatte. Jetzt von Pommern die Glühbirne zu subtrahieren, hieße von Köln erzählen und seinen Dombau unterschlagen. Vielleicht würde das Leuchtgerät nicht nur die Pest aufhalten, hell die Altäre schmücken, sondern sich ebenso dazu einsetzen lassen, im Heiligen Land die Osmanen über den Haufen zu strahlen. Und diese Landesherrin hier neben ihm, war sie dank dieser brandneuen Waffe nicht womöglich schon Königin von Jerusalem in spe, er, Jörg, potentieller Herzog von Aleppo? Glimmte dort vor ihm die Verkolbergung von Orient und Okzident? Jörg mußte über die nun übertölpelten Stralsunder schmunzeln, die sich wie die Großmogule aufführten, weil sie auf einen Tafellüster zehn teure Kerzen pfropften, über die Danziger, die jetzt nicht einmal auf die Idee kommen konnten, daß die ganze Erdenscheibe einheitlich zu beleuchten sei. Totleuchten konnte man jetzt, wenn es einen kitzelte, diese Danziger Hinterwäldler ... Durch das Knurren in seinem Magen wurde der Junker aus seinen ganz jungenhaften Kriegsideen gerissen. Es war alles gar nicht zu Ende zu grübeln, was auf die Eroberung wartete. Doch Jörg war der Mann, sich nun erst einmal stolz daran zu erfreuen, beim Neuen aktiv mit dabei gewesen zu sein, wenngleich es ihm, so fand er plötzlich, greifbarer ›neu‹ vorgekommen wäre, wenn er zusammen mit der Markgräfin zum Magister Berthold gegangen wäre, um dem fürchterlichen Mann in Scharlach zu melden: Klapp deine Eiserne Jungfrau zu und hau ab damit nach Rom!

»Herr Hanse-Sekretär!« mußte sich der Saumselige ein weiteres Mal von Irene ins ungedanklich Aktuelle zurückrufen lassen. »Es ist Essenszeit. Ich muß auf die Burg zurück. Weiß Gott: Heute ruft die Pflicht.«

Friedhelm sammelte die Schutzmasken ein und hängte die Schürzen an ihre Haken zurück. Den Tisch mit dem neuen Wunderding zwischen sich, besprachen Irene und der Kreuzbader das weitere Vorgehen. Höchste Eile war höchste Pflicht. Die Markgräfin drückte dem Adepten ein Fünf-Silberling-Stück in die Hand, wandte sich zur Tür und fort von dem geheimen Ort. »Also Gott mit Euch, Meister. Hütet mir das da wie Euren Augapfel und ruht nicht, bis Ihr wißt, wie wir's zum Einsatz bringen können. 's ist da, nun muß man's auch benutzen können ...«

Meister Johannes senkte in schwere Pflicht genommen untertänig das Haupt, mußte dann urplötzlich wegen eines Geblubbers zur Feueresse hinüberhasten, wo er mit kosenden Lauten aus dem Phönizischen auf den heftig Plopp! machenden Kloß einzusprechen begann.

Irene trat mit ihrem Begleiter – der sich erneut klammheimlich ausmalte, wie er einer wilden Osmanenhorde die verheerende Glühbirne entgegenhalten und der Feind vom stummen Licht im Nu säuberlich weggebleicht würde – aus der Brühluft des Laboratoriums in den stickigen Krankensaal. Mit einem hohen Seufzer erkannte die hohe Frau, daß ihr Winterwochentagsgewand neben den kaum sichtbaren Bier- und Schmalzflecken nun quer über der Brust mit Ruß besprenkelt war.

»Was döst Ihr so, Junker«, fragte Irene sich abstaubend. »Ich bin völlig aufgekratzt.«

Gemeinsam nahmen sie jetzt wahr, daß in der Ecke hinter dem Suppenkessel das Turtelpaar von vorhin eingeschlafen war. Da hatten sich also Hilfsbader und Aussätzige im Beischlaf abgestrampelt, waren abgeschlafft aufs Stroh gesunken, während eine Eisentür weiter eine neue Ära erstanden war. »Das Volk«, wußte der Junker diesen Umstand trefflich zu glossieren und rückte sich mit einer Fingerspitze das Barett zurecht.

Vor dem Tor des Spitals fanden sich die beiden Zeitenstürmer einem Massenauflauf gegenüber. Bibbernd, delikat die prallen Wäschebündel in der Hand, harrten hier mit geprüftesten Mienen Kolbergs alarmierte Hypochonder darauf, schon vor manifestem Pestausbruch ihre Spitaleinlieferung durchzuboxen. Zum Gruß nur ein sensibles »Ach« oder »Weh uns«, traten sie auseinander, um das hohe Paar passieren zu lassen. Die Gemahlin des Zweiten Schultheißen, ein flandrisches Schnupftuch zwischen den Handschuhfingern, schien die Gunst des überraschenden Begegnens nutzen zu wollen und begann »Und das Obst, daran Deine Seele Lust hatte, ist von Dir gewichen« aus der Apokalypse zu rezitieren.

»Waschweib, das«, schalt Irene leise und irritiert. Jörg gab zu bedenken, daß Frau Berthe, da brauche man ja nur an die blöde Christiane zu denken, mit so einem köstlichen Zitat wenigstens Stil bewahre. Ob übrigens die Markgräfin den Dornenkranz bemerkt habe, den sich die Zweite Schultheißin um den Dutt gewunden habe?

Der Junker hatte wahrlich recht, in der besonnenen Milieu-de-siècle-Haltung der Schultheißin einen reizvollen Farbtupfer aus der Palette des Einzug feiernden Pestschrekkens zu erkennen: Das winterliche Treiben auf dem vollen

Spitalsplatz war ausgewechselt. Und anders als in den Gerüchten vom Florentiner Untergangsverhalten mit Verbrüderungsgelagen und Hundert-Novellen-Erzählrunden in bedrohten Landhäusern schien sich bei den Kolbergern ganz einfach nur das Unterste nach oben gekehrt zu haben. Grausames wurde Trumpf. Dort, wo vom zugeschneiten Platz die Wagnergasse abzweigte, prügelte ein schreiender Mann gerade eine Nachbarsfrau, die vor Aufregung verdächtige rote Flecken um Nase und Mund hatte, von seinem Vorgärtlein weg. Als sie mit einem Fluch auf den Lippen zur eigenen Hütte hinüberstolpern wollte, bekam sie einen neuen Schubs und mußte gelähmt zusehen, wie ihr angetrauter Mann von innen ein letztes Brett vor den Eingang nagelte. Besinnungslos aufschreiend, kippte sie in den Schnee zurück und blieb dort liegen. Die gesamte Wagnergasse entlang – hier schien die Hysterie wohl losgegangen zu sein – klopften die Hämmer, und kein Fensterloch gab's, keine Dachluke, die nicht verbarrikadiert war. Wie augenlose, leergefegte Holzklötze säumten die Häuser die lichtlose Gasse. Die weggestoßene Wagnersfrau stemmte sich aus dem Schnee auf und torkelte aufs neue ihrer vernagelten Tür zu. Nachdem sie ihren Mann vergebens um Einlaß angeschrien hatte, stürmte sie besinnungslos davon, zum Stadttor hinaus, zwischen den Torwachen hindurch, den weißen Feldern entgegen, wo ihr strauchelndes Schemen sich bald schon im Schneetreiben verlor.

Unweit vom Kornmarktbrunnen, da, wo Irene zum Zeichen des zivilisatorischen Anschlusses Kolbergs an Brügge die Pechfackeln hatte anbringen lassen wollen, war die Schar der Kolberger Waschfrauen außer Rand und Band geraten. Aus Panik, für die schlimme Zeit nicht genug Essen in der Vorratskammer zu haben, waren sie bei der Pestnachricht mit ihren hochgebundenen Röcken aus dem Waschhaus gerannt. Den Walkprügel in der Hand, fielen sie aufs Geratewohl über zwei alte Bäuerinnen her, die sich in ihren Holzpantinen nicht schnell genug vor der losgelassenen Horde aus dem Staub machen konnten. »Den Speck raus!

Her mit der Landbutter!« kreischten die Wäscherinnen, die mit geballten Fäusten auf ihren Schrubbrettern höllischen Radau schlugen. »Ist nur Grünkohl in der Kiepe«, jammerten die beiden Alten zusammengeschreckt, was ihnen nichts half. Kolbergs Wäscherinnen rissen ihnen auch die Kiepen mit dem Kohl von den Rücken, preschten wie die Erinnyen davon und ließen die Bäuerinnen hinter sich platt liegen. Gewappneter als diese zwei Frauen vom Lande zeigten sich die Meister in der Bäckergasse.

Rechtzeitig hatten sie zu ihren stämmigsten Gesellen gesagt: »Bertram, nimm die Mehlschaufel« oder »Jan, hier hast du die Teigrolle«, und sie damit vor den Backstuben Posten beziehen lassen. »Eiwas, in Reih und Glied da hinten!« kläfften die nun wie Zerberusse die durchgefrorenen Küchenmägde an und stießen der einen oder anderen auch mal zur Beruhigung die Teigrolle oder den Schaufelstiel in die Seite. In der Backstube indessen flüsterte die Bäckersfrau ihrem Manne mit hochaktueller Deutlichkeit zu: »Wir müssen's von den Lebendigen nehmen«, und schob pergamentdünne Fladen, einen Dukaten das Stück, auf den Kauftisch.

Auf einmal erscholl über der ganzen Ostsee-Stadt das Sturmgeläut.

Die Nachricht vom Schwarzen Tod in Stettin war bis zu Willibald, dem tranigen Glöckner von Liebfrauen, vorgedrungen. Nach zwanzig Dienstjahren mit Stundenläuten und Totenglöckchen-Gebimmel war für Willibald der Moment gekommen, auf eigene Kappe, ohne noch lange den Probst zu fragen, ans dickste Zugseil zu hechten und mit der Marienglocke eine unüberhörbare Endzeitstimmung im Mauerring der Stadt zu verbreiten. »Die Marienglocke!« riefen auch auf dem Spitalsplatz die Leute aus, blieben wie angewurzelt stehen und starrten zu dem dröhnenden Bom-Bum hinauf in den Schneehimmel. Etliche sanken neben der Markgräfin, die sich auf dem überfüllten Platz kaum einen Weg bahnen konnte, auf die Knie. Sie erkannte, daß die Stirn des Junkers die gleiche untergangs-pathetische Umwölkung annehmen wollte, welche sie vom Burgvogt kannte, wenn der extra düster meldete: Der Orden ante portas. Diese Stadt brauchte schleunigst die Glühbirne. Auf ihren Mitverschworenen, wußte sie jetzt, mußte sie jedenfalls ein wachsames Auge werfen: Der Mann war nicht nur schmuck, sondern zuweilen auch ein ausgemachtes Kalb, das wahrscheinlich das Pestläuten gerade mit dem großartigen Untergang Karthagos in heroischen Zusammenhang brachte.

Irene beschleunigte ihren Schritt, um aus dem gespenstischen Getriebe mit dem mächtigen Bom-Bum in der Luft endlich hinter die dicken Burgmauern zurückzukommen. Je schärfer es ihr in den Ohren gellte und glockte, desto dringlicher klammerten sich Irenes Gedanken an das elecktrische Gerät. »Die Glühbirne«, murmelte sie und fieberte der Stunde entgegen, in der ihr Meister Johannes einen Einsatzplan für den Zeitenbrecher kundtun mußte. Was der Markgräfin, die sich durch ein lautes Spalier mit hochgereckten Klagehänden zwängen mußte, eine stille Einfalt und edle Größe eingab, war ein plötzliches, planetarisches Denken. Ob nun Peststurm oder Rittergemetzel, alles das wischte doch nur kurzatmig über einen fest dastehenden, unverrückbaren Thron hinweg: die Terra Aeterna, die ewige Mutter Erde. Mochte diese Königin auch wieder einmal gleichsam in den letzten Zügen liegen – keine Erbfehde, keine Epidemie, kein Reichsuntergang konnte verhindern, daß in einem nächsten Frühjahr die Gänseblümchen ihr kleines Blütenblätterkörbchen zur Sonne hinrecken würden. Ja, kaiserlich stand die ptolemäische Erdscheibe im Zentrum des Kosmos, und täglich beeilte sich ein so prinzlicher Stern wie die Sonne, sie einmal geflissentlich zu umrunden. Trat sie, Irene, in ihren lindgrünen Schuhen auch hier durch den Schneematsch der Weißgerbergasse, so wiegte sie sich doch gleichzeitig mit jedem Schritt auf dem Mantel der Majestät, dem Boden der von der Allmacht erlesenen Weltenscheibe, der vielleicht endenlos großen Platte der unverbrüchlichen Jahreszeitenwechsel, dem Platz der Dome, der Troubadoure mit den Gamben auf dem Rücken, des Mysteriums vom

Süßwerden der Äpfel, des Mysteriums ihres eigenen, markgräflichen Leibes, heraufgezaubert aus der Hochzeit der Urstoffe Feuer und Wasser, Erde und Luft ...

Jetzt habe die Verwaltungspolitik des Rathauses ihre große Stunde, unterbrach der Junker den elementaren Gedankengang seiner Burgfreundin. Am Ende der Weißgerbergasse hatte sich mit dem Ratstrommler und dem Ratsknecht zur Seite der Ratsherold aufgestellt und war im Nu von den nach irgendwelchen Maßnahmen lechzenden Anwohnern umringt. Ins Sturmgeläut des Liebfrauenglöckners mischten sich die Trommelwirbel. »Bürger von Kolberg«, erhob der Herold seine Stimme, rollte seine Schriftrolle aus und wiederholte auch hier, was er noch immer nicht auswendig konnte: »Rath und Schultheiße bestimmen, daß alles Volk bis morgigen Tags noch einmal gezählet werde. Ein jeder bleibe in Haus und Hütte, rühre sich nicht vom Flecke weg und erwarte daselbst die Ankunft der zween Stadtschreiber. Rath und Schultheiße bestimmen und tun hiermit kund und zu wissen: Einjeder habe ab sofort sein Haus der Stadtwache frei zugänglich zu halten. Der Wache obliegt, mit scharfem Zwange aus jeglichem Hause all Würfel- und Kartenspiel zu konfiszieren, des weiteren zu prüfen, ob über Bett und Tisch unser herzliebster Heyland hänge. Gegeben Kollberck im Dezembrum im Jahre des Herrn dreizehnhundertundachtundvierzig.« Ein Trommelwirbel, und das Beamtentrio stampfte fort in Richtung Nadelmachertwiete.

»Das soll alles sein?« fragten sich unmutig einige der sowieso als Aufmucker bekannten Weißgerber und warfen ihrem Hohen Rat vor, kopflos wie alle zu sein. Neben der Order zur allgemeinen Hausdurchsuchung war da oben bei genauerem Hinsehen nichts recht Hoffnungerweckendes beschlossen worden. »Wenigstens ein letztes Freibier für jeden hätten sie springen lassen können, die Piefkes vom Rathaus«, wurde heftig gespottet. Und als bräuchte es nun anderen Halt in der Obrigkeit, hieß es auf einmal: »Ist nicht unsere Irene eben hier gegangen? Mit dem Hanse-Fant?«

Die Weißgerber sahen ihre Souveränin gerade noch am Ende der Gasse und gaben sich natürlich der Illusion hin, daß die hohe Frau dort im Wolfsumhang und ihr Begleiter mit der Fasanenfeder am Barett noch genau dieselben Mitbewohner und Zeitgenossen waren wie gestern.

Nur, was steckten die beiden dauernd zum Getuschel die Köpfe zusammen? Was schauten sie sich die Hütten, die Mistberge davor, ja, die Leute so an, als wäre hier nicht das heimische, verschreckte Kolberg?

»Besonders mit dem Kölner stimmt was nicht!« mutmaßte einer der Altgesellen und nahm bei seinem Verdacht die Markgräfin lieber noch aus.

»Wenn mit dem was nicht stimmt, schlagen wir ihm den Dez ein«, philosophierte ein anderer. »In Stunden wie diesen muß hier alles stimmen.«

Da keiner der Zunftgenossen hinterfragte, was Kollege Burkhard mit ›stimmen‹ meinte, trennte man sich und machte sich daran, hier und da den fehlenden Heiland über das Bett zu nageln, die Kartenspiele unter den Dachbalken zu verstecken.

»... könnte man vielleicht gar eine elecktrische Axt bauen«, wisperte der Junker, schon wieder ungeheuer erfinderisch, der Markgräfin ins Ohr, »und mit der schlagen wir durch all den ekelhaften Urwald um uns herum einfach eine ganz riesige Schneise und können dann, wenn wir Lust haben, durch die Schneise von hier bis nach Danzig, bis nach Paris gucken – denn platt wie die Erde ist«, führte er aus, »kann es nur an diesen vielen hohen Bäumen liegen, daß wir mit Stettin keinen Blickkontakt haben!«

Die Markgräfin wiegte den Kopf. Ob er, Jörg, die optische Kraft nicht zu hoch einschätze. Schön wär's natürlich, wenn man diese zweiundneunzig Prozent Bewaldung los würde, sie elecktrisch niedermachen könnte. Dann wär ein Ende mit den Raubtieren, der Elch- und Wildpferdeplage in Deutschland.

»Nur die Obstbäume sollte man stehenlassen«, flocht als ausgemachtes Leckermaul der Junker ein: Aber sonst weg mit dem heimtückischen Wald, das Heilige Römische Reich zur lieblichen Wiese gemacht, in der man sich, dank der Kolberger Elecktro-Axt, von Stadtmauer zu Stadtmauer einen Guten Morgen zuwinken könnte.

Das noble Paar so unbeschwert? fragte sich stirnrunzelnd der Burghauptmann, der hinter den Zinnen des Burgtors auf Wache stand. Dauernd sah er die Spitzhaube der Markgräfin und des Junkers Barettfeder sich munter einander zuneigen – mochten sich drumherum dort unten auf dem Vorplatz auch die Planwagen einiger Kaufherren verkeilen, die sich mit ihren Familien ins noch weniger bedrohte Körlin absetzen wollten. Die flirteten mitten in der Beulenpest, dachte sich der Hauptmann und lehnte sich ein bißchen über die Zinne. Aufmerksam lauschend trat er wieder zurück, als das Paar unter ihm über die Zugbrücke in den Burghof trat.

»Jetzt könnte ich einen Kaffee brauchen«, hörte er unter sich den Rheinländer sagen, worauf seine Markgräfin antwortete: »Mit drei Löffeln süßem Salz, bester Junker ...«

Leise sprach der Hauptmann diese aufgeschnappten Satzfetzen nach. Mit rätselnden Gedanken hielt er seine Hände über das kleine Feuer, das er sich hier oben auf dem Mauergang gemacht hatte. »Süßes Salz.«

Er schaute über die Festungsanlage, als wäre dort am Burgfried, am Palas etwas Stichhaltiges über diese Irene von Kolberg und Körlin zu erfahren gewesen. Abrupt stand ihm vor Augen, daß er seit acht Jahren im Dienst einer vielleicht Verrückten war. Der Hauptmann wurde unschlüssig – war dies gar die Burg einer Hexe? Zumindest die Burg einer Frau, die alleinstehend war ...

»Die Burg von Kolberg! Ganz normal!« sagte er sich zur Beruhigung und klopfte prüfend gegen den Zinnenkranz. Was wußte er als kleiner pommerscher Offizier schon davon, ob sich diese noble Junggesellin aus Stralsund nicht für teures Zinsgeld ein süßes Salz mitgebracht hatte?

Der Hauptmann stemmte sich auf seine Lanze. Wieder blickte er umher und sprach in einem Atemzug die beiden

Wörter aus: »Unglaublich normal« – was er dann noch, ebenso metaphysisch, zu: »Einfach verrückt« variierte.

Nein, dem Satan der Reinen Kirchenlehre, dem Magister, mußte man vielleicht noch nichts über das süße Salz und diese Frau, die sich als Oberkommandierende aufspielte, zustecken. Gedankenvoll, also sozusagen gedankenverloren hockte sich der junge Hauptmann Rudolf vor sein kleines Feuer und kratzte sich am Hals. Aus dem Stegreif sang er ein paar selbstgedichtete Verse so leise für sich selbst, daß sie später noch einmal erfunden werden konnten. »Ein feste Purg ist unser Gott«, summte Hauptmann Rudolf und dann mit Tränen in den Augen »Die beste Wehr und Wavfen . . .« Süßes Salz, was erregte ihn das noch immer so, daß er sein Lied abbrach und schließlich wieder aufstand?

Von der Treppe zum Palas warf der Hanse-Sekretär einen Blick zurück über die Stadt. Das Geläut von Liebfrauen war verstummt. Nach einer Viertelstunde von Willibalds spontanem Sturmläuten, mit dem er wenigstens in einem Nebensatz in die Chronik der Stadt eingehen wollte – was ausblieb –, hatte ihn der Schlagfluß getroffen. Gerade in dem Moment, in dem Willibalds Finger leblos vom Glockenstrang abglitten, sah der Junker aus der Stadt unheimliche Rauchschwaden aufsteigen. Die Bußfeuer waren entflammt worden, in deren Flammen die Ärzte in ihren schwarzen Talaren von nun an laufend Myrrheöl träufeln würden, um dem Rauch die pesttötenden Eigenschaften zu verleihen. Die Myrrheräucherung offenbarte dem Junker, daß jetzt die höchste Angst in Kolberg Einzug gehalten hatte, daß schon jetzt die Macht der Ärzte erschöpft war – mochten sie heute abend auch zu einem Sonderkollegium zusammeneilen, von der Myrrhe zur scharfen Schwefelräucherung übergehen, das Trinkwasser mit Fenchelessenz versetzen. Stettin hatte das schon durchexerziert. Stettins Ärzte waren selbst schon dezimiert.

Ohne den Glimmer von Hoffnung auf das neue Wunderding, den leuchtenden Anker in dieser Apokalypse, so wußte der Junker, hätte ihn das Grauen davor gepackt, hier im Winter 1348 verpestet krepieren zu müssen, mit allen übrigen eingekesselt in Raum und Zeit.

Aufs Geratewohl sehnte er ein fernes Jahr 1648 herbei – mehr die Jahreszahl als die Wirklichkeit hinter dieser Zahl, die lichten Vorteile dieser hochentwickelten Ziffer jedenfalls. Ja, mocht es nur rasch dahinfahren, sein liebes Zeitzuhause mit leider, ach, der Pest. Hier wußte er, daß der Hilfsbader gerade die Aussätzige bestiegen hatte, daß die Markgräfin neben ihm glutrote Ohrläppchen hatte, daß der Minnesang altmodisch zu werden begann, daß er von den Ärzten gewiß falsch, aber nach dem neuesten Wissen ehrlich behandelt wurde. Ach, das arme, liebe, bekannte Heute. Wenn die Markgräfin und er die Neuzeit, auch das spürte er schon, nicht bis ins i-Tüpfelchen hinein genau vorbereiteten und planten, nur mit dem größten Unbehagen würde er an die nebulöse neue Ära denken können. Vielleicht mußte sie sich aber auch erst einmal einfach zutragen, die Neuzeit. Man käme dann darin doch sicherlich zurecht!

Der Junker bestaunte den astronomischen Mut der Markgräfin, in einem Kolberger Alleingang die Weltzeitalter umgruppieren zu wollen. Wahrscheinlich hatte aber selbst sie mit ihrer Abneigung gegen Kleinarbeit noch gar nicht alle Probleme voll erfaßt, die kühne Tochter des Komturs, die ihm auf der Treppenstufe einen Blick der treuen Kameradschaft zuwarf. »Buße-Rauch!« sagte sie, »Gotik«, und kniff schaudernd die Lippen zusammen.

Das Mittagsmahl ging vorbei, der Nachmittag brach herein, der frühe Abend des 10. Dezember meldete sich an. Die befreiende Idee zur Anwendung des Lichtmirakels war ausgeblieben. Kein Bote vom Kreuzspital bat, auf der Burg vorgelassen zu werden. Gegen alle innere Aufgewühltheit unterließ es Irene, einen Knecht mit drängenden Worten zum Spital hinunterzuschicken. Sie durfte den Weißalchimisten nicht durch Antreiberei aus der Konzentration bringen.

Die Fürstin hatte sich mit einer Stickerei, der Junker mit dem reich bebilderten Stundenbuch der Hausherrin in den

Westturmerker zurückgezogen, wo sie sich in ihren hohen Stühlen gerade noch in Reichweite gegenübersaßen. Nichts in diesem behaglichen Turmgemach deutete auf das gräßliche Geschehen, das zwischen diesen Wänden passieren sollte. Nur die brennenden Buchenscheite im großen Kamin ließen die Schatten der beiden still Beschäftigten auf der Mauer pausenlose Tänze und Zuckungen vollführen.

»Wie echt, das Einhorn«, sagte der Junker und tippte mit dem Finger auf Irenes Stickrahmen.

»Das Horn ist krumm geraten«, antwortete sie selbstkritisch und hielt ihr Werk prüfend gegen das Feuer. »Bin eben keine Stickkoryphäe. Hoffentlich kommt das nie ins Museum ... So ist das: Da setzt man die Glühbirne in die Welt und versagt beim läppischsten Einhorn ...«

»Na, na«, reagierte der Hanse-Sekretär mit Courtoisie und senkte mit einem Seufzer der Angespanntheit seinen Blick in das vor lauter Blattgold strahlende Stundenbuch. »Oh, diese aufgeregten Zeiten ...«

Irene schenkte vom Kräutertee nach und schaute ins Kaminfeuer.

»Ist doch wahr«, nahm sie eine Viertelstunde später den Gesprächs- und den Garnfaden wieder auf: »Das Glühlicht von gestern nacht ist mir noch ganz deutlich im Gedächtnis. Aber welche Farbe die Augen des jungen Ulrichsdorf gehabt haben, könnte ich Euch nicht sagen. Man übersieht das Schönste!«

»Blau. Dunkelblau«, sagte Junker Jörg im Umblättern der Geschichte vom Rasenden Roland und sah auf diese Weise nicht, daß sich die Markgräfin eine Bemerkung verkniff. War ihr das Einhorn vorne auch krumm geraten, so machte Irene aus Trotz mit ihren nächsten Stichen eine andere Extremität des Fabelgeschöpfs um so gerader. »Ach«, sprach sie, als erneut ein Viertel-Schlag über die Stadt und das Land geklungen war: »Ach!«

Dieser doppelte Seufzer ließ den Junker aufschauen. »Ganz schön eingeheizt hier!« hörte er die ehelose Fürstin sagen, sah von ihrem Mund aber nur die Oberlippe, weil sie sich ihren Stickrahmen fast so vors Gesicht hielt wie venezianische Kurtisanen im Karneval ihre Stabmasken.

»Man sollte noch einmal von der Freizügigkeit unserer Epoche profitieren«, hörte der Junker sie hinter ihrem Versteck schwatzen. »Ach Jörg, gerade beim gemütlichen Stikken werfe ich meinen Blick ab und zu gern auf was Männliches ...«

Der Hanse-Sekretär knickte aufgeschreckt ein Eselsohr ins kostbare Stundenbuch.

»Ihr, Ihr versteht das doch, Jörg. Wir sollten uns gerade im Kleinen Aufmerksamkeiten erweisen. Nicht nur die Glühbirne von morgen, sondern auch die Zärtlichkeiten von heute, nicht wahr ...« sprach die Markgräfin recht schnell und hatte den Stickrahmen bis unter die Augen geführt. »Das Herz hat Hunger, Jörg, auf die Schöpfung – laßt Euch nicht so bitten, schenkt meinem Auge das, was ich nicht habe ... Ich will Euch beim Lesen fürwahr nicht stören ... Lest nur gleich weiter. Ich finde es um so köstlicher, wenn ich Euren Schatz bestaunen kann und Ihr gar keine Acht drauf habt, daß ich mich an seinem Anblick weide ... Ab und zu beim Sticken nur einen Blick hinüber, bitte, Jörg.«

Junker Jörg, der ja nun auch nicht erst gestern auf die Welt gekommen war, zuckte auf seinem Faltstuhl die Achseln, sagte: »Nun, wenn das Herz Hunger auf die Schöpfung hat!« stand kurz auf und ließ willfährig das ans Licht, wonach die Gastgeberin so sehr Begehren hatte. Dann setzte er sich mit aufgeknöpftem Hosenlatz wieder hin, las weiter im Kolberger Stundenbuch und lächelte manchmal auf die Rolands-Bilder, wenn er die stickende Irene seufzen hörte.

»Ist doch ein ganz harmloses Vergnügen«, bemerkte sie nach einer Weile. Jörg schaute auf seinen Schoß hinab und nickte. »Vielleicht bräuchte ich die ganze Neuzeit nicht, wenn ich den Mann fürs Leben gefunden hätte.«

»Auch ich denke oft, daß ich nicht genug Liebe aus mir heraushole und genau deswegen mir die schönste Gegen-

wart entgeht. Es heißt ja, der wahre Reichtum liege allerorten – für den, der sehen kann, also nicht nur denken,
sondern obendrein noch lieben kann.«

»Ich bin so froh, Junker, daß wir über die Liebe reden.
Nach all dem Trara heute.«

»Und wir können von ihr reden, was wir wollen. Noch
dort, wo sie fehlt, gehört sie dazu. Sempre il cuore!«

»O ja, Sieur de Cologne«, scherzte die Markgräfin. »Ich
gesteh's: Ich hätte Euch heute vormittag im Laboratorium
gerne manchmal gestreichelt. Es geht doch nicht nur darum,
daß die Glühbirne kommt, sondern daß man mit ihr nicht
allein ist.«

Wie auf ein inneres Signal schauten beide mit herzlicher
Bewegtheit in die Kaminflammen, deren Schein das Kolberger Wappen auf dem Rauchabzug rotgolden färbte.

»Junker – so plump das klingt, ich riskier's: Ich liebe
Euch, weil Ihr da seid, vor mir vorhanden. Ihr glaubt ja gar
nicht, fällt mir jetzt so ein, zu welchen Nuancen Euer
Gesicht befähigt ist. Wenn Ihr schmollt – ein Schauspiel
mitreißender als manche Weihnachtsprozession. Wenn Ihr
Euch amüsiert – ein innerer Menschenbetrieb in Euren
Augen, wie auf einem Basar.«

»Danke«, sprach der Hanse-Sekretär mit einer kleinen
Verneigung aus dem Sitz.

»So mag ich's: Daß wir uns voreinander verneigen ...
bevor wir uns mit gleichem Niveau die Augen auskratzen
mögen. Ach«, sagte Irene und fächelte mit ihrem Stickrahmen: »Glühbirnen! Davor war das, danach wird wieder das
sein, was mir viel gründlicher das Herz umkrempelt: Sehnen
und Zagen, Küssen und Suchen ... Ich ärgere mich«,
erklärte sie mit plötzlicher Verve, »daß ich den liebreichen
Sebastian gestern nacht nicht mit mehr Ruhe umarmt habe.
Oh, lange hätte ich in seinen Armen ruhen wollen. Ich habe
etwas verpaßt, mir entgehen lassen. – Warum habe ich ihn
eigentlich nicht gefragt, ob er mit mir in unsere Zeit kommen will?« Geradezu bestürzt über diese entdeckte Mög-
lichkeit schlug sich die Markgräfin aufs Knie.

Mit impulsiver Zustimmung tippte sich auch der Junker an die Stirn. In Einklang mit den Gedanken seiner mit ihm so verbundenen, getrennt von ihm dasitzenden Zeitgenossin, sprach er es aus: »Wenn er uns geliebt hätte, hohe Frau, hätte er bei uns bleiben müssen! Was will er von uns, wenn er meint, er sei zu fein für uns! Viel gegenseitiger Reiz war da, viele Reize hatte er, fast so viel, daß man Liebe hätte spüren können, aber ... war es zu kurz, zu rasch, zu neu? Womöglich hat er mit uns nur Erbarmen gehabt. Sollen wir dorthin, wo man mit uns Erbarmen hat, liebe hohe Frau?!«

Irenes Augen waren völlig feucht geworden: »Erbarmen? Erbarmen zu haben, nein, das überwältigt mich ja nun fast noch mehr als Freuden und Leid der Liebe. Aus sich hinneigendem Weh das Herz der Sorge zu öffnen, ah, das ist so groß! Er hat um uns geweint und ist zu uns gekommen. Vielleicht hat er Himmel und Erde dafür bewegt, um uns sein Zeichen geben zu können? Füllt nicht viel beständiger und mächtiger als die Liebesfreude das Mitleid das lebendige Herz aus? Jörg, wahrlich, ich liebe Euch doch auch deswegen, weil ich mit der Vergänglichkeit, mit der Zartheit des Stoffs, aus dem Ihr gemacht seid, mitleiden kann.« Mit großer Armbewegung schien die hingerissene Markgräfin den Flammen im Kamin das Auflodern befehlen zu wollen: »Die Feier, die wir sind, ist die unseres flammenden Elends. Nur diese Feier gibt's vor dem Gesicht des Tods, keine andere. Ich bin froh, daß wir über die Liebe sprechen ...«

»Jetzt weint Ihr aus lauter Feier«, wollte der Junker den großen Charakter seiner Freundin beruhigen und schaute sie kurz wie mit Hundeaugen an. Er wußte nicht recht, ob er seinen Latz wieder schließen sollte. Es schien nicht so, Irene winkte ab: »Lassen, lassen!« schluchzte sie und wischte sich mit dem Ärmel über die Augen.

»Würdet Ihr so nachdrücklich auf der Glühbirne bestehen, wenn Sebastian von Ulrichsdorf zum Beispiel wie Meister Johannes ausgesehen hätte?« fragte der Junker mit Interesse an seinem eigenen Wesen.

»Weiß nicht«, hörte er tränenerstickt sagen. »Schönheit ist

natürlich nicht umsonst Schönheit«, warf die erschütterte Irene hin, nachdem sie den hohen Denkgrad von Tautologien gewiß nicht weiter bedacht hatte: »Schönheit, das ist so verdammt direkt, so angenehm, so verdammt überanständig. Liebe! Erbarmen! Schönheit! Mein Herz ist die größte Klamottentruhe, Junker«, raffte sich die Markgräfin wieder auf. »Hier, nehmt noch einen Tee. Kräuter aus dem eigenen Kräutergarten. Sowas Gesundes wird man Euch in der Neuzeit vielleicht nicht wieder aufbrühen.«

Die Ururgroßnichte Herzog Heinrichs von Schlesien schenkte in die Tonhumpen nach. Der Junker ließ aus dem Krug Honig in den würzigen Trank fließen. »Prosit, Frau Markgräfin.« Froh erregt hielt er ihr den Humpen zum Anstoßen hin und reichte zugleich sein Schnupftuch hinüber. Sie griff danach.

»Es ist noch ganz warm von Eurem Herzblut. Davon kommen mir doch nur noch mehr die Tränen.« Obwohl im Moment alles, was ein bißchen deutlich mit dem Menschsein zusammenhing, die Markgräfin wieder die Fassung verlieren ließ, wischte sie sich das Gesicht mit dem herzblutwarmen Stoffstück ab. »Ich bin die unmöglichste Herrscherin von Deutschland. Verzeiht!«

»Ein Gutes hat es also mit Gewißheit schon, daß wir seit gestern nacht diese Aufregung haben, liebe Frau Irene. Es liegt gewiß nicht an der Glühbirne, aber an unserer Verschworenheit, an der ganzen unerhörten Situation, daß wir hier nun so inniglich beisammen sitzen. Da wissen wir endlich, daß wir beide so bodenlos im Mittelalter schweben, und haben wenigstens unsere, ich möchte sagen, Wahlverwandtschaft kennengelernt. Du!« rief der Hanse-Sekretär jetzt selbst von Gefühlen hingerafft aus, »du und ich, wir, all die anderen! Was für ein Erlebnis auf der Welt! Wo ist Christiane, daß ich die Weggefährtin küsse. Und wenn ich sie morgen nicht mehr küssen mag, weiß ich immerhin noch, daß ich sie einmal hatte küssen wollen! Lasset die Kindlein zu mir kommen ...!«

Jörg brauchte nun sein Schnupftuch selbst.

»Morgen ist wieder Alltag«, rief Irene zur Beruhigung mahnend aus, erhielt aber als Antwort: »Soll er nur kommen, der Alltag – ich weiß ja, daß ich eben wie ein Gott unter Göttern war. Es gibt keinen Alltag mehr. Das Leben gibt's!«

»Ein Gott?« rief mit ungewolltem Entsetzen die hochgotische Landesmutter aus.

»Mehr, weniger: ein Mensch!« bekam sie euphorisch zurück. So war der Mann aus Köln noch nie aufgetreten.

»Lasset die Kindlein zu mir kommen, die kranken, die schönen, die bekümmerten, auch die übermütigen, die ich behüten will«, stimmte sie mit in den verzückten Refrain ein. Sie warf ihren Stickrahmen beiseite, fiel dem sitzenden Junker zu Füßen und umschlang seine Knie: »Lasset sie kommen, alle, die wir sind, daß wir uns erfreuen!«

Der Junker sank in seinem Stuhl vornüber und umfaßte mit den Händen Irenes zopfumkränzten Kopf. »Das mußte mal raus«, heulten sie beide im Chorus. »Es ist doch alles groß, all das Kleine, das wir lieben! Das sterben muß, damit wir ihm unser Herzlein schenken! Das uns verlassen muß, damit wir das Neue sehen! Daß alles wechsele und der Freudenschmerz sei ...« Abrupt sahen sich Nasenspitze gegen Nasenspitze die Emphatiker an. »Schmerzensfreude!« riefen sie sich zu; dann: »Ob so rum oder so rum!«

Eine Weile lag man sich stumm, die eine kniend, der andere mit offener Hose aus dem Stuhl hängend, zwei atmenden Altären gleich, in den Armen. In einem unausgesprochenen Anflug von archaischer Großmut ersehnte die Markgräfin, etwas wegzuschenken, dem Junker ein Dukatenvermögen vor die Füße zu schütten. Es sollte ihm gutgehen. Sie wollte auf etwas verzichtet haben.

Behutsam lösten sie sich voneinander und bremsten nur mit lieber Müh die Verflüchtigung der Ekstase, mit einem Händedruck, mit einem Blick, in dem noch Schmachten sein sollte. Die Markgräfin setzte sich auf ihren Stuhl zurück und hob ihre Stickerei vom Boden auf. Junker Jörg ging stumm ein paar Holzscheite nachlegen. Vom Kamin betrachtete er die kostbare Kassettendecke des Erkergemachs. Die kunstvoll ersonnenen, abstrakten Ornamente, die gedrechselten Leisten aus fein hellem Birnenholz, die stets unterschiedlich gearbeiteten Holzrosetten beruhigten den aufgeputschten Hanse-Sekretär. Da thronte über ihm zu prächtigem Schnitzwerk gewordene Disziplin. Vier, fünf Jahre Holzschneiderarbeit. Werke! dachte der Junker überschriftenartig, konzentrierte ... Eine Rosette – zwei Monate Bedenken, zwei Monate Ausführung ...

»Lasset die Kindlein zu mir kommen«, hörte er hinter sich die Markgräfin sagen, nun aber nicht mehr so wunderhaft verschlampt, sondern wie gerade von einem Blatt entziffert. »Ja«, fuhr sie fort, »ich bin nicht so eine, bei der alles gleich wieder vergessen ist. Nach dem Gewitterguß die benetzte Mühe ... Wem Merlin einmal mit dem Zauberstab auf die Augendeckel getippt hat ...« Ein Geboller vor der Tür meldete die Holzpantinen an, in denen Christiane ihren Leib durch Kolbergs Burg schleifte. Erst durch diese Störung erinnerte sich Junker Jörg wieder an seine Blöße und knöpfte sich eilig seine Strumpfhose zu.

»Ist jemand vom Kreuzspital gekommen?« rief Irene ihrer Magd entgegen, noch ehe die ganz hereingekommen war. Nein, vom Spital niemand, schüttelte sie den Kopf. Aber die Vesper sei gedeckt.

Die Vesper solle heute ins Turmgemach heraufgebracht werden, beschied Irene. Ihre vorgenommene Menschheitsliebe, merkte sie selbst, kollidierte merkwürdig damit, daß sie jetzt niemanden vom Gesinde an sich heranlassen wollte.

»Und bringe mir Papier und Feder mit«, setzte der Junker hinzu, und mit leuchtenden Augen zur Hausherrin gewandt: »Ich habe einen Einfall, wie ich die Zeit totschlagen kann, bis Meister Johannes kommt.«

»Daß sie dich totschlage«, murmelte die Dienerin in einem von ihr gar nicht mehr nachgeprüften Groll und ging.

»Ich werde mich nicht mehr anbiedern«, erklärte resolut der Junker. »Das Volk will, daß man Erziehung durch vollendete Tatsachen ersetzt: Ich werde diese Magd gar nicht mehr beachten.«

»Was habt Ihr für einen Einfall?«

»Ein kleines episches Gedicht zum Zeitvertreib. Wahrlich nicht jeder, der heute in Kolberg zwischen die Apokalyptischen Reiter geraten ist, wird dadurch ein fruchtbarer Kopf werden – manche werden selbst beim Jüngsten Gericht nur eine Flappe ziehen – aber ich, ich spüre, daß ich heute etwas aufschreiben muß.«

»Ich werde weitersticken.«

Gemeinsam mit Pommerpickel, von dem unter seiner Narrenkappe nur ein mundtotes prädestiniertes Pestopfer übriggeblieben war, trug Christiane die Vesper auf. Man möge es sich schmecken lassen, Rat und Inquisition hätten beschlossen, ab übermorgen solle landauf landab gefastet werden, damit man dem Schrecken gestärkt ins Auge sehe.

Irene legte den Arm um ihren Eulenspiegel. »Und du reimst nun gar nichts mehr, Närrchen. Höre! Bleibe meinetwegen bis morgen noch verschreckt. Dann aber will ich wieder ein Verschen auf den Pater Ambrosius hören. Hat der dir nie von der trojanischen Kassandra erzählt, die aufrecht auf der brennenden Mauer stand und ihre Götter verfluchte?«

Pommerpickel schien taub und stumm zu sein.

»Apropos Pater Ambrosius«, mischte sich, auch neidisch auf die Behandlung des Berufsidioten, Christiane ein und stellte den gespickten Hirschrücken ab. »Den Pater können wir wohl vergessen. Der kommt erst wieder, wenn die Ernte eingebracht ist. Er und sein Abt von Sankt Pankraz sollen sich draußen bei der Abdeckerei ihre Rücken gegenseitig schon zu Hackfleisch gepeitscht haben. Einige behaupten«, sagte Christiane in ihrer höchsten Munkelpotenz, »daß sie sich aus Weltekel schon gegenseitig ihren Kot ins Gesicht geschmiert hätten!«

Die Markgräfin rümpfte die Nase. Das, und von einem Lateiner.

»Weltekel!?« grinste Jörg. »Die nutzen die Gunst der Stunde!«

»Daß die beiden dazu die Pestentfesselung als Antrieb brauchen, ist allerdings enttäuschend«, konstatierte die Markgräfin und klärte ihre beiden Dienstboten über die schmerzbegierigen Geistlichen nicht näher auf. »Ja, die Herren sind große Büßer«, beruhigte sie statt dessen die glotzende Christiane.

»Bringt ihnen aber trotzdem vielleicht einen Korb mit Brot und Bier zur Abdeckerei hinaus. Wir wollen doch nicht, daß sie verhungern.« Sie entließ die Magd und den Narren, die rasch noch den Tisch mit dem Vespermahl zwischen die beiden Stühle stellten.

Mit Appetit sah Jörg aus der Bierkanne den Schaum überquellen und auf die mit Pfifferlingen gefüllten Rebhühner tropfen. Irene brauchte ihn gar nicht weiter zum Imbiß zu animieren.

»Gestern«, sagte sie dagegen, »hat es noch Pastetchen in Burg-Trifels-Form gegeben. Heute nur Braten, Geflügel.« Die unruhige Zeit habe nun also selbst ihren Koch Konrad zum Hopp-Hopp-Spezialisten verkommen lassen.

Jörg ließ sich davon im Tafeln nicht stören. »Wieso?« fragte er beim hurtigen Tranchieren. »Das duftet doch immerhin gutbürgerlich und ist rustikal abgeschmeckt, Pfeffer, Salz, Senf ...«

Abwehrend hob die Hausherrin die Hände und ließ sich nur ein Scheibchen vom Hirschrücken auf den Teller legen. Man möge ihr mit diesem neumodischen Wort ›gutbürgerlich‹ vom Leibe bleiben. Immer dort bekomme sie es zu hören, wo einem Koch oder einem Handwerker die Phantasie abgewelkt und der Kundschaft der Geschmack verklumpt sei. Da würde dann über Rindswurst und Haxe dieselbe Schwitze gegossen, dies tote Menü auf ungehobelte Tische geknallt, und schon feiere es der Gast als gutbürgerlich-rustikal. »Als gebürtige ›von‹«, endigte sie, »und das ›von‹ ist mir auch in den Gaumen geboren worden, halte ich doch mehr von noblen Genüssen als von Kraut und Leuten, die sich rülpsend die vollen gutbürgerlichen Wänste tätscheln ... Schließlich wird mir mein Schneider noch einen Sack zuschneiden wollen, den ich anziehen soll, weil Sack rustikal ist. Bewahre. Sammetrobe mit Pelzbesatz und Ärmeln, die schwer bis zum Knie hinunterreichen.« Sie probierte vom Fleisch. »Es fehlt der zweijährige, in Neckarweinessig eingelegte Salbei.«

»Ja«, sagte Jörg belehrt.

»Und Ihr wollt dichten? Eure Lippen schmieden ja schon die ganze Zeit Verse.«

Es war nur zu gerechtfertigt und eine Frage des Anstands, daß der Junker sich jetzt für ihre natürliche und zugleich kultivierte Aufmerksamkeit bei der Markgräfin bedankte. Wer fragte denn schon? Wer hörte denn noch zu?

»Soll's denn ein Vers-Epos werden?«

»Eins, das früher spielt. Vor 600 Jahren, als die Franken und die Sachsen sich ausrotten wollten, ich meine: gegenseitig.«

»Karl und Widukind? Was soll die graue Kamelle? Und der siegreiche Carolus ist doch schon noch und noch besungen worden.«

»Ich werde mehr die Sichtweise der 6000 geköpften Sachsen, die nicht ihr Placet zu ihrer Taufe geben wollten, einflechten. Versteht Ihr denn nicht«, fragte er kauend und übermütig, »die Sachsen sind Kolberg, die Franken die Pest. Ich werde in meinem Gedicht die aussichtslos Eingekesselten einfach das Schwarzsche Donnerpuder erfinden lassen. In kleinen Lehmkrügen vielleicht«, phantasierte Jörg, die Handflächen angespannt auf der Tischplatte, weiter: »Die zotteligen Sachsen katapultieren die Donnerkrüge mit ihren Schleudern mitten rein in die Franken und pulvern Karl den Großen und seinen Heerbann vom Blachfeld in den Himmel ...«

»Das ist Quatsch«, mußte der der Niederschrift entgegenfiebernde Gelegenheitsdichter einstecken: »Krieg ist etwas anderes als Beulenpest. Die ist schrecklicher und unschuldiger, denn sie ist nicht von uns gemacht. Die alten Sachsen mit diesem Freiburger Feuerwerkspulver und ihren – was? – Donnertöpfen im achten Jahrhundert – was für ein komisches Epos. Und auch nicht sehr ritterlich!«

»Ist doch schön schräg!« begeisterte sich Jörg und fuchtelte nun mit dem Tranchiermesser durch die Luft. »Warum soll ich auf dem Erfinderniveau des Ratsschreibers bleiben? Warum nicht mal mit den Dingen so umspringen, wie sie mit uns umspringen?«

Irene zeigte ein Kopfwiegen, das sich an diesem Tage schon so häufig als philosophische Geste bewährt hatte.

»Und dann: Je vergessener die Massenköpfung von Verden ist, desto besser ist's, sie auch mal wieder ins Spiel des Gewußten zu bringen.«

»Was soll es nützen? Es wird doch weder getreu noch ein rechtes Gleichnis werden?«

»Nein, kein Gleichnis aus Pest und Krieg. Was gleicht sich schon! Getreu wird's: Eine lebensgetreue Irreführung ... Außerdem kann ich dichten, wie geruhsam das Leben bei den alten Sachsen noch gewesen ist. Wie sie sich mitten in der Woche auf ihr kleines Pferd schwangen und für Tage auf einsame Jagden in die freie Wildnis davongaloppierten. Wie sie um ihre Lagerfeuer hockten und zuhörten ... Romantisches Leben ...«

»770 nach Jesum«, lehnte die Markgräfin mit einem eigenbrötlerischen Latein ab. »Schauderhaft früh. Und mit dem Schwarzpuder wollt Ihr wohl dezent auf unsere große Erfindung anspielen?«

»Vielleicht. Vielleicht bleibt die Schwarzpudererfindung gegen die fränkischen Bogenschützen auch der reinste Unfug. Radikal, nicht wahr?«

»Radikal schon, diese Halbbären mit vielleicht gar Donnerrohren in ihren Pfahlbauten«, verzog Irene den Mund und stippte vom Wildbret in die Tunke.

»Ja, was soll radikaler sein als ein absolut zweckloses Epos. Donnerrohre, ja, das wär noch besser als die Töpfe«, notierte sich der Junker.

»Wie soll's denn heißen? Der ›Sachsenschuß‹?«

Dem Junker war das Essen kalt geworden. Erregt überdachte er die Idee, der Welt 1000 Verse von erholsamster und herrlichster Zweckfreiheit zu hinterlassen.

»Ihr seid übermütig, Jörg. Übermut tut selten gut. Wir brauchen in diesen Tagen klare Köpfe.«

»Was spricht gegen Übermut? Meint Ihr, vor sechshundert Jahren – wenn man Euch freundlich gesonnen gewesen wäre – hätte man Eure Spitzhauben nicht als pursten Übermut bezeichnet? Nein, ich bin kein Dichter wie Wolfram von Eschenbach. Ich bin zunftlos und kann mir etwas leisten.«

»Der Parzival«, sagte verzückt die Markgräfin. Sie zuckte mit höflicher Nachsicht die Achseln und nahm einen Bissen Brot.

»Immer sind die Zeitläufe so zugerostet, daß es auch jemanden braucht, der von schräg links unten buntes Öl in die Scharniere spritzt.«

»Ihr? Mit dem ›Sachsenschuß‹? Na, vielleicht wird's wenigstens lustig. Widukind im Pulverrauch. Wie unhistorisch!«

»So unhistorisch wie die, sicherlich begrenzte, Unzahl von Möglichkeiten, die es zum einen auf der Welt, zum andern in den Köpfen gibt, meine Beste!«

Die Markgräfin lehnte sich in ihrem Stuhl zurück. Sie nahm ihre Stickerei und schaute unter gesenkten Lidern zu, wie der Junker seinen Teller beiseite schob, sich Bier nachgoß, das Pergament glatt strich und aufs oberste Blatt in Schönschrift ›Der Sachsenschuß‹ hinschrieb. Jetzt begann der Mann also tatsächlich.

Nur sie blieb noch übrig, den Burghof im Auge zu behalten, von Zeit zu Zeit hinauszuschauen, ob endlich die erlösende Botschaft vom Kreuzspital käme. Um wie viel handfester waren doch die Geburtswehen der Glühbirne, verglichen mit den ballernden Sachsenhorden aus dem vorigen Jahrtausend.

»Verlaßt die Logik nur auf logische Weise … Beachtet die Gesetze der menschlichen Natur … Gut und böse nicht vergessen«, warf Irene manchmal aus ihren schweifenden

Gedanken dem Epenschreiber zu. »Nutzt die einfachen Methoden der Dramatik ... oder verlaßt Euch auf Eure innere Dynamik ...«

Als sie im Laufe des Abends schon einen ganzen Blätterstapel mit Knittelversen zusammengekommen sah, gestand sie dem nie Aufschauenden zu: »Oder macht erklärtermaßen alles genau entgegengesetzt.«

»Da war mit einem Mal ein schrecklich großes Bumm
Und Karl der Große fiel tot um ...«
bekam sie kurz als Kostprobe deklamiert.

Auch außerhalb des scheinbar so wohlig im Chaos hängenden, gemütlichen Westturmerkers – in Wirklichkeit nur aus empfindungslosem Stein gemauert – hatte diese Nacht zum 11. Dezember 1348 ein anderes Gesicht als Nächte zuvor.

Keiner in Kolberg war auf sein Lager gekrochen. Still saßen viele ums Talglicht am Tisch beisammen und horchten, wann die Stadtwache gegen die Tür hämmern würde. Andere trieben sich ruhelos in den Gassen umher.

»Zu den Waffen, Bürger!« hätten sie gerne brüllen hören. Aber bei dem Feind, der sich nahte, half es nicht, sich mit Steinschleudern hinter den Zinnen zu verschanzen. In düster blickenden Haufen sammelten sie sich um die Bußfeuer, die allerorten in die kalte Nacht hinaufloderten. Stand man nun zum letzten Mal lebendig zusammen? Viele schielten aus den Augenwinkeln nach den Hälsen der anderen, wo zwei Lymphknoten saßen. Andere weigerten sich verbissen, gerade dahin zu schielen, blieben für sich, oder sie drängten sich sogar in den gefahrvollen Dunstkreis der Körper neben ihnen. Die Ärzte und ihre Helfer, die nicht davon abließen, Stunde um Stunde das Myrrheöl in die Glut zu träufeln, hatten sich ihre Schnabelmasken vors Gesicht gebunden. Wie grausige Vögel standen sie bei den Flammen, rafften ihre langen Mäntel und schritten vor der zurückweichenden Menge rund um die heilsamen Brände. Oft war es nur der Gedanke, daß auch diese Ärzte um ihr Überleben bangen mußten, was die verängstigten Bürger davon abhielt, Schnabelmasken und Teufelsfratzen durcheinanderzubringen.

Allein in der Schustergasse vermochte es eine Schustersfrau nicht länger, Mensch und Satan auseinanderzuhalten, und schrie: »Weh, Satanas ist heraufgestiegen!« Dabei verzerrte sich ihr Antlitz, und aus dem Arm ihres Mannes war sie mit einem Satz mitten ins Bußfeuer gesprungen, wo sie brennend mit einem Herzschlag zusammensank.

Ruhelos ging es in allen Gassen zu, ruhelos auch im Hause des Zweiten Schultheißen – doch aus so ganz anderem Grund. Dora, die hübsche, kluge Tochter des Schultheißenpaares war, wie in den Tagen zuvor, selbst in dieser Schreckensnacht entsetzlich verliebt. Die Selbsteinlieferung ihrer Mutter mit Dornenkrone um den Dutt in das Spital hatte Dora noch nicht wahrgenommen. Daß man ihren Vater fort zur Nachtsitzung in das kleine, trutzige Rathaus gerufen hatte, war für sie eine Wohltat.

Allein im großen Haus konnte Dora hemmungslos verzweifelt von einem Gemach ins andere hasten, laut die Türen hinter sich zuschlagen, sich hier kurz auf einen Schemel hocken, sich dort gegen eine Wand sinken lassen, um überall auszurufen: »Warum lieb ich, und ausgerechnet ihn!«

»O Matthias, Lieber!« stöhnte sie und fegte nun zum zigsten Male mit ihrem Rocksaum die Treppenstufen hinunter, um in der Diele ein paarmal im Kreis zu laufen. Selbst wenn es nur ihre eigenen Schritte waren, die die Bohlen zum Knarren brachten, stürzte Dora auf das Geräusch hin ans Haustor und machte zitternd den oberen Flügel einen Spalt auf.

Doch vor ihren Augen sah sie immer nur wieder die schlaflosen Kolberger, die mit Gesang von einem Bußfeuer zum nächsten zogen.

»Wenn er nicht kommt, soll's aus sein!« und Dora schlug die obere Torhälfte wieder zu.

Kurz darauf drehte sie sich vor dem tellergroßen Silberspiegel im elterlichen Schlafgemach und rückte ihre blütenweiße Haube zurecht. »Er kann kommen ... Da gibt es keine Entschuldigung ... Keiner ist heute gezwungen, zuhause zu bleiben. Alle sind unterwegs ... Sogar halbtot müssen Liebende sich zueinanderschleppen. Er will nur nicht. Dieser Teufel denkt gar nicht daran, zu mir zu kommen!«

Mit Schreck sah die kluge Dora, daß der Kerzenstumpen, den sie als Signal hinter den halboffenen Fensterladen gestellt hatte, heruntergebrannt war. Sie flog zur Küchentruhe und drückte ein neues Talglicht in den Leuchter.

Jetzt hat er denken müssen, ich habe schon geschlafen. Der Gute hat nicht geklopft, um mich ruhen zu lassen. Sie hämmerte über solches Mißgeschick mit der kleinen Faust auf ihre Brust. »Ich und schlafen!« jaulte sie weinerlich, hängte sich eilig aus dem Fenster und starrte sich die Gestalt herbei, die dann doch nur irgendein Psalmen sprechender Kolberger war. Sie schimpfte sich von allen guten Geistern verlassen. Sie bemerkte, daß sie nur um Haaresbreite eben das Gleichgewicht nicht verloren hatte und beinahe vornüber aus dem Fenster gefallen wäre. »Raus aus meinem Herzen«, befahl sie und wiegte dabei rettungslos vernarrt ihren Oberkörper. Dora legte sich die Hände aufs Mieder, drückte die Augen zu und strengte sich an, seine Hände um ihren Hals zu fühlen. Wehe, er hätte jetzt diese Hände unter seinem eigenen, tief schlafenden Kopf liegen. »Oh, ich kenne die grausame Minne!« klärte sie sich selbst verhöhnend auf. »Ich werde die reizende, aber so dumme Kreatur von Tischlergesellen schon bald vergessen. Wie gut! Nicht einmal lesen kann er. Muß ich hundertundeinmal auf süße Fratzen hereinfallen, auf Männerhaarsträhnen, die über große Männeraugen hängen? Er ist doch so langweilig«, stellte sie fest und schnürte sich fürs Schlafengehen das oberste Miederbändchen auf. »Jetzt war ich eine Woche lang verrückt, das muß reichen.« Mit der Geschwindigkeit eines Mauerseglers kam und ging der Gedanke, ihr Leben bei den Ursulinerinnen ganz der weltfernen Andacht, der seligen Ruhe und dem Herrn zu weihen. »Matthias. Dora und

Matthias – das ist doch schon im Namen Poesie. Da muß doch jeder sagen: O wie schön!« Grimmig drehte sie ihr Gesicht vom Fenster weg und schaute in eine finstere Kammerecke. »Keiner muß sagen: O wie schön!« Sie prüfte, ob sie sich mit einem Happen Essen beruhigen könnte, machte sich zur Küche auf, schwänzelte um die gelöschte Feuerstelle, roch an der Schale mit den Dörrpflaumen, schnupperte an dem Adventskuchen und stieg schließlich mit einer Kanne Bier wieder in die oberen Gemächer hinauf.

Ist recht gut, daß die Pest kommt, bedachte die Schultheißentochter, die Bierkanne auf dem Schoß. Wenn er stirbt, kann ich wenigstens den Rest meines Lebens ihm fürchterlich nachtrauern. Wenn ich stürbe, könnte er sich das Leben nehmen und zu mir kommen. Nein, der wird in seinem halbleeren Schädel denken: »Schade«, dann weitertischlern und sich wieder an die Frühlingssonne gewöhnen.

Dora nippte vom bitteren Bier und sah den jungen Verröchelnden in ihren Armen liegen. Mit ihrem letzten Kuß würde sie von ihm ihren eigenen Pesttod empfangen.

Ich stehe allein mit meiner Poesie, leuchtete es ihr ernüchternd ein. Ihre Finger umklammerten die hölzerne Kanne. Soll die Pest nur kommen, ich lege keinen Wert mehr darauf, dauernd nur noch elend zu sein! »Matthias, wo bist du denn?« Daß sie anstelle von Matthias auch schon die Namen Baldur, Volker, Konrad gerufen hatte, machte sie matt.

Draußen huschte das Lärmen der Leute vorüber, die die Überreste der Selbstmörderin aus der Schustergasse auf zwei Brettern nach Hause trugen. Dora horchte auf und blieb mit offenen Augen im Dunkel sitzen. »Auch er kann mir nicht immer mein Leben bedeuten«, desillusionierte sie sich selbst. »Törin mit deinem Drei-Silberlinge-Grips! Schau dich nur an, wie er dich hier mit deiner Bierkanne im toten Gemäuer sitzen läßt. Ein Tischlergeselle, der nicht hören und nicht reden kann, ein Taubstummer!« sprach die Tochter aus gutem Hause und wußte sehr wohl, daß auch schon so manches Edelfräulein eines dummen Reitknechts wegen vom Burgturm gesprungen war.

Der Herr habe es gefügt, daß sie ihr Leben aus flink wechselnden Faszinationen zusammenkleistern mußte, wollte Dora verzweifelt erkennen. »Das geht nie gut«, warnte sie sich eindringlich und hatte wieder mit ihrer Klugheit zu kämpfen, die schon munter wußte, daß auch der Wert der Beständigkeit nur vom Wert der beständigen Seele abhinge. »O dieser geistlose, nette, dieser Matthias, dem Gott Ohr und Zunge versiegelt hat, er kommt nicht. Ich muß ihn holen, ich, Schultheißens einzige Tochter!«

Die Gelenke wie aus Holz gezimmert, in dem drinnen die Würmer wimmelten, stand Dora auf, ihren Biberumhang zu holen. »Ich tue das Falsche!« sagte sie und band die Halsschnur nur etwas langsamer zu, »ich schaffe neues Unglück ...«, stöhnte das subtile Kind und riegelte Ober- und Unterflügel des Haustores auf.

Ohrfeigen gleich hatte sie den Krach der Gasse im Gesicht. Sie erschrak. Von rechts ließ ein Haufen im Schnee kniender Männer einen schauerlichen Chorgesang an ihrem Gesicht und Körper herunterlaufen. Von links bekam sie die Rufe »Holz, bringt Holz für die Nachtfeuer!« ab. Dora prallte gegen das väterliche Haustor zurück und wußte einige Momente nicht, daß es die Schnabelmaske eines der Ärzte war, deren riesiger Schatten über die Giebel der Häuser dahinwippte.

Dora zwängte sich in die Menge hinein und roch den betäubenden Myrrhequalm, der in der eisigen Luft hing. Nach nur wenigen Schritten sah sie sich von einem dichten Menschenspalier gebremst. Mit hochgerecktem Kopf erkannte sie im Scharlachgewand den Magister Berthold, der offenbar auf dem Weg zur Burg war. Sie schickte dem mächtigen Inquisitor ein flüchtiges Nachdenken hinterher. Wie sinnlos war es, aber war es denn sinnlos, daß dieser Hüter in seinen Predigten den Kolberger Eltern scharf zurief, ihre Kinder unterm guten Joch zu halten? Vor allem für ihr späteres Glück, ihnen den Ehegatten zu befehlen.

»Glück!« hatte Dora dabei immer aufgelacht. Glück, dachte sie nun unsicher, drängelte sich durch das zerfließende Spalier hindurch und hörte den Inquisitor mit gespreizten Fingern von der Kanzel reden: »Wer suchen darf, wird nämlich nicht finden. Wem sein Schicksal bestimmt wird, der wird ohne Unrast sein. Nehmt euren Söhnen und Töchtern die Angst, sich falsch zu entscheiden. Nehmt ihnen die Nachlässigkeit der falschen Freiheit. Zwingt sie einander auf, daß sie sich zur Unzertrennlichkeit durchkämpfen, denn wer sich nur verliebt, der wird es wieder und wieder tun und die Martern der unruhigen Sinne, der Lüge und gottlosen Verstellung, der Angst auf sich häufen ...«

Das sind die bösen Gebote eines knöchrigen Alten, sann Dora abwehrend und hörte seine Krähen-Stimme noch durch das sonntägliche Kirchenschiff hallen. Sie ließ sich nicht auf ihr Wissen ein, daß ja genau nach dieser Strenge seit alters her die Lebensbünde gestiftet wurden, daß sie nach den Stürmen so sicher hielten, daß man oft die Witwen und Witwer wie die Hunde Tag und Nacht tränengebeutelt über den frischen Gräbern sitzen sah.

»Ich liebe ihn!« bot Dora gegen diese Kanzelstimme auf und warf sich ins Laufen, fort in Richtung Holzschneidertwiete. Auch ein wütender Peitschenhieb, den ihr im Gedränge einer der umherziehenden Flagellanten auf den Rücken versetzte, brachte sie keinen Augenblick davon ab, scharf nach allen Seiten zu spähen, ob die schöne Gestalt mit der Hirschlederjoppe und den Riemenstiefeln zu sehen war.

In der Nähe des Kornmarktes aber stockte sie plötzlich. Ein Tauber, ein Stummer! schoß es ihr durch den Kopf, und ihr Blick fuhr über die Häuser, die im Bußfeuerlicht Verrenkungen machten, über die nach links und rechts ihre Peitschen schwingenden Geißler, all die Münder, die verzerrt waren, ob sie nun Gebete sangen, Psalmen herunterhaspelten oder vor Angst zuckten. »Matthias!« fiel es ihr jetzt ganz anders ein: Hoffentlich war er nicht auf die Gassen gegangen, hoffentlich hatte er sich nicht auf den Weg zu ihr gemacht, hoffentlich hatte ihn seine Meisterin sicher in die Stube geschlossen. Er, mit seinem totenstillen Kopf, wäre zwischen all den für ihn lautlosen Fratzen der hysterischen Menschen verloren. Wie schreckte er schon vor einzelnen zornigen Gesichtern, scharfen Handbewegungen, wütenden Augen zurück, weil er nicht verstehen konnte. Es war doch gewiß auch Ängstigung vor engen überfüllten Plätzen, weshalb er einen Bogen um die Wirtsstuben machte und sich lieber Tag für Tag nach der Arbeit mit seinem Jagdspieß in die Wiesen und Wälder hinausstahl. Dort kannte er alles und war geborgen. Wie mühsam er schon an anderen Tagen als heute, fiel es Dora ein, die Worte von den Lippen ablesen mußte. Die Münder dieser Nacht, von deren schrecklichem Lärmen kein Ton in ihn hineinkam, konnten ihn nur panisch machen. Wie lange würde es allein dauern, dem Wortlosen klarzumachen, daß die Pest komme und was die Pest sei!

Hoffentlich ahnte er, flehte Dora im Hin- und Hergeschiebe, daß er heute nacht keinem vertrauend auf die Schulter fassen durfte, um mit seiner unkontrollierten Stimme unverständlich zu fragen, ob Dora gesehen worden sei. Vielleicht würde man ihn in einem Kreis herumschubsen, in ihm die böse Mißgeburt sehen. Alle würden sich auf den mit seiner unförmigen Stimme Schreienden stürzen, ihn malträtieren.

Dora erblickte Mimi, die Braut des Burghauptmanns Rudolf, wie sie eben von dem Feuer auf dem Kornmarkt weggedrückt wurde.

»Wie schrecklich«, fiel ihr die Freundin um den Hals. »Ich kann auch nicht schlafen. Eine Frau ist dort drüben in die Flammen gesprungen ... Auf der Burg soll etwas Gespenstisches vor sich gehen, hat Rudolf gesagt ...«

»Hast du irgendwo den Taubstummen, du weißt, wen ich meine, gesehen?«

Mimi zog Dora aus dem Funkenflug des Feuers fort, durch den womöglich noch die anstoßenden Häuser in Flammen aufgehen mochten: »Wer kennt diesen armen Kerl denn nicht mit seinen Herzensbrecherpupillen. Nein, nirgendwo.« Mimi schaute verwundert auf ihre Freundin, die ihr den Kopf auf die Schulter gelegt hatte und so mit ihr

fortging. Bei einem zweiten Blick sah Mimi mit Stirnrunzeln, daß Doras Umhang hinten aufgefetzt war. Da kamen
ihnen schon wieder Flagellanten entgegen, und Mimi lenkte
sich und ihre Freundin vor das Brunnenhaus und mußte
Dora an einer Mauer geradezu abstellen. »Sag, was ist!«
befahl Mimi.

»Ganz fürchterliche Liebe.« Dora wollte sich aus dem
Arm losmachen, den ihre Freundin fest um ihre Hüfte gelegt
hatte: »Ich muß wieder los und am besten zusammen mit
ihm weg, bis wieder Ruhe ist. Er kennt alle Plätze im Wald,
dort kann ich mit ihm abwarten.«

Obwohl Mimi diese Ideen noch nicht fassen konnte, griff
sie Dora noch fester. »Liebst du ihn, oder liebst du ihn, weil
er krank ist? In den Wald! Was meinst du, wie lange es dir
gefällt, ihm ins Gesicht zu starren und seine Laute zu
entziffern.«

»Ich will lieben, so zäh wie noch nie, und will auch
endlich einmal dafür bezahlen. Seine Hände spielen mir vor,
was er erzählen will. In seinen Augen stehen Bücher, und
mit seiner Nase kann er das riechen, wovon wir gar nicht
wissen, daß es einen Duft hat.«

»Dora!« rief Mimi der Freundin nach, die von dem Brunnenhaus weglief und in dem Jenseits der völligen Verliebtheit
nicht mehr die war, die man kannte. Mimi sah die weiße
Haube der Schultheißentochter im Gemenge verschwinden
und blieb an den Torrahmen des Brunnenhauses gelehnt
stehen: Nein, nicht die altbekannte Dora entschwand da
ihren Augen, sondern eine, die es vielleicht wahr machte,
jetzt gleich ihren Taubstummen aus seinem Bett zu holen,
sich mit dem Überwältigten davonzumachen, ihn eine
Höhle im Wald aufsuchen zu lassen, dort mit ihm wie ein
Paar aus Adams und Evas Zeiten zu hausen, um dann nach
Monaten totgefroren und Arm in Arm gefunden zu werden.

Während Mimi, geängstigt von einem Mann, der ihr ins
Gesicht rief: »Verdeck deinen Busen, du ziehst die Pest an«,
und geängstigt von Dora, die gleich möglicherweise die
Dinge tat, die es sonst nur in Minnegesängen gab, in das

Brunnenhaus zurückwich, erreichte Dora den Eingang zur engen Holzschneidertwiete. Zwei Männer der Stadtwache kreuzten vor ihr die Hellebarden. »Hier geht's nicht rein!« rief der eine und stieß das Mädchen mit seiner Waffe zurück.

Dora sah im Zurücktaumeln, daß an den Hellebarden der gelbe Wimpel befestigt war. Also war die Inquisition hier. »Rasch, Jungfer Dora, verschwindet!« rief ihr der andere Wächter fast väterlich zu und war ein paar Schritte auf sie zu getreten. »Hier wird einer von den Gesellen kassiert.«

Dora trat beiseite. Der Stoß mit dem Lanzenstiel hatte ihren Bauch getroffen. Vornübergekrümmt, drückte sie sich beide Hände auf den Magen und wandte sich fort. Morgen früh werde ich es ausführen, mit ihm mich aus der Stadt davonmachen. Es ist schon richtig, ihn jetzt ausschlafen zu lassen.

Sie spürte beruhigt auf ihrem Gesicht den Küssen nach, mit denen er es bedeckt hatte, als sie ihm versprochen hatte, ihn seines stummen Mundes wegen niemals beiseite schieben zu wollen. Und Dora hob hier, im Dunkel dieser Insel in dem Untergangslärmen die Hände so, als umfasse sie das schmale Oval des geliebten Gesichts.

Auf der Burg wollte man an die Wohlfahrt des Ganzen denken. Die Markgräfin mühte sich, nach den Stunden des Wartens ihr Denken weiterhin auf die ›Lösung Glühbirne‹ zu konzentrieren, was ihr deswegen so anstrengend vorkommen wollte, weil das Ding noch nicht ein Ding des jetzigen, sondern nur des morgigen Lebens war.

Auch daß Mittelalter in der Luft lag, hatte sich Irene, um es sich präsent zu halten, vom Junker auf ein Stück Pergament aufschreiben lassen, das auf dem Tisch bei ihrem Stickgarn lag. »Ein entscheidender Terminus, den man vergessen kann«, hatte sie kopfschüttelnd zum Hanse-Sekretär gesagt.

Seither mochten zwei weitere lange, stille Stunden ins Land gegangen sein. Da entdeckte Irene mit einem Blick in ihr Inneres, daß – ohne jede Vorankündigung – ihr Kampfgeist Schwert und Schild niedergelegt hatte. Vom Junker unbemerkt, begann sie abwesend aufs Gewebe in ihrem Stickrahmen zu stieren. Eine ungute Hitzewelle wallte durch sie hindurch. Glühbirne dumm, Einhorn dumm, alles sowieso ganz dumm, begann es in ihrem Kopf böse zu arbeiten.

Obwohl im Erker außer dem Kratzen des Gänsekiels, dem Knistern und Prasseln des Feuers nichts zu hören war, fühlte Irene sich schon von diesen beiden Geräuschen schikaniert. Sie drückte sich kurz die Hände auf die Ohren, dann legte sie sie in den Schoß. Innerlich sanken sie noch tiefer hinab. Von einem Augenblick zum andern posierte das Leben nun vor ihr als eine ganz unerträgliche Last. Einfach mal Luft sein, sehnte sie sich, aber der Torheit eines solchen Wunsches gemäß so bläßlich, daß es als Wunsch gar nicht zählen konnte. Ebenso erging es der plötzlich in die Einsamkeit geratenen Markgräfin mit ihrem rasanten Gedankeneinbruch: Es war genug, ich mag nicht noch am Leben sein.

Um den dichtenden Junker nur ja nicht zu einem Wortwechsel anzuregen, hielt sich die blaß gewordene Frau ihre Stickerei so dicht vors Gesicht, als prüfe sie die getane Arbeit.

Drei Stunden konnte es her sein, schluckte sie und war von der Melancholie überfallen, daß sie vor dem Mann dort auf den Knien gelegen hatte.

Nachdem ihr vor kurzem noch so wild gerüsteter Geist es satt hatte – Irene wußte nicht was –, spürte sie nun, daß auch ihr Herz auf jeglichen Waffengang verzichten zu wollen schien. Es blies den Rückzug seiner Lebenslust, wich Schritt um Schritt und blieb voller Elendsgefühl im Gestrüpp hängen. Still für sich riß Irene ihre Augen auf, als könnte sie so erfassen, was mit ihr geschah. Geht jetzt endlich mal heim, in Euren Gasthof, Junker, weg hier, lag es zornig auf ihren Lippen, ich bin verausgabt, kann nicht mehr.

»Warum müßt Ihr diesen lächerlichen ›Sachsenschuß‹

dichten?« sagte sie mit einem leisen Fauchen zu ihrem verdatterten Gesellschafter hinüber. »So ein Zeug bläst nur den Weltalb auf!«

Entgeistert sah der Junker zu, wie die Markgräfin ihre Wangen wie zwei Schweinsblasen aufblies, mit den Fingern daraufpiekte, daß die Luft aus dem Mund explodierte. Und sie schloß dieser Demonstration beinahe tonlos an, daß sie ihm soeben die Mechanik des Daseins veranschaulicht habe.

»Nur statt Luft sind es bei mir schöne Gedanken und wohlklingende Reime«, fauchte der Junker nach dieser eigentümlichen Störung als Richtigstellung zurück. Er sah die Markgräfin wie eine ausgewechselte Person hart den Kopf gegen die hohe Rückenlehne zurückwerfen.

»Was ist denn?«

»Ihr seht doch«, giftete sie zurück.

»Über Kummer läßt sich sprechen«, entgegnete geistes-gegenwärtig der Junker. Trost schien hier in eins ersehnt und ganz unwillkommen zu sein. Er bekam keine Antwort und nahm sich heraus zu sagen: »Der Weltalb ist uninteres-sant, zu groß und zu dünn ist er, um darüber etwas zu reden.«

Der Junker setzte seinen Gänsekiel wieder aufs Perga-ment. Von den helfenden Hauskuren für getroffene Seelen wählte er nicht die des Redens, sondern die des Stilleseins.

»Kann sein, Weltgrauen ist uninteressant«, bekam er noch an den Kopf geworfen, »... weil gerade das, was alles umfaßt, sich nicht sagen läßt. Ich habe alles so satt! – Ich setze mich vors Feuer.« Kopf und Rücken hielt Irene steif gegen die Rückenlehne, die Hände auf die Seitenlehnen gepreßt, so, als hätte sie auf ihrem Schoß Platz schaffen müssen, damit dort die Ungeheuer des Weltekels einen Tanz krabbeln konnten. Nichts sah der Junker davon, wie sieben Ellen von ihm entfernt der Markgräfin scheußliche Ausge-burten der heillosen Nacht von den Oberschenkeln gegen ihre Brust sprangen. Irenes weit aufgerissene, leblose Pupil-len sahen eine Woge von Jauche über ihre weißen Hände schwappen. Mit einem Ruck stand sie auf, wischte sich einen

Schwarm von winzigen Mistfuhrwerken vom Gewand und schob ihren Stuhl hastig zum Kamin.

Schweiß stand ihr auf der Stirn. Der Gedanke, noch zwanzig oder dreißig Jahre regieren, ganz Unabsehbares klären zu müssen, gab der Attacke aus dem Nichts einen neuen Schub. »Nicht! Ruhe!« stöhnte sie, wiederholte sie, und die vehemente Lust überkam sie, die Turmtreppen hinunterzulaufen, unten die Pforte aufzusperren und in die Winternacht ihres winzigen Burggartens hinauszutreten. Schwarz wär's dort, dort ragten rundum die Festungsmauern auf, dort hing Eis an den Zweigen und lag Schnee auf den kleinen Wegen und Rabatten. Dort in der Enge, Schwärze und Kälte stände in einer Ecke mit verhängtem Gesicht Fortuna und schaute auf die gläserne Kugel in ihrer Hand. In der zweiten Ecke würde die Trostlosigkeit knien und ihre klafterlangen Finger in die gefrorene Erde krallen. Über den Mauern der Himmelsabgrund, aus dem mit Kühle die Sternenaugen blitzten. Irene wünschte, sich ihren aberwitzig fernen Blicken auszusetzen, durch den Schneeteppich zu treten und sich im finstersten Gartenwinkel zum Kreuz ausgestreckt auf den Boden zu schmeißen. Mochte sie dann dort erfrieren und morgen erfroren gefunden werden, mochte eine Regung kommen, daß sie wieder aufstand und die Pforte im Turm wieder hinter sich schloß.

Pest, Teuerung, Glühbirne! lachte sie mit der Last ihrer doppelten Verbitterung auf, bitter über ihre eigene Bitterkeit.

Mit einem Krachen flog die Tür auf.

»Der Magister in Scharlach!« brach Pommerpickel ins Erkerzimmer herein. Schon verschwand das Geklingel seiner Schellenschuhe in Richtung Turmdach.

Junker Jörg sprang auf. Er stopfte sich seinen ›Sachsenschuß‹, dessen Sinn fürs Sinnlose mit dem Sinn der Inquisition unmöglich in Einklang stehen konnte, unter sein Wams. Auch die Markgräfin erhob sich, aber mit dem Gefühl, der Mann, der die Welt zum herben Demutshaus machen wollte, könnte ihr zum ersten Mal willkommen sein. Ja, eines Sinns fühlte sie sich mit ihm, ein starres

Gitterwerk auf das ungut vor sich hin brodelnde Leben zu drücken. Eine regelrechte Verbannungsraserei flammte in Irenes Augen auf. Wie einsame, reine Pflöcke sollten die Menschen eingepflanzt stehen, kraß und still ihre trauervollen Silhouetten in die Luft recken. Mit heftigem Unwillen sah die Markgräfin von Kolberg und Körlin die bunte, bemalte Kassettendecke über ihrem Kopf protzen, mit heftigem Unwillen dachte sie an den Kreuzbader, der mit seinem Herumexperimentieren die vorgegebene Hinfälligkeit des Lebens karikierte – jetzt obendrein auf ihren unbedachten Befehl. Ach, sollte sein ganzes Spital, fiel es ihr krönend ein, gerade angesichts der Seuche nicht geschlossen werden, auf daß der Pestbesen um so niederschmetternder über die albernen Häupter fahre und Ruhe schaffe?

Der Mann in Scharlach stand in der Tür.

Auf seinen Wink blieben seine zwei Inquisitionsdiener draußen stehen und schlossen eigenmächtig, ohne ein Zeichen von der Hausherrin, die Tür. »Gott sei bei Euch!«

»Wie eine Feuerzunge!« antwortete die Markgräfin. Sie neigte vor der Gestalt in Rot den Kopf. Mit Angst in der Kehle trat der Junker von seinem Stuhl weg und schloß sich dem Gruß an. Die rote Robe bewegte sich auf die Sitzgelegenheit zu. Sie nahm mit knisterndem Seidenstoff Platz und breitete den Saum des Ornats in mächtigen Falten um die lackroten Schuhe aus.

Irene reckte sich auf: »Das Weltgericht ist da. Der Unflat wird getilgt. Das Gesetz der Ruhe hält Einzug. Das reine Leben wird entzündet werden. Seid mir gegrüßt, Herr Magister.«

Auf die, weiß Gott, großartig gewählten Worte der Landesherrin nickte der Angesprochene bestätigend zurück. Der Junker vermochte das eben Gehörte nicht zu fassen und verschwand schier in der Fensternische. Irene setzte sich mit leuchtenden Augen wieder in den Stuhl. Sie streifte den armen Kölner Sekretär und seine gestreiften Hosen mit einem Blick, daß ihm das Blut gefrieren wollte. Hier, schwante ihm, würde es noch zum Prozeß gegen ihn kommen. Verwundert sah er, wie Magister Berthold wohl fürchterlich streng nickte, aber unter seiner Robe, beinahe verdeckt, die Schuhe kreuzte.

»Ja, mein Gott, es gibt viel zu tun. Ketzereien in Hülle und Fülle«, sagte er nun mit einer gewissen Schalheit, die die Markgräfin aufzuregen schien.

»Wenn Ihr nicht wärt, Magister«, ereiferte sie sich, kerzengerade in ihrem Stuhl sitzend, »wir hätten in diesen Landen nichts mehr, was uns demütig machte. Ihr seid der Wetzstein. Ja, Scharlach, das ist die Farbe, die uns schamrot über unsere Niedrigkeiten macht. Wer sind wir denn?«

Dem Junker wurde noch flauer. Den Obrigkeiten ging es zur Stunde offenbar um die absoluten Werte, zehn Gebote, viel Keuschheit, wenig Schummelei und das Reich der Beständigkeit.

Verglichen mit der Verve der Landesmutter schien das geistliche Oberhaupt nach seinem anstrengenden Arbeitstag eher etwas ausgelaugt. Die Worte der hohen Frau ließen den einigermaßen verblüfften Mann mit seinem rechten kleinen Finger auf der Stuhllehne trommeln. Plötzlich gar strich sich der Inquisitor wie nach einem guten Einfall über den Spitzbart.

»Wieso soll Scharlach die Farbe sein, die Euch schamrot macht, teure Frau Markgräfin? Es ist pure Fügung, daß ich Rot trage. Der Inquisitor von Lyon trägt die graue Kutte, der in Bordeaux die braune, je nach Orden. Wißt Ihr nicht, wie vielseitig wir sind?«

Das Pointenlachen, das sich dieser Information anschloß, ließ die Verbannungsraserei in Irenes Augen zusammenschrumpfen. Vielleicht war der Mann auf die Burg gekommen, um nach dem Foltern der Häretiker ein Stündchen zu verschnaufen? Wohl oder übel mußte sie sich daran erinnern, daß selbst der Inquisitor die Heiligkeit nicht mit dem Löffel gefressen haben konnte, dieser gelehrte Geistliche von irgendwo aus der Lausitz. Mit einem Rest von Glaubenswillen an die Unfehlbarkeit fragte sie den Vertreter derselben, was ihn herführe.

»Eine Laune, auch eine Laune, Frau Markgräfin«, und mit plötzlicher Wendung zum Fenster, »Herr Hanse-Sekretär!« Irene nickte und tat von ihrer Seele das härene Gewand ab.

»Nun«, und der Magister ließ die Ringe an seinen Fingern und das prächtige Kreuz auf seiner Brust glitzern, »daß mir das Eintreffen der Pest die Schuhe auszieht, kann ich natürlich nicht behaupten. Damit rechnete ich als Mensch. Darauf bin ich als Geistlicher gefaßt, der weiß: Je mehr Plage, desto näher Gott. Eine Kurzformel, für die ich meine Hand ins Feuer lege«, lachte er auf. »Nur die eine Dummheit macht uns zu schaffen. Da wird allerorten Gott verlassen, weil er die Pest schickt, aber nirgendwo so recht gesucht, wo er sich uns doch damit endlich in Erinnerung bringt! Meine Vormerklisten laufen mir seit heute über. Doch ich bin guten Willens, aus Kolberg ein zweites Carcassonne zu machen. Bei knapp zehntausend Seelen in einem Jahr tausendeinhundert Prozesse und dreihundertundfünf Verbrennungen.«

Da Magister Berthold bei seinen Zuhörern eine Gänsehaut immer dahin interpretierte, daß sie Genaueres von ihm erfahren wollten, fuhr er mit halbamtlicher Offenheit fort: »Da ist mir doch heute morgen zugetragen worden – Ihr wißt, seit dem Konzilium von Béziers gilt die heimliche Denunziation als öffentliche Anklage und werden Berichte vom Hörensagen als statthafte Berichte von Augen- und Ohrenzeugen gewertet, was unsere Inquisition ja erst so richtig in Schwung gebracht hat – also heute morgen ist mir zugetragen worden, daß sich seit Jahr und Tag ein taubstummer Tischlergeselle in Kolberg aufhalte. Im Moment«, und der Magister warf am Junker vorbei einen Blick zum Fensterladen, »wird er gerade in die Kasematte geschleppt. Taubstumm, das ist noch übler als laute Teufelsprahlerei. Solch ein Tauber hat nie – ich sprech das nur mit Beben aus – Gottes Wort vernommen noch es je verkündet. Er kann ja gar nicht. Solche Ausgeburten kann ich mir zur Zeit in meinem Sprengel nicht leisten: Streckbank, dann verschärfter Feuertod, die spanische Methode: nicht munter in die Flammen, sondern langsam versengen auf leichtem Stroh. Zu der Mißgeburt steck ich gleich noch einen Kaufmann dazu, der es unterlassen hat, sein Weib der Teufelsbuhlschaft anzuklagen. Da mußte erst der Hausnachbar der beiden zu mir kommen. Ihr seht, ob Tischlergesell oder Handelsherr: Nicht nur Gott, auch wir machen keinen Unterschied. Übrigens, Frau Irene, ist es auch in Eurem Sinne, daß der Geselle verschwindet. Er soll nicht einmal wissen, in welcher Markgrafschaft er lebt und daß seine Herrin Irene heißt.«

»Verbrennt ihn nur. Aber man weiß ja selbst oft kaum, ob man noch im Altertum lebt oder wo ...«

»Ein guter Witz«, lachte der gotische Inquisitor los und schien den Schreck zu übersehen, mit dem der Junker auf die totenblaß gewordene Markgräfin schaute. Beide sahen, wie die lachenden Augen des Magisters den Erker inspizierten, dessen Ausschmückung ihm plötzlich, wenn Gott es ihm eingab, als zu weltlich-prächtig vorkommen konnte.

Um die Nase des bedrohlichen Mannes schien sich eine wahre Ausgelassenheit zuzuspitzen. Und plötzlich schien der Inquisitor schier zu platzen, klatschte unvermittelt in die Hände und rief aus: »Ich fühle mich so intelligent! Ich kann kaum mehr an mich halten ...«

Die Markgräfin und der Hanse-Sekretär wurden nun Zeugen davon, wie hinter einer Persönlichkeit eine ganz andere, unerwartete zum Vorschein kam.

»Verzeiht meine Munterkeit am Pesttag, nur weiß ich ja, daß ich schon von Amts wegen in den Himmel eingehen werde... Aber ich fühle mich so intelligent. Ich weiß so viel! Und alles, was ich noch nicht weiß, kann ich noch lernen. Wenn ich's aber nicht lerne, werde ich gar nicht wissen, daß ich es hätte wissen müssen. Ist das nicht herrlich!« Die kolossale Verwirrung, die er anrichtete, übertönte der lossprudelnde Inquisitor von Hinterpommern mit Weiterreden: »Ich mußte einfach auf die Burg kommen, um das loszuwerden. Ich bin nämlich nicht nur gescheit, ich bin übergescheit. Ich kann reden, was ich will, es meint immer was. Ich quelle schier vor lauter Gedanken!« Der rotgekleidete Mann war auf seinem Stuhl in geradezu frenetische Zuckungen geraten. Seine Finger fingerten überall an der Lehne.

»Ja? Welchen denn?« fragte peinlich berührt die Markgräfin.

»Allen möglichen Gedanken. Ich kann tun, was ich will, für alles finde ich eine Erklärung. Summa summarum tue und lasse ich etwas aus Gründen, die ich weiß oder die ich später besser erkennen lerne. Es ist gar kein Ende mit meiner Intelligenz: Mir kann jemand was auch immer sagen, stets weiß ich zu widersprechen oder zuzustimmen. Ob Ihr's glaubt oder nicht, mein Kopf ist randvoll. Er sprudelt und sprudelt, fürwahr, vor Euch sitzt eine immerwährende, geistvolle Pointe: Ich. Und wenn's in mir leer ist, weiß ich sogar noch zu sagen, daß es leer in mir ist. Da ist kein Ende an Geist.«

Es fiel der Markgräfin sichtlich schwer, sich auf das Jubelgesicht des Inquisitors einzustimmen, in dem ein chinesischer Feuerzauber gezündet zu haben schien.

»Aber, eine lebende Pointe, Ihr?« warf auch der Junker mit reichlich kläglichem Stimmvolumen ein und erlebte eine weitere dubiose Metamorphose des hageren Mitfünfzigers, der seine dünnen Augenbrauen dauernd an deren Außenenden in die Höhe ziehen konnte.

»Seien wir doch mal privat, Kinder. Denn bald wird's sowieso ernst werden«, schob er grinsend als Nachsatz ein. »Geht euch doch auch so: Sprudel, sprudel!« und er tippte sich an den Kopf. »Ich schaffe dort geistvolle Verknüpfung, wo niemand auch nur den Schatten eines Zusammenhangs sieht: Links fragt mich mein Kerkermeister ›Jetzt den Schwedentrunk?‹, rechts im Halseisen fängt die Delinquentin an zu brüllen, und zwar wie am Spieß. Was fällt mir darauf ein? Mein Amtsbruder in Uppsala wird jetzt gerade zu Mittag speisen, vielleicht keinen *Spieß*braten, vielleicht aber Wachteleier. Und schon denkt unsereiner weiter, daß er mit dem Bischof von Stolp demnächst auf Wachteljagd gehen wird ... Seht Ihr die Raffinesse meiner Intelligenz?

... Nennt mir ein Wort! Ich erzähle bis zum Morgengrauen, was mir dazu einfällt. Weil ich das kann, ist mir heute nachmittag eingefallen, daß alles zusammenhängen könnte, ein Wort gebiert das nächste bis schier ins Endlose hinein. Es gibt nur eine Sorte Wort: das Stichwort. Es kombiniert sich wie von selbst, blah, blah und blah ...«

Mit einem rasanten Rundumblick schien der Inquisitor zu erfassen, was an Essen auf dem Tisch stand, was sich der Junker Rotes ins Haar gebunden hatte, wie dick der Siegelring der Markgräfin war, um aber sogleich fortzufahren: »Nun ist mir zu Wachteljagd schon wieder eingefallen, daß der Bischof nur auf Wildgänse geht, daß es aber Hausgänse waren, die Rom vor den einfallenden Galliern aus dem Tiefschlaf weckten, kein Problem jetzt über Tiere zu plaudern, die Schlange, die beim Sündenfall ihre Füße verlor, die Böttgerwitwe Regine, die mir im Herbst vor der Wasserprobe schwor, lieber ein Wurm werden als länger ein Mensch bleiben zu wollen ...«

»In der Tat: Geistvoll, doch eigenartig«, erklärte die Markgräfin und wußte sich von dem lebensgefährlichen Sprudelfaß durch das eine Wörtchen ›Neuzeit‹ um Jahrhunderte getrennt. So wagte sie, wie aus sicherer Distanz, zu bedenken zu geben:

»Seid Ihr gewiß, daß es sich statt um ein Intelligenzwunder nicht eher um eine Intelligenzkrise handelt? Ich meine nur. Schon der Junker hatte vorhin die Idee, daß alles sinnvoll wäre ... Wie, Herr Magister, könnt Ihr bei solcher Flut von Eingebungen denn Eurem doch recht eindeutig abgesteckten Beruf nachkommen? Die Gewissen einschätzen, da doch auch in den Gewissen das Törichteste seinen Sinn haben müßte?«

»Jeder Mann sein eigener Sachsenschuß«, ließ sich der Junker hören und wagte sich einen Schritt aus der Fensternische heraus.

»Ja«, sekundierte ihm frivol die Markgräfin: »Heute bin ich gotisch und morgen bin ich blau!«

Das Hähä-Lachen des Inquisitors fiel nach diesen geistigen Zumutungen, die er selbst heraufbeschworen hatte, ausnehmend dünn aus. Ja, er schluckte gar. Binnen kurzem war aber das Resultat der frechen Äußerungen der beiden Laien, daß Magister Berthold mit großer Zugeknöpftheit erklärte: »Ich trenne natürlich, wie alle Leute von Format – Leute, die wissen, daß es überhaupt etwas zu trennen gibt, nämlich das Denkbare von dem, was man effektiv tut – streng zwischen meiner Intelligenz und meiner Inquisition.« Kurz schien der Mann vor Gescheitheit tatsächlich zu rauchen.

»Ihr glaubt nicht?« rief viel zu plump die Markgräfin aus.

»Aber ja, nämlich an alles, werte Frau. Beruflich weiß ich mich zu konzentrieren ... Ich habe Euch gewarnt, ich bin eine lebende Pointe.«

Irene wußte sich kaum zu fassen ob dieser abgründigen Selbstdarstellung des hohen Glaubensrichters. Sie forschte in seinen Augen, ob da Burgunder im Spiel war. Aber sie mußte damit zurechtkommen, hier nicht mit dem wahrscheinlichen, sondern mit dem denkbaren Inquisitor die Luft teilen zu müssen.

Das vormals so behagliche Prasseln des Kaminfeuers hatte durch die Gegenwart des Magisters seine Tonart gewechselt. Es war zur Begleitmusik des Herrn des Verbrennens geworden. Mit Furcht schaute auch der Junker dem Züngeln der blauen, violetten, gelben, roten Flämmchen zu. Wie leicht waren sie aus dem Dienst des Wärmens herauszunehmen und würden dann genauso flink an nackten Beinen lecken.

Wie an einem gespannten Zwirnsfaden wanderten die Augen des Inquisitors von den Pupillen der Markgräfin zu denen des Junkers bis hin zu den brennenden Buchenscheiten. Magister Berthold lächelte. Solche furchtsame Stille wie von den Leuten hier kannte er überall aus Deutschland.

»Eine Laune hat mich hergeführt ... auch«, sagte er derartig gewollt leise, daß die Angesprochenen zum Verstehen ihre Köpfe vorneigen mußten, und fuhr dann ebenso unerträglich leise fort: »Da Ihr mich aufs Berufliche gebracht habt, Frau Markgräfin, ›Kaffäh‹, was ist das? Jemand auf der

Burg hat«, und der Inquisitor zupfte ein Zettelchen unter seinem linken Ärmel hervor, »von ›Kaffäh‹ gesprochen. Ein anderer berichtete von Salz, das süß sei. Ohne Zweifel ist ersteres ein osmanisches Heidenwort, das zweite ... zu dem fällt selbst mir nichts ein! Auf dem Blocksberg wird der Hexenkuchen mit Pech gebacken, vielleicht auch mit süßem Salz gewürzt?«

Irene sah, Junker Jörg war schon außer Gefecht gesetzt. Seine Hände grabschten an der Wand nach Halt.

»Kaff ...? Wie sagtet Ihr«, versuchte Irene nach alt-bewährter Methode, die Spanische Drahtschlinge von ihrem Hals loszubekommen, »Junker, Ihr, kennt Ihr Kaff? was?«

»Kaffau! Frau Markgräfin, Magister Berthold hat nach Kaffau gefragt«, lispelte der Junker.

»Nein, Kaffäh! Was habt Ihr heute mittag mit Kaffäh gemeint, Frau Markgräfin?«

»Gott, man sagt mal dies, mal das. Ihr wißt ja selbst, bester Magister: Kaffäh, das sind doch denkbare Buch-staben, die man sagen kann.«

Der Junker kniff die Augen zu. Das war alles andere als eine Glanzleistung gewesen. Irene merkte es selbst und begann, eher noch verdachterregender, mit dem Schürhaken im Kaminfeuer zu stochern.

»Ja, das muß lodern«, sprach der Inquisitor, erhob sich in voller leuchtender Talaresröte und wollte eben seine Stimme in Schreilage versetzen, als für die beiden Angeschuldigten das Schlimmste im buchstäblichen Sinne erst eintreten sollte:

Die Tür war aufgegangen. Mit einer Verbeugung nach draußen, nämlich zu den beiden dort wartenden Inquisi-tionsdienern, und also beinahe rückwärts gehend, kam her-ein: Meister Johannes. Behutsam, doch eilig zog er die Tür zu, stand dabei aber noch immer mit dem Rücken zu den Anwesenden und sagte schon geheimnistuerisch – ohne auch nur im Ansatz zu kombinieren, daß, wenn draußen die Diener standen, drinnen wohl ihr Chef sein mußte –: »Da können uns nur noch Hexen helfen!« Als der Kreuzbader sich endlich mit dem Loslassen des Türgriffs herumdrehte, sah er vor sich die scharlachrote Katastrophe, die ihre Augenbrauen bis zum schimmernd roten Barettrand hochgezogen hatte.

»O Gott«, sickerte es aus drei zugeschnürten Kehlen.

Mit einem entsetzlich scharfen Ruck warf der Inquisitor den Kopf in den Nacken und holte ihn mit einem leisen Pfeifen auf den Lippen wieder zurück. Er schien erst seine Silben einsammeln zu müssen. Mit beringten Händen, die sich an den steifen Armen merkwürdig im Kreis zu drehen begannen, holte er aus: »Da können also nur noch Hexen helfen? Der feine Herr Alchimist, die Madame von der Burg, der Hanse-Herr. Heiliges Offizium fahre drein! Da wird die taube Nuß auf ihrem Feuerstroh die fetteste Begleitung aller Zeiten bekommen.«

Die drei Abgeurteilten, die schweißgebadet das Lebensprinzip der Fallhöhe an sich wahrnehmen mußten, brachten keinen Ton heraus. Der steif dastehende, nur mit den Händen rotierende Inquisitor hatte Zeit, schon mal mit Blicken zu töten: »Tja, hohe Frau, wie gut doch, daß auch über Fürsten Gericht gehalten wird. In die Glut, ihr falschen Potentaten, ihr Kaffähhexer«, und zum Hanse-Sekretär, der fahl an die Wand genagelt stand: »Hanse hin, Hanse her, ich kenne nur noch Christen und solche, die's mit süßen Salzen treiben ... Ihr da, Baderchen, Euch will ich eine alchimistische Reaktion vorführen, über die Ihr nur kurz staunen könnt, nämlich die, wie ich aus Quacksalbern Rauchschwaden mache. Dachtet Ihr, der Glaube würde unterliegen!«

Hier war, das erkannte Irene ganz richtig, kein Argumentieren mehr. Hier tobte Glaubenseifer, dessen Eindeutigkeit sie, rein gedanklich, vor knapp einer Stunde noch so berückend gefunden hatte. Da sich aber nun ihr Leben ebenso eindeutig gegen alle mutwillige Verkürzung wehrte, trat sie einen Schritt vor. Bestechung, war ihr Gedanke.

»Herr«, hub sie an und rang um lockere Töne, »alles kann einem einfallen. Sagtet Ihr selbst. Ich sage: Alles kann einem entfallen. Ihr wißt: Intelligenz ist Lochstickerei.

Kurzum – die Tür ist dick, es hört uns keiner – ich würde gerne 2000 Dukaten verschenken!«

Wortlos und gekonnt alles Mienenspiel verweigernd, ging der Inquisitor langsam vor den Kamin und begann, sich dort über dem Feuer die dürren Hände warm zu reiben.

Die der schweren Hexerei Verdächtigten, somit schon Abgeurteilten, warfen sich einen Blick der Hoffnung zu. War es nicht sogar denkbar, nachdem der Inquisitor so emphathisch über die Grenzenlosigkeit des Denkbaren gesprochen hatte, daß er letzten Endes noch zum vierten im Neuzeitbunde würde?

Doch was statt dessen kam, hatte sich der Inquisitor von Hinterpommern selbst zuzuschreiben.

Vom Kamin her wendete er den Kopf den illustren Häretikern zu, deren Brandgeruch den Namen Berthold von Kolberg bis nach Rom tragen sollte: »2000 Dukaten? Forste, Leibeigene, Fischteiche eingerechnet, besitzt Ihr das Zehnfache, Frau Markgräfin. Ich bin unbestechlich. Und ohnehin fallen Dreiviertel allen Ketzerguts der Mater Ecclesia zu. Bin ich nicht eine Pointe!«

Der Mörder drehte sich wieder dem wärmenden Feuer zu und zupfte sich akkurat die Talarmanschetten über die Handgelenke. »Bin ich nicht eine chronikwürdige Sau«, flüsterte er gut verständlich ins Feuer.

»Und ich die Tochter eines Ritters!« rief hinter ihm hochrot, röter noch als das Robenrot, die Markgräfin aus: »Kommt!« rief sie Junker Jörg und dem Bader zu: »Kommt, die Pointe will auf den Rost! Zusammen geht's besser!«

Das Bild ihres tapferen Vaters vor Augen, wie zum weiblichen Stier geworden, senkte die Markgräfin von Kolberg und Körlin den Kopf, ballte die Fäuste vor der Brust, nahm aus dem Stand Schwung und rannte in eins mit dem Bader dem Inquisitor so wuchtig in den dünnen Rücken, daß er wie ein Armbrustbolzen vornüber und der Länge nach ins aufprasselnde Kaminfeuer schoß.

»Jetzt beginnt die Neuzeit! ... Ab morgen die Glühbirne, tausend Kannen Kaffee und goldene Individuumklöße!«

riefen sie dem Magister Berthold hinterher, der beinahe noch zu seinen lauten Besiegern zurückblicken wollte, aber wohl nicht einmal mehr das Bewußtsein hatte, die versprochene alchimistische Reaktion nun an sich selbst mitzuverfolgen. Der Stoß der beiden Attentäter mußte ihm schon das dünne Rückgrat gebrochen haben. Die Feuersröte vertilgte die Scharlachröte der Robe, fraß Löcher hinein, fraß sie ganz auf und ließ von der Seide wirbelnde Ascheflocken übrig. Lautlos aufflammend entschwand der Jagdgefährte des Bischofs von Stolp durch den Rauchfang, mischte sich in den winterlichen Äther Pommerns und hatte vor dem Kamin nur ein Paar rote Lackschuhe zurückgelassen.

»Jetzt hat ihm die Pest doch noch irgendwie die Schuhe ausgezogen«, schnaufte Irene und rührte als kriegsbewährte Burgbesitzerin die zwei Aschesorten im Kamin durcheinander.

»Das war Mord!« kam es von hinten geflüstert, wo der Junker sich darauf beschränkt hatte, weit die Fensterläden aufzustoßen.

»Junker«, sprach der Bader und wischte sich die Hände am Wollrock ab. »Gewisse Praktiken des Mittelalters haben auch ihr Gutes. Survival of the fittest, nennen die Engelländer das. Außerdem«, und Meister Johannes wies auf die Schuhe, auf deren rotem Lack sich die Flammen spiegelten: »Was da drin stand, war nur ein Gemisch aus Wasser und Kohlenstoff!«

»Mord an Kohlenstoff?« fragte die Markgräfin und richtete sich mit noch bebender Brust den Zopfkranz. »War der Magister ein Stück Holzkohle? Na ja, wenigstens konnte er darauf vertrauen, daß Gottes Wege immer die richtigen sind ...« Sie hielt inne. Sie sah, daß dem Bader etwas eingefallen sein mußte.

Die Wirklichkeit zeigte, daß sie wohl zufällig sein mochte und dennoch mit einem präzisen Situationszwang nie zurückhielt: Vor der Tür waren zwei Inquisitionsdiener, die wiederum nur durch das System der Wunder davon abgehalten worden sein konnten, auf den vielen Krach hin die Tür aufzureißen.

»Sie ist ziemlich dick«, flüsterte Irene. Entmutigt ließ der Junker seinen Kopf trotzdem zum Erkerfenster heraushängen. Nun saßen sie nicht mehr als Ketzer, sondern als Mörder eines Inquisitors in der Falle. Das war ihm schier zu viel. Am Kragen mußte der Bader den jungen Mann wieder zum Erker hereinziehen. Die Absprache der drei war kurz. Auf einen Wink des Baders trampelte Jörg laut auf und brüllte die Markgräfin los: »Magister Berthold, nicht! Zurück!«

Einen Augenblick später waren die zwei geistlichen Dienstboten zur Tür hereingestürzt. Perplex spähten ihre Augen nach ihrem Herrn.

»Da!« rief die Markgräfin und zeigte mit zehn gespreizten Fingern verstört auf das verlassene Lackschuhpaar. »Da! Gestolpert!«

»Es war Absicht!« stotterte der Junker und rang die Hände. »Der heilige Mann wollte dieser schweren Zeit ein Beispiel der Buße geben. Hat er nicht zuletzt gesagt: Vor Gott sind wir alle kleine Schweine? Oh, er ist gesprungen, es war eindrucksvoll!«

Die Inquisitionsdiener schauten sich an. Der eine trat einen Schritt vor, um dann noch einen sinnlosen Schritt nach links zu tun. Der andere tappte mit offenem Mund zu den Schuhen, die ihr Chef ihnen hinterlassen hatte. Dann schielte er zum Rauchfang hinauf. Aber da war wohl nichts mehr zu machen.

»Daß man diese Reliquien sofort in Liebfrauen zur Schau stelle!« befahl die Markgräfin und wies streng auf das Schuhpaar vorm Kamin. Sie war wieder ganz auf der Höhe ihres politischen Geistes. »Rasch, Ihr Knechte eines Heiligen!«

Recht überraschend ihres Vorgesetzten beraubt, gehorchten die Inquisitionsdiener mit gelähmter Zunge und wirren Augen. Sie griffen je einen der Schuhe, sahen sich noch ein paarmal an und gingen damit wie mit zwei Abendmahlskelchen zur Tür hinaus.

»Was wird das für ein Nachspiel haben?« fragte ängstlich der Junker.

»Keines. Nur eine undurchsichtige Legende. Ehe die Kunde über Mitteldeutschland, Franken, Bayern, die Alpen, Südtirol, Norditalien in Rom ankommt, wird es April, Mai sein. Und unsere Handabdrücke auf den angekohlten Stoffetzen zu entdecken, wer sollte dazu imstande sein? ... Meister Johannes, Ihr Unglücksrabe, den ganzen Tag haben wir auf Nachricht von Euch gewartet!«

Der Wissenschaftler breitete, anstatt eine Antwort zu geben, bedauernd die Arme aus und sank auf den Stuhl, den die Geistlichkeit geräumt hatte. »Was für ein toller Tag«, sprach er, fand dafür allgemeine Zustimmung und konnte seine Feststellung noch einmal wiederholen.

»Ja, ich habe mit der verdammten Glühbirne experimentiert, noch und noch ...«

»Was kam dabei heraus?« drängte die Markgräfin, die vor einer guten Stunde nicht allein auf die Glühbirne, sondern auf die Welt hatte verzichten wollen und es unkompliziert hinnahm, daß es nun wieder andersherum war. »Eine Tote. Ein unfreiwilliges Opfer für den Fortschritt«, bekannte betrübt der Alchimist. »Ich habe meiner Aussätzigen von der Glühbirnenflüssigkeit einen Humpen zu trinken gegeben. Es war nichts.«

»Aber wieso denn von der Flüssigkeit. Bei der Glühbirne wird das Wohl von der lichten Strahlung herrühren, Meister«, schaltete sich mit Traumerfahrung der Junker ein.

»Vielleicht ist die Erfindung in Ordnung. Aber vielleicht sind wir es nicht. Vielleicht sind wir zu dumm, zu früh für das geniale Gerät«, äußerte bekümmert der Bader und schaute in die Runde: »Wir zu dumm, das Ding zu klug! ... Ich habe heimlich Friedhelm bestrahlt, doch der Bursche hat ja noch keine Pest. Tja, da kann nun also unser Untergang kommen, und wir finden den Dreh nicht. Vielleicht glotzen wir im Sterben hilflos unsere Rettung an. O große Schande ... Wollt Ihr wirklich aus der Zeit raus, Frau Markgräfin?«

»Wenn Ihr den Traum vom Licht, der Wärme, dem Behagen gehabt hättet, Ihr würdet nicht fragen. Denkt daran, einen Steinwurf von uns ist Glück ... ist Amerika. Müssen wir uns als armselige Vorläufer ins Dunkel dreinschicken? Denkt einmal daran, verehrter Meister, daß man Euch später einmal als lächerliche Quacksalbergestalt verlachen könnte. Mich als eine in ihrer Zeit befangene Markgräfin. Den Junker als Vertreter der Hanse, die einmal nur noch als Heringskrämerei gelten könnte. Wie peinlich, wie bedrückend für uns! Wie soll ich denn weiter mein Talglicht anzünden, wenn ich ahne: Das ist gestrig? Nein, hier ist alles kaputt. Ich sehe alles schon versunken. Wir müssen weiter. Und soll denn der Name Kolberg in der Welt nicht endlich einmal ein Aha auslösen?!«

»Ja, nicht immer Provinz bleiben«, stachelte der Junker an.

»Was sagtet Ihr vorhin, als Ihr rückwärts hereinkamt, von Hexerei? Meister, da ist doch etwas in petto!«

»Ungern«, wand sich der Bader. »Aber ich muß gestehen, alle Weißmagie kann hier nicht weiterhelfen. Es braucht einen anderen Zunder, leider. Ach, ich zögere ... Nun, ich weiß da von einer Hexe im Schwelliner Moor, die der da«, und der Bader wies mit dem Daumen zu dem Platz, wo der Magister auf Höllenfahrt gegangen war, »noch nicht ausgehoben hat. Alzine heißt das Monstrum und soll die Meinung hegen: Vor der Wissenschaft sei sie dagewesen und danach würde sie es auch noch sein. Das telepathische Luder, womöglich weiß sie ... womöglich müßten wir uns ergänzen ... aber ich rate ungern zum Wunderbaren. Solche Weibsfötte unterminieren mit ihren Munkeleien den ganzen Zauber des klaren Verstandes.«

»Laßt's uns mit dieser Alzine, oder wie sie heißt, probieren«, votierte der Junker.

»Mit Probieren fängt's immer an«, seufzte der ehrenwerte Verstandesmensch.

»Ach, Meister«, tröstete Irene, »letzten Endes kommt immer mehr auf einen zu, als man es ahnen wollte. Ein

Ergebnis hat noch alles gezeigt. Ich bin froh, daß wir morgen etwas unternehmen können. Also auf zur Alzine. Was so alles in meinen Landen lebt und geistert!«

Irene empfahl, daß man sich zur Ruhe begeben sollte. Sie sei am Ende ihrer Kräfte. Mit mehr Anteilnahme als gewöhnlich blickte der Junker die tatkräftige Frau an und machte einen Schritt, ihr galant seinen Arm zu reichen. War es aus Erschöpfung, war es aus einem anderen Beweggrund, sie nahm es nicht wahr und hatte sich zum Feuer hingedreht. Schön stand sie da, fand Jörg, beeindruckend, schmal fast wie ein junger Mann. Der Feuerglanz tanzte ihr auf dem gotischen Kleid, Profil und Haar. Man verließ das Turmzimmer, das es trotz des nie ganz aufgeklärten Feuertods des Inquisitors von Pommern an Berühmtheit nie mit jenem Zimmer auf der Wartburg aufnehmen sollte, in dem der Reformator das Tintenfaß gegen die Wand und gegen den Versucher in Fliegengestalt geschleudert hatte.

Die Markgräfin begleitete die beiden Herren treppauf, treppab, durch schwarze Gänge und eine Geheimabkürzung zur Arkade vorm Rittersaal. Es war ihr eilig geworden – als der Bader von der Hexe gesprochen hatte, war ihr ein ganz anderer Spuk brühendheiß in den Sinn gekommen. Mit jedem Schritt, den sie ihren Gästen vorausging, pochte ihr Blut heftiger. Eine nur einmal gehörte Stimme war in ihr aufgeklungen. Im Dahingehen begannen ihre Hüften wie in der Trance der Vereinigung zu schaukeln. Zwischen den Neuzeit-Befehlen und dem Antibiotika-Reden, was war ihr da gestern nacht noch alles gesagt worden? Sie hörte es jetzt deutlicher als alles andere: » ... wenn ich wiederkomm ...«

»Sebastian«, wisperte sie, ohne daß die beiden Männer hinter ihr es hören konnten. Leicht neigte sie im Voranschreiten ihre Wange zur Seite und hatte sie in ihren Gedanken an die des herrlichen Einbrechers gelegt. Irene hätte ihr Gewand raffen, davonlaufen mögen, die Wendeltreppe hinauf in ihre dunkle Kemenate, um in den Bettkasten zu springen. Sie überlegte: Die Neuzeit trug ja keinen anderen

Namen als: Sebastianszeit. Neunzehn war er und herrlich. Das Gemisch aus Scham, Verruchtheit und reinem Verlangen, das Irene in sich emporschießen fühlte, mußte sie erkennen lassen, daß sie sich gräßlich verliebt hatte. Die Schlacke des Tages verstellte jetzt nichts mehr.

Sebastian, der mit ein paar Worten etwas verlangt hatte, dem sie den ganzen Tag schon gehorcht hatte. Sebastian, dem sie mit allem, was an ihr haftete, bis in eine andere Zeit hinterherspringen wollte. Egal, wenn er auf ihr Flehen nicht gleich heute wiederkäme. Noch morgen, weitere Nächte – falls die Pest sie nicht von der Erde gefegt hätte – wollte sie mit angewinkelten Beinen in die Nacht wachen und versuchen, ihn aus seiner Ferne zu sich zu beten. Wenn er das zweite Mal käme, anklammern würde sie sich sofort an ihn, daß er sie nicht mehr in Zeit und Raum zurückfallen lassen könnte. Der Bader und Junker hatten Mühe, unter den niedrigen Deckenbalken und auf den unebenen Böden in den dunklen Gemäuern die eilende Burgherrin nicht aus den Augen zu verlieren. Irene faßte den Plan, bereits diese Nacht ein Messer mit ins Bett zu nehmen. Nein, ein zweites Mal sollte der göttliche Schelm, dieses Biest zum Lieben nicht entkommen. Mit einer heißblütigen Frau zu spielen, das würde sie noch einem Gespenst austreiben. Von wegen: Kommen, Verheeren und Weghuschen! Ihn konnte sie ermorden und hinterher sich selbst. Lieber tot mit ihm als tot allein.

Irene riß ihren Kopf wieder in die Höhe. Sie hatte ihn so seltsam sinken lassen, als hätte er sich in einen Schoß gekuschelt. Im blendenden Schein der Fackeln des Rittersaals suchte sie ihr Gesicht wiederum zu verbergen. Ihre Augen mußten zwei Teiche voll mit Honig, ihre Lippen zwei Samtkissen sein. Was mochten der Bader und der Junker hinter ihr für einen öden, liebeleeren Wortwechsel führen! Gebrabbel von Leuten, die man nicht an sich drücken mochte, denen man nicht mit Freuden ein Bein opfern würde! In den Alkoven, zum Rendez vous, trompetete es in ihr.

Fahrig entließ sie an der Saalpforte den Bader bis zum

nächsten Morgen, Schlag fünf, und schob zu ihrer köstlichen Erleichterung, fast im Predigtton, die Bemerkung nach: »Der Ritter flehte mich an, daß ich ihn retten soll, also will ich zur Hexe ins Moor hinausfahren.«

Viel konnte Meister Johannes mit dem seltsam intonierten Nachsatz nicht anfangen, zog seine schlichte Filzmütze und empfahl sich.

»Wie bezaubernd Ihr ausseht«, vernahm Irene hinter sich. Erreichte sie schon hier und doch schon jetzt die Stimme aus dem Jenseits?

Wie ein trotziger Junge hatte der Junker die Arme verschränkt. Plötzlich trat er mit Hundeaugen vor, faßte mit einer Hand nach Irenes Taille und drückte ihr ruhig einen Kuß auf die Schulter.

»Lieber Junker, geht, oder sucht Euch hier einen Winkel!«

Vor Verdutztheit zog der Junker seine Hand nicht gleich zurück. Er klopfe doch auch an anderen Abenden an die Tore eines der vielseitigen Badehäuser, hörte er seine beste Freundin sagen. Er schaute, ob sonst noch jemand da war, der zuhören konnte. Nur die zwei Knechte vorm Feuer, und die schliefen. Wie konnte Irene seinen Taillengriff auch verstanden haben, überlegte er schnell, versuchte er doch selbst etwas, was er noch nie versucht hatte. Noch einmal führte er seine Hand an ihre Hüfte und warf mit der anderen gar die Rittersaalpforte zum Burghof zu. »Ich habe heute in mir von meinen kleinen Abenteuern Abschied genommen. Gehören wir denn nach diesem Tag nicht zusammen?«

Unangenehm berührt schaute Irene von oben bis unten den vertrauten, den liebenswerten, den attraktiven Junker an. Sie stöhnte vor Unglück. Die Flammen der Fackeln um sie herum würden jetzt gleich ihr Licht auf ein elendes Spektakel werfen.

Freundschaftlich faßte sie die Hand des Junkers an ihrer Hüfte, und sie fand, sie tue damit noch das Beste, was möglich war. Sie staunte, daß er sich von ihrem Griff losmachte.

»Ich bin jetzt kein Tätschelkind«, sagte er. »Was ist? Zum

ersten Mal wollt Ihr mich gerne meiner Wege ziehen lassen? Seid Ihr erschöpft? Erlaubt mir, daß ich mich neben Euch ans Bett setze. Die Badehäuser! Sie sind heute fade geworden. Wir sind zusammen viel großartiger als die Späßchen dort.«

Irene mußte sich fassen. Direkt über dem Wamskragen des Junkers hatte sie einen Kopf mit langem blondem Haar gesehen.

»Ihr liebt mich. Wie soll das so plötzlich sein?« mühte sie sich zu sagen.

»Ja, und mit Euch möchte ich dereinst meine Kinder zeugen.«

Vor ihren Augen kniete der Junker nieder, küßte die Spitzen ihrer Schnabelschuhe und wischte mit seinem Ärmel die Steinplatten. Er war bezaubernder, als sie es sich monatelang von ihm gewünscht hatte. Sie hob den Armen an den Schultern auf und war nah daran, den Verrücktgewordenen in die Arme zu schließen. Sie griff halb zu, sie ließ auf halbem Weg die Hände sinken.

»Ihr, Ihr liebt mich doch!« sagte der Junker heldenmutig. »Greift doch nach mir. Dafür bin ich doch da.«

»Ich, ich liebe dich nicht mehr. Ich darf jetzt nicht nett zu dir sein, Jörg. Bitte!«

Er schaute sich um, als könnte eine der Steinsäulen ihm diese Worte verständlich machen. Irene bereute es, statt ganz abweisend gewesen zu sein, über Unfreundlichkeit nur gesprochen zu haben. Hatte sie aus Gutherzigkeit ›Bitte‹ gesagt, oder wollte sie sich mit dem Junker doch noch ein Eisen im Feuer halten? Aufgeregt durchmaß sie mit kurzen Schritten den Rittersaal und stand gleich wieder bei Jörg. Tat er wie ein begossener Pudel, weil er jetzt etwa über ihr Mitleid an sie heranwollte?

Irene fingerte an seinen Wamsknöpfen und hörte dahinter die Blätter mit dem ›Sachsenschuß‹ knistern. Sie entschied sich, in der Traurigkeit des Junkers ein pures Machtmittel zu erkennen.

Das laß ich mit mir nicht machen, empörte sie sich künstlich:

»Geht in Euer Wirtshaus ... und bedenkt, daß Ihr nicht unbedingt mich lieben müßt. Habt Ihr nicht auch Euren Nacht-Sebastian!«

»Unfug!« rief Jörg aus und sah zu, wie Irene an seinen Wamsknöpfen fingerte. »Ich – will – bei – Euch bleiben. Schluß.«

»Ihr seid da halt in einer Stimmung. Ihr macht's Euch leicht.«

»Was soll da leicht sein. Weil's klar klingt?«

»Ach, so eine penetrante Selbstlosigkeit«, wies Irene diesen Pfeilschuß in scherzendem Tonfall ab.

»Es gibt doch niemand anderen? – Es ist doch nicht unser Traum?«

Mit einem Fingerschnipsen hätte die Markgräfin diese Nachtstunde – und tausend goldene Dukaten hätte sie dafür in die Ostsee geschüttet – in einen wohlgeordneten Tag verwandeln wollen. Doch für Wochen war nun alles zerrüttet. Schon jetzt spürte sie, wie sie für lange keinen zufriedenen Schlaf mehr finden würde, wie sich schon jetzt der Kummer sammelte, der erst noch zu leben wäre. »Ich bin ... er hat ... Er will ja wiederkommen.«

Der Junker fing ein beinahe hysterisches Lächeln der Markgräfin auf. Eine Gedankenmühle begann in seinem Kopf zu klappern.

»Nein«, sagte er dann mehrmals. »Das kann es doch nicht sein. Das ist doch gar keine richtige Wirklichkeit gewesen!«

Irene hatte Halt an einem Steinpfeiler gefunden. Ihre schmelzenden Augen offenbarten dem Junker die Aufrichtigkeit ihres Geständnisses. Zweimal stemmte er die Arme in die Seite und ließ sie zweimal wieder sinken.

»Aber man kann mir doch keinen Spuk vorziehen«, brach es entrüstet aus ihm heraus, »ich will es doch auch nicht tun.«

Irene zuckte die Achseln. »Er ist noch da bei mir, und ich muß auf ihn warten ...«

»Ah, diese Narretei mit dem Außergewöhnlichen, was anderes ist es doch nicht. Ich weiß es doch gut.« Der Junker war verwirrt, daß nun gerade er in die Rolle des Vernünftigen hineingeraten war. Dabei hätte das eine Nacht für zwei treue Neubeginne werden sollen.

Aber da sagte die Fürstin: »Jetzt habt Ihr mir meine Freude zerstört. Schlaft gut ... Hättet Ihr mit Eurem Bekenntnis nicht zwei, drei Wochen warten können. Ich wäre vielleicht wieder befreit gewesen, Jörg.«

»Bis Ihr Eures Nachtritters – es ist ja nicht zu fassen – satt gewesen wärt«, rief der Junker, vielleicht zum ersten Mal in seinem Leben tief verletzt: »Zum Händchenhalten, Plaudern und geilen Begaffen war ich gut genug.«

»Flucht nur! Küßt mir nur die Schuhspitzen. Ihr kommt mir nicht näher. Ich will heftig lieben.«

»Wie langweilig Ihr werdet. Liebt einen Menschen aus Fleisch und Blut, der auch noch am nächsten Tag Farbe hat«, wütend zog sich der Junker im Knien sein Wams straff und bekam so glühende Augen, daß Irene von ihrem Pfeiler beinahe auf ihn zugegangen wäre: »So ein Schlachten zwischen uns«, sagte sie und schluckte Tränen.

»Jetzt soll ich wegen des prächtigen Wortes wohl lächeln? Ein Schemen aus der Neuzeit und eine Traumtänzerin – das Paar wird bald vertrocknet sein!«

»Wartet es ab!« fauchte die Markgräfin zurück, dachte rasch daran, daß sie mit ihrem Messer bei Sebastians versprochenem zweiten Besuch von ihm wenigstens den beseligenden Leichnam zurückbehalten würde. »Vielleicht ist mir sogar mein Leben egal, um, wie Ihr sagt, dem Gespinst folgen zu können. Es war Samen auf meinem Bauch, Junker, Samen – was Ihr offenbar anders erlebt habt!«

Der Junker räusperte sich errötend. Er zögerte, wie er dieses Bekenntnis, ihr Leben draufzugeben, einzuschätzen hatte: Ob es momentane Hysterie war oder gefährlicher Mutwille, dem die Markgräfin wie einem abgeschossenen Pfeil hinterherrennen würde.

»Tja, ich gehe dann.« Als Trumpf, den er dem anbetungswürdigen Schemen voraushatte, fügte er mit Bauernschläue an: »Morgen müssen wir ins Moor fahren. Oder wird Euch das zarte Geschöpf zur Hand gehen?«

Langsam und unentwegt den Kopf schüttelnd ging er zur Pforte.

»Habt eine gute Nacht«, wünschte ihm die Markgräfin zagend hinterher und ging schluchzend selber fort, sich in den Alkoven zu schließen, wo sie keine Ruhe fand, denn Sebastian sollte kommen und aber auch besser fortbleiben.

Die Nacht über Pommern hielt ihre Gestalten verwahrt. Nach erschöpfenden Stunden der Beschwörung machte die Markgräfin gegen fünf eigenhändig ihre Alkovenflügel auf. Mag der Kölner mein Gemahl werden, war ihr Gedanke, als sie sich auf den Bettrand setzte und sich räkelte: Realistin sein! Im Rittersaal, nah bei den beiden schlafenden Knechten – im Grunde erinnerte sich in der Kolberger Hofhaltung niemand, wann diese zwei zu welchem Zweck auf die Burg gelassen worden waren – tauschten Herr von Öllstein, Junker Jörg und Meister Johannes schon seit geraumer Zeit Neuigkeiten aus. Je gieriger der Burgvogt nach Sensationsdetails über den gloriosen Feuertod des Ex-Inquisitors verlangte, desto eifriger mußte Meister Johannes in die Fabelkiste greifen, so daß er gerade schilderte, wie Magister Berthold nach seinem Gottessprung in den Kamin auf den Holzscheiten sich zum Kreuz ausgestreckt und mit leisen Ave-Rufen in seinen brennenden Handflächen zwei Wundmale betrachtet habe.

»Ei, daß doch! Heilige Hippe und Zippe!« rief der Burgvogt zum Zeichen seiner völligen Sprachlosigkeit aus.

Das ganze Erkerzimmer habe dann plötzlich wie von Engelsflügeln gerauscht, wußte auch der Junker beizutragen, und ohne einen Mucks sei die Seele des Magisters zum Schornstein hinaus.

»Da scheiß dich doch voll!« honorierte der Vogt auch diese Kleinigkeit, brachte das Ave-Flüstern mit der Mucksmäuschenstille des prädestinierten Heiligen in keinerlei Widerspruch und fühlte sich gedrängt, nun seinerseits mit schwerem Geschütz nicht hinterm Berg zu halten: »Im versinkenden Stettin sind gestern nachmittag Schlag sechs alle Kirchentüren auf einmal ins Schloß gefallen. Den Domprediger hat's dabei in der Mitte durchgeteilt.«

»Guten Morgen, die Herren«, rief Irene von der untersten Treppenstufe. Auf den ersten Blick entdeckte sie auf dem Tisch zwischen dem Frühstücksgeschirr einen Kasten aus Eisen, dessen Ober- und Unterhälfte mit schweren Lederriemen zusammengeschnallt waren. Da drin mußte der Kreuzbader das unerweckte Wunder verstaut haben.

Der Anblick ließ Irenes Herz wieder höher schlagen.

»Meister Johannes sagte, Ihr wollt hinaus ins Land?« fragte der Burgvogt, nachdem er den Morgengruß entrichtet hatte.

»Da ich meine Untertanen auf dem Land bis dato noch nicht in Augenschein genommen habe, ist jetzt vielleicht die letzte Gelegenheit dazu. Vielleicht läßt sich auch noch ein letzter Zins einsacken.« Hiermit hatte Irene Herrn v. Öllstein gewonnen, und sie hielt dem Junker die rechte Hand zum Kuß hin.

»Wie steht's in Stadt und Spital?« erkundigte sie sich und bat die Herren zu Tisch.

Sowohl ihr als auch dem Junker entging vor lauter Aufbruchsunruhe, daß heute aufs neue, und wie immer, in einer der Saalecken – ganz gegen die gestrigen, entschiedenen Desinvekzionsmaßnahmen – ein paar grunzende Schweine herumstanden und Gero, Kolbergs prächtigster Ganter, vom Boden über den gedeckten Tisch zum Kaminsims hinaufflatterte, so daß sich die Frühstückenden die weißen Federn aus der Suppe fischen mußten.

Eine Stunde drauf stand der schmucke, einspännige Kastenwagen der Markgräfin von Kolberg und Körlin im eisigen Morgendunkel des 11. Dezember 1348 abfahrbereit vor der Rittersaalarkade.

»Na, dann eine ergiebige Bauernhatz«, wünschte Herr v. Öllstein und schaute zu, wie die drei Herrschaften schweigend und jeweils in mehrere Pelzumhänge gewickelt ins Fahrzeug kletterten. Dienerschaft reichte ins dunkle Wageninnere die Heusäcke fürs weichere Sitzen, die Kiepe mit Branntwein, Bratenfleisch und Fladen, schließlich auch den merkwürdigen, großen Eisenkasten. »Ein paar Reisemedikamente, die man bei sich haben muß«, erklärte der Bader dem Vogt. Im Lügen hatte man schon epochale Fortschritte gemacht.

Komische Fuhre, dachte der Vogt bei sich und erinnerte sich erst jetzt daran, daß er noch das landesherrliche Siegel betreffs einiger Geisteskranker einholen mußte, die der Rat nach Stettin abschicken wollte, um sie dort zusammen mit den Stettiner Narren in die Ostsee versenken zu lassen.

»Muß das sein, und jetzt?« hörte Herr v. Öllstein die Markgräfin aus dem Wagen zurückfragen.

»Die Idioten und die Pest!« erläuterte der Vogt warnend: Auch ein taubstummer Tischlergeselle gehöre zu der Versenkungsfuhre. Gestern nacht sei der den Inquisitionsdienern noch entwischt, aber dann von der Stadtwache wieder eingefangen worden.

»Gut denn, in Gottes Namen«, gestand Irene zu, siegelte rasch das Papier und rief, wobei Kopf und Pelzkappe kurz zur Wagentür herausschauten, zum Kutschbock hinauf: »Los!«

»Dieser Geselle kommt ja auch vom Regen in die Traufe«, kommentierte Junker Jörg mit Kopfschütteln und wußte schon jetzt, als der ungefederte Wagen über den Burghof rumpelte, daß es heute blaue Flecken und lahme Knochen geben würde. Reisen sollte doch nur der, der keine Bleibe hatte. Im Grunde seines Hirns sei es ihm immer rätselhaft geblieben, warum bei Epidemie und Krieg zuerst die Geisteskranken ins Jenseits geschickt würden, fragte Junker Jörg zu Meister Johannes hin, der in der Wagenecke gegenüber nur als ein Gebirge aus Pelzwerk zu erkennen war.

»Halbfertiges Gesindel zieht das Unglück an, Junker«, kam es fachlich-ruhig von dort. »Alles, was nicht gebaut ist wie Ihr, wie ich oder die Frau Markgräfin, hat den Blutshang zum Stören in sich. Ich spreche hier von Ergebnissen der Incubus- und Succubus-Forschung: Wahre Höllenkinder können dabei herauskommen, wenn ein Christenmensch bei der Begattung nicht schärfstens darauf achtgibt, wer da auf ihm oder unter ihm schnauft. Der Incubus, der Aufliegende, oder der Succubus, der Untenliegende – wie oft ist das nicht schon Satanas gewesen, der flink in die Gestalt des Ehegatten geschlüpft ist. Und dann ist neun Monate später das Gesocks da: Krummbeinig, behaart bis über die Ohren, blind, idiotisch. Sind die Zeiten gefährlich, heißt's die milde Hand von den Incubusgören ziehen.«

»Dann ist auch die ganze Hexerei erblich?« fragte die Markgräfin erstaunt nach. Sie sah die Mütze des Kreuzbaders nicken.

»So ist's«, seufzte er. »Die neue Incubus-Theorie, die These von der Teufelsbuhlschaft, erhärtet sich mehr und mehr. Mutter eine Hex, ergo Ausgeburt eine Hex, beziehungsweise Hexer. Frankreich ist uns bei diesen Erkundungen weit voraus. Dort hat man erkannt – ich erinnere nur an die summarische 1000-Hexen-Verbrennung von Arras –, daß man ans Hexenübel nur herankommt, wenn man sippenweise vorgeht. In diesem Punkt war Magister Berthold durchaus keiner von den Altbackenen, die sich treudeutsch noch immer auf die Schrift ›Corrector et Medicus‹ des Burkhard von Worms berufen, wonach nicht die Hexerei bestraft wird, sondern der Christenmensch, der wagt, an Aberglauben zu glauben. Altteutsche Nachlässigkeit hat diese überholte Schrift diktiert.«

»Interessant«, bekundete die Markgräfin und reichte den Branntweinkrug zu einem ersten Umtrunk.

Behutsam wurde der Wagen vom Kutscher über die vereisten Bohlen der Zugbrücke gebracht. Er war abgestiegen und führte den Rappen am Zügel. Unten auf dem Burghof, wo verlassen die Asche eines Bußfeuers glimmte, saß der Alte wieder auf.

»Ja, es tut sich was im Hexenwesen«, ging es drinnen fort, und Meister Johannes fand das Thema eine gute Vorbereitung für den Besuch im Schwelliner Moor. »Es ist nur, weil in der germanischen Heidenzeit die Kräuterweiber und ihre Walpurgiszusammenkünfte als heilig galten, daß hierzulande noch gezaudert wird. Und was richten nicht allein die Wetterhexen für einen Schaden an! Es ist Frankreich, wo man sich durchgerungen hat, jene Weibsbilder vors Heilige Gericht zu bringen, die sich beim Gewitter unter freiem Himmel aufgehalten haben. Solche Kühnheit kann nur teuflisch sein.«

»Das nenn ich Zugriff«, gestand der Junker nicht ohne Schaudern, war dann aber doch beruhigt, da alles hier eher eine Frauenfrage war.

»Das ist noch gar nichts«, lebte der Bader auf und tat einen Schluck vom Branntwein. »Was das Ausrotten angeht, kann Frankreich als klassisch gelten. Um zügig der Teufelsbuhlerinnen habhaft zu werden, wird hinter dem Rhein nicht lange auf Kläger und Indizien gewartet. Nein, das Gerücht gilt als gerichtsfest und genügt, um so einen Braten auf die Bank zu spannen.«

»Das ist französisches Recht?« fragte Irene nach und bedachte, daß es nach germanischem Recht keinen Angeklagten gab, wo sich kein Kläger zeigte.

»Brandneues Recht für Sonderverbrechen: Majestätsbeleidigung, Hochverrat und eben Hexerei. Deswegen darf der Advocatus Diaboli seine Mandantin auch nicht über Gebühr verteidigen ... sonst geht's ihm selbst an den verdächtigen Kragen.«

»Ich höre immer Mandantin, Hexe, Buhlerin – Ist da kein Mann in der Front?« warf sich Irene für ihr Geschlecht ins Zeug.

Der Bader räusperte sich. Das war nun delikat. Es war ja lächerlich anzunehmen, die Markgräfin wisse nicht, daß seit Evas Apfelernte das weibliche Geschlecht getrost als das niederträchtigere gelten konnte. »Femina!« sagte er beinahe scherzend. »Femina. Der grundlegende Beweis für die Minderwertigkeit der Frau steckt genau und ausgerechnet im Wort: Femina. ›Fe‹ ist spanisch und heißt: der Glaube. ›Mina‹ ist Latein und heißt: weniger. Femina bedeutet – die gelehrte Welt Europas ist sich in dieser Beweisführung einig geworden – nichts anderes als: weniger Glaube. Sowohl Platon als auch der Jurist Jean Bodinus beziffern das Wertverhältnis von Frau zu Mann auf 1 zu 50 ... und schrieb nicht Johann Chrysostomos, Bischof von Konstantinopel: ›Was ist das Weib anderes als eine Feindin der Freundschaft, eine unvermeidliche Strafe, eine häusliche Gefahr, ein mit schöner Farbe getünchtes Übel der Natur?‹ Problem bleiben natürlich jene Frauenzimmer, die auf den Namen Eva getauft sind. Die sind entweder besonders schlimm oder besonders unschuldig.«

»Besonders unschuldig?« Die Markgräfin begriff nicht, war nicht über die noch blutjunge Hexenwissenschaft auf dem laufenden und mußte von ihrer rechten Seite, vom Junker, erklärt bekommen: »Eva umgedreht heißt Ave!«

Man erreichte und passierte das Kösliner Tor. Der Reisewagen der Fürstin holperte an einem Mann vorbei, der, den Schlapphut ins Gesicht gezogen, starr gegen den einen Torturm gelehnt stand. Es war der Wagnermeister, der gestern vormittag aus Pestangst vor seiner Frau die Haustür zugenagelt hatte. Mit später Reue und aus Angst, die schlimmen Wochen alleingelassen zu sein, war er nachmittags zum Tor gegangen, durch das sie zur Stadt hinaus war.

Der Junker sah, wie Kinder den seit gestern hier Ausharrenden mit Schneebällen bewarfen, sah, wie nach einem guten Treffer die Gestalt wankte und, wie ein Brett, erfroren vornüberfiel.

Nach einem kräftigen, befreienden Furz klopfte der Kreuzbader neben sich auf den Eisenkasten. »Leider sehe ich noch kein Zusammenspiel zwischen Glühbirne und Hexenaufspürung. Das wär ein Ding, wenn man die damit ausleuchten könnte. Auf einen Schlag hätte die Wissenschaft Rom damit matt gesetzt.«

»Wie bringt Ihr diese Ambitionen eigentlich mit denen des Frühhumanismus unter einen Hut«, fragte etwas schnippisch Irene, die sich innerlich gegen die Behauptung gewehrt hatte, der Junker sei, laut Bodinus, fünfzigmal mehr wert als sie.

»Das geht schon«, beruhigte Meister Johannes. »Der Frühhumanismus ist ja, genau wie die Glühbirne, erst in der Planung, die Hexerei aber schon wirklich.«

Wie der Junker, so hatte auch die Markgräfin den schweren und kalten Wollvorhang an ihrer Wagenseite ein Stückchen gelüftet und schaute hinaus.

Die unabsehbare, zugeschneite Ebene vor der Hauptstadt war so weiß, daß die Augen schmerzten. Ganz weit weg wurde der riesige weiße Teller etwas grauer, und der Himmel begann. Eine Winterlandschaft von 1348! dachte die Markgräfin und war plötzlich tief gerührt. Vor hundert Jahren, in hundert Jahren, vor tausend Jahren, in tausend Jahren: hier an einem 11. Dezember das gleiche unberührte Weiß, die gleiche Schneestille.

Doch wer dächte dann noch an sie, wer hatte früher, als hier nur ein paar wilde Slawen gehaust hatten – davor überhaupt kein Mensch –, an sie denken können! Da fahren wir nun zur Hexe Alzine ins Schwelliner Moor, sprach sie in sich und mußte über diese Aktion zärtlich lächeln. Es war gerade so ein Lächeln, als sei sie schon um fünfhundert Jahre von sich selbst weg ins Zukünftige entfernt und höre dort von einer pommerschen Markgräfin, die am 11. Dezember 1348 in wichtigsten Staatsangelegenheiten zu einer Hexe ins Moor hinausgefahren war.

Glücklich und traurig schaute Irene zu, wie das große Wagenrad dicht unter ihrem Gesicht seine Spur in die Schneedecke drückte.

Wir sind doch gut dran, empfand sie und wußte nicht wieso, meinte sogar eher, wegen dieser so vergänglichen Spur im Schnee genau das Gegenteil empfinden zu müssen. Wie das schwere Rad an der Wagenachse knirschte! Da hat uns einer das runde Rad geschenkt, dachte sie und jubelte beinahe über das tüchtige Menschengeschlecht. Bedrängend, weil so unordentlich unheimlich, war ihr die plötzliche Idee, daß vor zig tausend Jahren vielleicht einem Babylonier im Traum ein pommerscher Ritter erschienen war und dem Babylonier befohlen hatte: »Du mußt das Rad erfinden! Schaffe die Zeit der Wagen! Daß endlich Geschwindigkeit sei und weiter Handel!«

Wie tat ihr der Babylonier leid, der danach nicht ein noch

aus wußte, weil er das Rad erfinden und nach der Urzeit das Altertum schaffen sollte.

Irene schloß die Augen. Sie öffnete sie erst wieder, um ihre Blicke nach Kolberg zurückzuwenden. »Schön«, sagte sie laut, »so eine Stadt im Schneeland!« Wie eine fette Königin im festen Stadtmauerkleid lag Kolberg da am Horizont und streckte seine paar roten Backsteintürme in die Luft. Von hier aus würde man in einer Woche, zwei Wochen an nichts erkennen können, daß unter jenen fernen Dächern der Schwarze Tod umging. Vielleicht war es jetzt schon zwei Wochen später. Irene besann sich schnell, daß sie jetzt nicht aus der verseuchten Stadt floh, daß die Seuche noch drüben in Stettin war.

Ein Blick, den sie über die leere Dezemberlandschaft schweifen ließ, bestätigte ihr die Ahnung, daß es die Leere der Landschaft war, von der sie jetzt leicht durcheinandergebracht worden war. Hier zeigte nichts, ob nun der 11. oder schon der 24. Dezember war, ob ein Dezember im Jahre 1348 oder 1349 oder 1160 oder 1750. Ein leises Zittern überlief Irenes Körper, als sie sich vorstellte, abends außerhalb des Jahres 1348 ahnungslos nach Kolberg zurückzukehren. Vielleicht würde der Weg durchs Moor ein Zauberweg sein, bei dem man mit jeder Meile zugleich zehn Jahre weit fort fuhr. Vielleicht gab es in ihrer Stadt Leute, die zufällig einmal diesen Weg eingeschlagen hatten und um viele Jahre zu spät nach Kolberg zurückgekehrt waren und nun dauernd verstecken mußten, daß sie von woanders kamen, von 1390.

Irenes Hand suchte und faßte nach der Hand des Junkers, während ihr Kopf sich draußen an der Wagenspur hypnotisierte. Vielleicht bin ich gar nicht, dachte sie sehr ruhig und nahm es ebenso ruhig hin, daß sie drinnen im Wagen ihre linke Hand wer weiß wem gereicht hatte. Jemandem, der Anselm hieß, der in der Neuzeit lebte und gar nicht merkte, daß ihm in seiner Kutsche ein altes Gespenst von 1348 namens Irene die Hand gegeben hatte. Vielleicht saßen ja durchaus der bekannte Junker Jörg und der bekannte Meister Johannes im Wagen – nur war's kein Reisewagen, sondern eine Dämonenkutsche, die sie, oder nur ihre Seelen, aus der Stadt transportierte. Sahen denn Städte überhaupt so aus wie dieses Kolberg dort hinten am Horizont? Warum in einem steilen, roten Mauerkreis so spitzige Bauten, warum breite Gräben um die Mauern und vor den Gräben weder Haus noch Turm, nur ein paar Längs- und Querbalken, Galgen, die wie feine Striche in die Luft gezeichnet waren? Schwarzes bewegte sich dort. Die Geißler, vielleicht die Geisteskranken und der Taubstumme, die auf einen Planwagen geschmissen wurden. Mit einem leisen Schrei sah Irene, wie sich das Wagenrad über Fußspuren drehte. Welche zwei Menschen, von denen der eine getorkelt, gestrauchelt zu sein schien, waren vor kurzem hier entlanggegangen? Beider Spuren, sowohl die inegalen wie auch die geraden, wurden nun Stück für Stück von den Wagenrädern ausgemerzt. Bei jedem der fast zugeschneiten Fußstapfen, die die Räder zerquetschten, fühlte Irene sich kränker. Sie hielt Ausschau. Weit und breit war nichts Lebendiges zu sehen. Irene hätte die beiden Wanderer durch die Schneewelt, um sie über das Los auf Erden zu trösten, an ihr Herz drücken mögen. Um das gnadenlose Zermalmen nicht weiter mitansehen zu müssen, setzte sie sich wieder zurück und zog den Vorhang vor. Doch ihr Reisewagen fuhr schon gar nicht mehr über die Fußspuren.´ Die eine, die kleinere, unordentliche, war soeben nach links auf die Felder abgezweigt und endete eine Meile weiter dort, wo die Wölfe in der Nacht von der umherirrenden Wagnersfrau ein paar Mantelfetzen zurückgelassen hatten. Die andere Spur, die größere, war schon etwas früher nach rechts abgebogen, zu jenem Gehölz hin, wo gestern abend der Tischlergeselle Matthias zum letzten Mal in seinem kurzen Leben Jagdrast eingelegt, wo er sich ein Feuer gemacht hatte, um sich aufzuwärmen und darüber nachzudenken, ob er darauf vertrauen konnte, daß die Schultheißentochter Dora wirklich ein Leben lang, wo er doch taubstumm war, an ihm hängen würde.

Lange, bis das Tageslicht sich vollendet und die Schneeflächen zum Gleißen gebracht, den Himmel noch stechender grau gemacht hatte, ließ man sich halb eingeschlummert die Landstraße weiterruckeln. Ab und zu schlug nur der Junker die Augen auf, wenn wegen eines Feldsteins unter den Rädern ein harter Stoß durch seinen Körper gegangen und sein Kopf gegen die Seitenwand geschlagen worden war.

Er war es auch, der gegen neun Uhr als erster das mehrfache dunkle Tuten eines Jagdhorns vernahm und sogleich seinen Vorhang beiseite zog. Obwohl man jetzt mitten im Wald war, herrschte auf der Straße ein Betrieb wie zu Leipziger Messezeiten. Nicht allein eine ländliche Jagdgesellschaft war unterwegs, nein, obendrein verstopften noch zwei wandernde Studenten und ein Kaufmannswagen heillos die Passage. Wie zwischen Köln und Aachen, dachte der Junker und genoß das plötzliche Durcheinander von singenden Scholaren, Jagdpferden und fluchenden Kaufleuten.

Er weckte die Markgräfin, um sie zu fragen, ob sie jemals einen mickrigeren Jagdfalken gesehen hätte als den, den draußen die Dame hoch zu Roß auf dem Lederhandschuh trug. »Das ist eine gefederte Filzlaus«, spottete der Hanse-Angestellte, mußte sich aber von der Markgräfin zeigen lassen, daß aus der Jagdtasche der Jägerin acht Rebhühner hingen. Die konnte wohl nur der Schnabel der Filzlaus geschlagen haben. Die Damen wechselten einen Gruß.

»Hohe Frau!« rief die Jägerin plötzlich. »Ihr!«

»Wir sind in Eile, beste Schroffenstein«, rief Irene zurück. Die Jägerin kam neben den Wagen getrabt.

»Aber seid doch für ein paar Tage unser Gast!« sprach sie von oben in den Wagen hinein. »Man sieht sich ja so selten. Ich habe vor sieben Monaten zwölf Ellen feinsten lucchesischen Brokats bekommen. Den solltet Ihr Euch anschauen ... Zum Verlieben. Wollt Ihr ein paar Rebhühner?« fragte Frau von Schroffenstein und reichte dem Junker vier der Vögel zum Wagen hinunter. Ei, was für ein schmucker Kerl, las er aus den Augen der Jägerin.

»Aber bleibt doch«, wiederholte sie eindringlich ihre Einladung.

»Die Schroffensteins halten noch aufs germanische Gastrecht«, flüsterte Irene eilig dem Junker zu. »Die erste Nacht dürft Ihr im Bett der Hausherrin zubringen!«

»Kein Bedarf«, flüsterte der Hanse-Sekretär zurück und dann laut nach draußen: »Bei dem Wetter sollte man auf Wildsauen gehen!«

»Ja, das sind wir auch«, lachte Frau von Schroffenstein zurück, rückte zwischen den Ohren ihres Schimmels den schwarzen Federbusch zurecht und deutete auf einen Karren, den ein Jagdknecht eben vorbeimanövrierte.

»Donnerwetter!« rief der Bader, streckte nun auch den Kopf heraus und bestaunte das gute Dutzend Wildsauen, das zwischen den Karrenplanken aufgeschichtet war. Irene indes traute ihren Augen nicht. Mitten in der Schroffensteinschen Wildschweinbeute lag blutend etwas, das zwar wie eine Wildsau aussah, schwarz behaart war, aber zwei Hände hatte, die herunterbaumelten.

»Da ist so ein Knollfink vor den Wurfspieß meines Gatten geraten«, klärte Hildegard von Schroffenstein die Reisenden auf.

»Ein Freier?« fragte Meister Johannes nach und musterte genauer die Gesichtszüge zwischen den Schweineschnauzen.

»Leibeigen. Mein Mann ist ganz grimmig über den Verlust. Aber was treibt sich der Kerl auch morgens in unseren Revieren rum. Sicher ein ausgemachter Reisigdieb. Dem hätte man früher oder später sowieso die Hände abgehackt. Der Mann kann ja dankbar sein, daß er das nicht mehr miterlebt ... Aber nach guter alter Sitte lade ich Euch nun ein drittes Mal auf unser bescheidenes Bürgelchen ein.«

Irene winkte ab. »Geht nicht. Geschäftsreise.«

»Schade. Behüt Euch Gott!« rief Frau Hildegard, gab ihrem Schimmel die silbernen Sporen und sprengte im sicheren Damensitz ihrem Gemahl hinterher, der im anstoßenden Wald nach Damwild suchte.

»Diese Einladerei«, echauffierte sich nun die Markgräfin.

»Die Schroffensteinsche soll nur nicht so tun, als würde sie mir wer weiß was für ein Geschenk bereiten. Jede Burg, jedes Haus, jede Hütte, die ich als Landesherrin betrete, gehört sowieso für die Dauer meiner Anwesenheit mir allein. Das ist das Recht, und im eigenen Gemäuer heißt's ›Hut ab!‹, wenn ich mich dort aufhalte.«

»Was sind das für Leute, diese Schroffensteins?«

»Parvenüs, Junker. Gerade einen Stammbaum bis elfhundertzwanzig, und schon heißt es kokett: Mein Bürgelchen. Die haben hier sechs Dörfer mit, na, vierhundert Seelen.«

»Dreihundertneunundneunzig«, korrigierte der Bader.

Nachdem der Engpaß passiert und der Weg geraume Zeit fortgesetzt worden war, hörten die schneebeladenen Äste und Zweige der Bäume auf, laut über die Wagenwände zu schaben und dauernd von beiden Seiten zum Fenster hereinzuschnellen. Die Landstraße wurde breiter, der Urwald lichtete sich.

»Verdammt, Bären!« rief Meister Johannes aus und zeigte erschrocken nach draußen, wo unter der Schneedecke auch ein paar Holzstapel begraben zu sein schienen.

»Hacken Bären Holz? Das wird Rodenow sein, das größte der Schroffensteinschen Dörfer«, gab die Markgräfin gelassen zurück.

»Ich komme so selten aufs Land«, entschuldigte sich der Bader aus seinem Pelzgebirge.

Als die vier Leibeigenen den Reisewagen mit seiner Schmuckleiste ums Dach erblickten, ließen sie ihre Äxte fallen und kamen wie die Wiesel auf allen vieren herangekrochen.

»Wie geht's denn so, Leute?« fragte der Bader aus dem Wagenfenster und versuchte, den Rodenowern zuzulächeln. An den vermeintlichen Holzstapeln öffnete sich nun rasch eine Tür nach der anderen, und es dauerte nur Augenblicke, bis die gesamte Rodenower Einwohnerschaft um den Reisewagen der Markgräfin entweder kniete oder gebückt dastand.

»Wie's geht?« brüllte der Bader ein zweites Mal. »Mein

Gott, sind die hier noch zurück«, murmelte er, als er nach der Wiederholung seiner Frage eine Art chorischen Grunzlaut zur Antwort bekommen hatte.

»Ihr überfordert die armen Geschöpfe«, beruhigte Junker Jörg und streichelte aus dem Wagenfenster einem der Kinder den Kopf.

»Das ist die Markgräfin!« informierte mit drakonischer Stimme der Bader die wortkargen Bauersleute. »Begrüßt sie!«

Langsam drängten sich die Rodenower näher an den Wagen heran, glotzten die Reisenden an und nickten der Dame mit der fuchsroten Pelzkappe mehrmals zu. Da dieses eher trübsinnig stimmende Spektakel allem Anschein nach bis mittag so hätte weitergehen können, sah sich die Markgräfin aus einem Impuls heraus genötigt, ihre dicke Pelzumhüllung abzustreifen und aus dem Wagen zu steigen.

»Jetzt aber mal Schluß mit der Verbeugerei«, sprach sie und ging durch die vor ihr und ihrem schimmernden Gewand zurückweichenden Rodenower hindurch, um hier auf eine Schulter zu klopfen, dort einem Kind ans Kinn zu fassen. Sie blieb vor einem völlig krummen, aber offenbar sehr kräftigen Greis stehen. Auf seiner linken Schulter saß ein kleines, zotteliges Mädchen, das verlegen mit einer Holzkugel spielte, während auf der anderen Schulter zwei Kätzchen lagen, zwischen denen wiederum eine Dohle stand, die nach der fremden Frau hacken wollte.

»Wie heißt du?« fragte Irene den mit drei Tier- und einem Menschenleben bepackten Greis, der nach dem Rosenkranz gefaßt hatte, den sie sich, schon als Mädchen, als eine Art Gürtel um die Taille zu legen liebte.

Der Alte schüttelte ängstlich den Kopf.

»Haltenzugnaden!« war nun der erste und wenig hilfreiche Ausspruch, den die Reisegesellschaft in Rodenow zu hören bekam.

»Ich fürchte«, tuschelte der Junker, weit aus dem Wagenfenster herausgebeugt, »die wissen nicht, daß Ihr die Markgräfin seid ... Wer regiert hier im Land?« fragte er laut in die Menge hinein.

Der offenbar kühnste der Rodenower trat vor und sagte so laut, daß der Hanse-Sekretär zusammenschreckte: »Gunter, der hohe Herr!«

»Onkel Gunter ist vor 17 Jahren gestorben ... Die haben das noch gar nicht mitgekriegt«, stotterte Irene zum Wagen hin und begann zu realisieren, daß man in Rodenow – und wahrscheinlich nicht nur hier – abgesehen vom verjährten Regierungswechsel in Kolberg auch nichts davon wußte, daß die Ordensritter die Staatsführung alljährlich an den Abgrund bugsierten. Es fehlte Herolde im Land, es war offenbar gar kein rechter Fluß an Information.

»Hier ist Hinterpommern!« sagte Meister Johannes konsterniert über so viel Ahnungsfreiheit und zeigte von seinem Wagenplatz mit dem Finger nachdrücklich auf den zugeschneiten Erdboden.

Das ausbrechende Gelächter ließ in bedenklicher Weise darauf schließen, daß ›Hinterpommern‹ als derbes Witzwort aufgefaßt worden war. Und nun herrschte Fröhlichkeit!

Einer der barfüßigen Rodenower lief, beinahe in der Manier eines Hasen, zu seiner Hütte und kam mit einer Drehleier im Arm wieder zum Vorschein. Er stellte sich dicht vor die Markgräfin, begann die Kurbel zu drehen und sang so heiser, aber so laut, daß er bald mit dem Echo wetteifern mußte, das der umliegende Winterwald zurückwarf:

> »Daz hortih rahhon dia uuerotltrehtuuison,
> Daz sculi der antichristo mit Eliase pagan.
> Der uuarch ist kiuuafanit, denne uuirdit untar in uuic
>   arhapan.
> Khentun sint so kreftic, diu kosa ist so mihhil ...«

Während die Rodenower in tiefste Andacht versanken, schienen die drei Reisenden vom Schlag gerührt. Bis auf das aus dem Wald unheimlich widerhallende ›antichristo‹ gab es in der so vehement vorgesungenen Ballade nicht einen Laut, der zu verstehen gewesen war. Während der schauerliche Vortrag weiterging, es sich einige Dorfbewohner auf dem

Schnee bequem machten, schauten sich die Städter ratlos an. Düster war es hier in Rodenow und so schrecklich fernab. Was für ein mächtiger Zaun war dieser tiefe Wald.

»Das ist Deutsch!« erkannte Meister Johannes als erster. »Natürlich doch«, und fuhr sich in den Bart, »altes Deutsch von vor dreihundert Jahren. Daz hortih rahhon – Das hörte ich erzählen. Man muß sich hineinhorchen! ... Dia uuerotl ...treht...uuison – Die Weltweisen. – Das ist eine Ballade über den Kampf zwischen Satanas und Elias: Antichristo mit Eliase pagan ... Der uuarch ist kiuuafanit: Der Feind ist gewappnet ...«

»Mich schaudert«, sprach Irene, als ein zweites Mal das drehgeleierte Antichristo in den kahlen Bäumen echote. »Uuein uuander Liud, uuein frolikes, niues Liud«, fiel Irene mit leidlichem Sprachgespür dem Sänger der Schauerballade ins Wort. Der kratzte sich, wahrscheinlich wegen der geradebrechten Aufforderung, am Kopf, verbeugte sich und setzte dann neu an:

>»Dû bist mîn, ich bin dîn,
>des solt dû gewis sîn.
>dû bist beslozzen
>in mînem herzen:
>verlorn ist daz sluzzelîn:
>dû muost immer drinne sîn!«

Der Schmachtfetzen habe auch schon seine hundertfuffzig Jahre auf dem Buckel, flüsterte Junker Jörg, während er dem Barden höflich Beifall spendete. An den angestrengten Gesichtern der Rodenower mußte er erkennen, daß die dieses Mal kaum die Hälfte des Evergreens mitbekommen hatten.

»Sollen wir ihnen sagen, daß die Pest kommt?« fragte der Bader einigermaßen hilflos die Markgräfin.

»Ha! Ha! Ha!« lachte statt ihrer ernüchternd der Hanse-Sekretär: »Da werden sie sich aber freuen. Dann erklären wir ihnen noch, daß Mittelalter ist, und zum guten Schluß stellen wir ihnen die Glühbirne vor.«

»Wenn wir ihnen sagen, das Strahlen der Glühbirne macht Christus, würden sie schon zuhören«, reagierte beleidigt der Weißalchimist, drückte sein Kinn in die Pelze und sollte also verzichten, den Unwissenden ihren nahen Tod darzulegen.

»Schaut nur, ist das nicht wiederum allerliebst!« rief von draußen die Markgräfin. Sie wies auf einige der Rodenower Frauen, die offensichtlich die besondere Stunde feiern wollten, mit den Händen Schnee und Erde aufkratzten und dann Haselnüsse verteilten, die sie im Herbst hier und da verbuddelt haben mußten.

»Allerliebst!« gab mit einem Zahnwehgesicht der Bader zurück, als er sah, wie sich die Schroffensteinschen Leibeigenen gleich fünf Nüsse auf einmal in den Mund steckten, zubissen und Schale mit Kern zwischen ihren Zähnen zermalmten.

»Das ist Naturvolk«, schwärmte der Junker. »Das brät sich ein Eichenscheit und verschmaust dann die krosse Holzkeule mit Hochgenuß. Was sind wir doch verweichlicht ... und schwierig.«

»Baumrindensuppe hab ich auch gegessen, als Kind, oft«, verteidigte der Bader seine eigene Naturverbundenheit: »Rodenow hin, Rodenow her, Schwellin ruft!« wollte er nun mit einem fast surreal klingenden Satz zur Weiterfahrt antreiben.

Das wurde von einer Frau vereitelt. Sie war aus einer der Hütten hervorgekommen, vor deren Tür stehengeblieben und hob nun abwechselnd mit Schreien ihre Arme zum Himmel, um dann mit den Händen wieder auf den Erdboden zu schlagen. Ehe sie sich's versah, war die Markgräfin von den Rodenowern umringt und wurde von ihnen in Richtung dieser Frau teils geschoben, teils zart, aber energisch gezogen. Als der Hanse-Sekretär und der Bader die Kappe der Markgräfin im Dunkel der niedrigen Behausung verschwinden sahen, kam ihr ängstlicher Griff nach Reiseaxt und Taschenarmbrust zu spät. Bis zum Wagen drangen die Rufe »Dinan säggan guäbban«, »Dinan säggan guäbban!«

Irene erkannte in dem lichtlosen Verschlag, daß man sie

zu einer Sterbenden geschleppt hatte. Sie brauchte sich erst gar nicht groß zu überwinden, um zu der nur noch schwach den Atem herauspfeifenden Alten heranzutreten – sie wurde hingedrängt. Das unerkannt Fürstliche ihrer Hand wurde von anderen, schmutzigen Händen gefaßt und auf ein wächsernes Gesicht gelegt, das voll von Warzen sein mußte. Irenes Fingerkuppen fühlten verschwitztes Haar, das wie Strohhalme auf der heißen Stirn klebte. Ein Grauen durchfuhr sie, als sie nun im Dunkel erspähen konnte, was man mit der Alten, die schon auf ihrem Reisiglager wegdämmerte, gemacht hatte: Über und über war ihr aufgeblähter Leib mit gebleichten Tierschädeln bedeckt worden, und der matte Atem hielt den greulich schimmernden Haufen von Katzen-, Vogel- und Pferdeschädeln in einem gleichmäßigen Wellengang. Irene spürte ihren Hals vollends zugeschnürt, als sie merkte, wie die Alte zum wohl letzten Mal die Augen aufschlug und ihre Pupillen direkt in die Augenhöhlen des Hundekopfes auf ihrer Brust richtete.

Irene biß sich auf die Lippen. Sie beugte sich herunter, zögerte und küßte die Sterbende auf die Stirn, dann – als hieße es, einmal auch die eigene Kreatürlichkeit ganz zu erfassen – auf die Lippen.

Neben ihr heulten die Umstehenden auf. Sie schlugen sich die geballten Fäuste gegen die Schläfen. Irene merkte, daß ihr in sehr eigentümlicher Weise unendlich wohl zumute war, und verstohlen ließ sie ihren Blick über die hemmungslos aufjammernden Dorfbewohner gleiten. Das war ja alles eine sterbliche Familie und sie die Mitschwester … Die Berührung durch etwas Haariges versetzte ihr in diesem Dunkel schier einen Herzschlag. Sie riß die linke Hand hoch und erblickte eine Ziege, die über den salzigen Arm der Alten zu lecken anfing.

»Dinan säggan guäbban!«

Einen Augenblick später war die unerkannte Markgräfin noch ein Stück tiefer in die verräucherte Behausung hineingedrängt und konnte es nicht fassen: Die Leute, die eben noch so grausam aufgeheult hatten, begannen mit einemmal wie um die Wette zu lachen und spitzten allesamt ihre Münder wie für Kosewörter. Aber da war ihre Hand schon wieder auf ein Gesicht geführt, ein ganz molliges und weiches.

»Oh, ein Säugling!« rief Irene aus und entdeckte, daß es eine Wiege war, gegen die sie mit ihren Knien gestoßen war. »Wie heißt es ... Wiu haissan ium?« improvisierte sie auf Althochdeutsch.

»Wulf! Wulf!« strahlte die Frau, die vor der Tür den Sterbelärm geschlagen hatte.

»Ein schweres Balg«, lobte Irene und hörte, wie alle Rodenower um sie herum ihr nochmal und nochmal den Namen Wulf zuriefen, so als wiegte sie den neuen Heiland in ihren Armen. »Ja, Wulf, ja«, mußte sie dauernd zurückgeben, sagte das auf einmal viel leiser, immer leiser und fixierte immer schärfer den stramm gewickelten Knaben. Die Blicke, mit denen er sie anblitzte, ließen ihr das Blut in den Adern stocken.

Da die Rodenower sich jetzt fast alle mit neuem Gejammer ans Lager der Alten mit den Schädeln stellten, hatte Irene einen Moment Zeit, mit ihren Fingern die noch kaum vorhandenen Gesichtszüge des Kindes entlangzustreichen, seinen Lippenschwung zu ertasten, die Kinnknochen zu erspüren, seine wild leuchtenden Augen ins Visier zu nehmen.

»Das ist doch Irrsinn«, sprach sie leise, »unmöglich ... aber doch! ... und die Linie der Brauen! Die schmale Nasenwurzel!« Sie hob das Kind bis dicht vor ihre Augen und ihren Mund. Sie fuhr ihm mit der Zunge über die Stirn. Sie biß ihm schnell und vorsichtig ins Wangenfleisch. »Nehmt ihn!« rief sie der Mutter zu und streckte das Kind Wulf von sich. »Nehmt ihn«, und half hastig, nachdem sie es beinahe heftig auf den Mund geküßt hätte, es in die finstere Wiege zurückzulegen.

»Ihr dürft ihn nicht Wulf nennen. Das ist: Sebastian. Und wenn er sein, sein vierzehntes Lebensjahr erreicht hat, bringt ihn nach Kolberg auf die Burg. Fragt nach der

Markgräfin. Ich will Großes aus ihm machen. Hier!« und sie drückte der Mutter fünf Dukaten in die Hand: »Kauft ihm damit sein Leben vom Herrn von Schroffenstein frei. Sagt: Die Markgräfin will es. Und gehorcht mir. Ich bin die Herrin über alles.« Dann warf sie einen Blick auf den stillen Knaben, blickte die Mutter an. Die Frau war starr und hielt das Geld in der flachen Hand. »Oh!« rief Irene. Sie mußte versuchen, alles noch einmal in der volltönenden Sprache zu sagen, die die Rodenower verstanden.

Mit eiligem Schritt verließ sie die Hütte.

Als die Rodenower zu sich kamen und der vornehmen Dame, die also nach Gunter auf dem Thron in Kolberg saß, hinterherlaufen wollten, sahen sie nur noch den Reisewagen, der mit geschlossenen Vorhängen auf den Wald zufuhr.

Mit Augen, die so blitzten wie die des Säuglings, schaute die Markgräfin den Junker an. »Sebastian von Ulrichsdorf«, sagte sie erschüttert. Die Markgräfin schluchzte so steinerweichend in ihre Hände, daß der Hanse-Sekretär aus Verwirrung den Arm um ihre Schulter legte.

Eine Weile holperte der Wagen dahin.

»Ich glaube, ich habe ihn soeben in lebendigem Leibe gesehen!« Junker Jörg zuckte zurück.

»Er ist erst ein halbes Jahr alt! ... O du grausamer Weltenlauf. Ich werde nie seine Geliebte sein können. Ich muß seine alte, alte Patentante werden. O Gott, mach mich jünger – mach ihn älter!«

Der Bader schoß von seiner Sitzbank fragende Blicke.

»Nun gut – wir wissen ja, daß wir Stunde um Stunde getreten werden«, sprach Irene mit klarer Stimme, schniefte Tränen und setzte sich wieder aufrecht hin: »Jörg, ich habe uns gerade eben ein Kind adoptiert. So Gott will, wird es in vierzehn Jahren schmuck wie kein zweites durchs Kolberger Burgtor hereingewandert kommen. O Moment – ich werde dann, 1362, ach, siebenundvierzig Jahre alt sein.«

»Ihr habt wem? – uns? – Sebastian von Ulrichsdorf adoptiert?«

»Jetzt heißt er noch Wulf, der Wolf ... Aufs Haar seine

Gesichtszüge, sein Blicken. Fragt mich nichts weiter. Ich sage, wie's ist. Er und ich, wir sind ein paar Jahrzehnte auseinander geboren worden, und er als Leibeigenenkind. Muß ich da nicht wie tot sein!«

Der Bader, der sein Bemühen eingestellt hatte, das Zwiegespräch über die Liebesverwicklung zu begreifen, hatte die Eingebung, der Markgräfin wenigstens den Branntweinkrug hinüberzureichen.

»Ich soll dann der Ziehvater von unserem halbjährigen Traumritter werden. Das ist doch zu stark«, indignierte sich der Hanse-Sekretär und zog beleidigt seinen Arm zurück – wiewohl er sich gleichzeitig durch den Kopf gehen ließ, wie der, den er als 19jährigen gekannt hatte, sich als 14jähriger ausnehmen mochte.

»Er kommt ja erst in vierzehn Jahren«, beruhigte Irene und holte den Arm ihres Freundes zurück. »Jörg, wir werden ihm dann die liebreichsten Eltern sein.«

Das möchte eine amüsante Familie werden! mokierte sich der Junker.

»Ich denke, Ihr liebt mich und wollt bei mir bleiben?«

»Das ist doch zu toll«, gab Jörg zu verstehen und blickte nervös umher.

»Liebesverwirrung?« versuchte Meister Johannes mit viel Schalkhaftigkeit die Wolken zu lichten und meinte, als er keine Reaktion sah, nachschieben zu müssen: »Ihr plant so eifrig, als wäre noch gute, alte Zeit. Darf ich daran erinnern, daß die Pest im Schnitt von fünf lebenden Seelen nur eine übrig läßt. Das sind die heutigen Fakten.«

»Liebt Ihr mich jetzt weniger, Jörg ... weil ich so närrisch bin?« fragte Irene und überging das Todesomen.

»Mehr.«

»Na, seht Ihr wohl«, lobte der Bader solch beruhigende Eintracht. »Wir müßten dem Kutscher jetzt sagen, daß er nach der Abzweigung ins Schwelliner Moor Ausschau halten soll. Wir sind ja immer noch auf der Hauptstraße nach Köslin.«

»Jetzt ist etwas da, worauf wir beide vierzehn Jahre lang

mit Spannung, mit Freude warten können, Jörg. Vielleicht war alles nur eine Lenkung bis hin zu diesem Erkennen in der Hütte? Vielleicht habe ich meinen irdischen Auftrag erfüllt, indem ich diesen Knaben aus der Leibeigenschaft freigekauft habe? Kann ja sein, daß ich soeben den größten Genius, den die Menschheit haben wird, aus den Fesseln befreit habe? Man weiß nie, vielleicht ist dieser Boden hier das neue Makedonien und Sebastian ein wahrer Alexander. Mit dessen Großhellenismus hat niemand gerechnet, und der Pommerismus ist latent möglich ...«

»Vielleicht kommt 1362 ein Quasimodo zum Burgtor hereinspaziert.«

»Lassen wir uns überraschen«, lachte Irene und gefiel sich in der Gewißheit, daß dem nicht so sein würde. »Hans!« rief sie zum Kutscher hinaus: »Such uns einen Weg ins Schwelliner Moor, hörst du, ins Schwelliner Moor!« Jetzt mache er auf seinem Kutschbock drei Stoßgebete, erklärte die Markgräfin aufgeräumt das kurze Stehenbleiben des Wagens. »Doch Hans ist einer meiner tapfersten Knechte.«

Ein so heftiges Geholper, daß den Reisenden mitten im Sprechen die Zähne aufeinanderkrachten, der Bader gleich mehrmals »Mein alter Alchimistenarsch!« ausrief und dem Junker aus der Freßkiepe das Bratenfleisch auf den Schoß sprang, kündigte an, daß man nunmehr die Hauptstraße hinter sich gelassen hatte. Das Gefährt knackte dermaßen laut in seinen Fugen, daß ihm seine Besitzerin bei solchen Wegen nur noch zwanzig Jahre geben wollte.

»Das gute, teure Stück!« jammerte Irene und riß ein paarmal die Seitentür wieder zu. »Aber wenn man auch zu Hexen fährt!«

»Für die Rückreise pumpt sie uns womöglich ihren Besen«, flachste der Junker. – Er merkte selbst, daß sein Scherz zu weit gegangen war. Da hatte er zwar nur den Besen erwähnt, aber vor ihren geistigen Augen sahen sich alle drei, die sich in den tückischsten Gefahrenherd kutschieren ließen, kurz zu fetten Spinnen gemacht, die zum nächsten Hexensabbat per Reisigbesen auf den Brocken geflogen würden, wo man zum Nachtisch die acht leckeren Spinnenbeine durch die Zähne ziehen würde. Der leichtfertige Schwätzer mußte nun gar sein Schnupftuch nehmen, um mit spitzen Fingern rasch eine kleine Spinnwebe aus seiner Wagenecke zu wischen.

»Leibeigenschaft ist, glaube ich, nichts speziell Mittelalterliches, oder?« lenkte die Markgräfin die düsteren Halluzinationen der Anwesenden um.

»Wer schon fragt, wer schon so fragt«, stöhnte Meister Johannes. »Das untergräbt ja jeden Frieden! Morgen, Frau Irene, werdet Ihr auch noch Zweifel anmelden, daß ich über Krankheit und Heilung mehr wisse als diese Heilszwingerin im Sumpf. Oder ob's nicht neuzeitlicher wäre, wenn dreitausend Kolberger ihre eine Markgräfin regieren würden – ob's stimmt, daß der Schnee von weißer Farbe sei! Lassen wir's doch hier und da mal gelten, daß diese Welt die beste aller möglichen Welten ist, was übrigens schon deswegen stimmt, weil sie die einzige ist. Und sich den Kopf zu zerbrechen, ob diese einzig-beste die richtige oder die falsche ist . . .«

»Logisch mag das ja klingen«, bemäkelte der Junker des Kreuzbaders sinnfälliges Argument und ließ es sich nicht nehmen, boshaft zu bemerken, daß die einzige Welt auch den Superlativus, die schlechteste zu sein, für sich verbuchen könne.

»So sehr ich zuweilen, meine Herren, Abstraktionsbemühungen zu goutieren weiß – man drängt ja gern auf eine knappe Wahrheit – : Ich wollte einen Rat in puncto Leibeigenschaft und Fron. Jedenfalls, so klug bin ich, daß ich weiß: Was seine Richtigkeit hat, kann falsch sein.«

»Gehen wir von der Ungleichheit der Menschen aus«, sprach der Bader mit dampfendem Atem aus seiner Pelzburg, »so findet diese ihren vollendetsten Ausdruck im Verhältnis von Herr und Leibeigenem. Ergo ist die Leibeigenschaft der beste Beweis dafür, daß das Leben aus Unterschieden besteht. Und, je ungleicher, desto lebendiger. Ich spreche hier als Individuumsforscher und Frühhumanist, der nicht daran interessiert ist, die Menschen über einen Kamm zu scheren. Aber davon wißt Ihr noch zu wenig.«

Vergebens sann der Junker in seiner Wagenecke auf rasche Antwort. Und er hätte noch dreihundert Jahre länger warten können, um auf den Trichter zu kommen, daß es die perfide Vermischung von induktiver und deduktiver Beweisführung war, die ihn hier so ratlos vor dem zufriedenen Bader sitzen ließ. Dennoch fanden in eins Galilei und Newton im Hanse-Sekretär einen in pommerscher Winterskälte frierenden Vorkämpfer, als dieser sagte: »Da ist was faul, Meister Johannes: Einmal behauptet Ihr: Die Menschen sind ungleich, ergo hat es mit der Leibeigenschaft seine gute Richtigkeit. Dann meint Ihr: Weil es überall die Leibeigenschaft gibt, müssen wir alle ungleich sein. Das Erste ist, wie wenn Ihr sagtet: Die Erde ist eine Scheibe, ergo fällt an ihrem Rand jeder hinab. Das Zweite: Weil jeder an ihrem Rand hinabfällt, muß die Erde eine Scheibe sein.«

»Na und? Wo ist da der Unterschied in der Argumentation. Hauptsache ist doch, daß ich das Richtige gesagt habe, das, was alle denken.«

»Ich weiß auch nicht genau«, gestand Jörg und war dann dem Sprung zur modernen Wissenschaft gespenstisch nahe, als er probierte: »Beim Ersten kennt Ihr zuerst die Wahrheit und schlußfolgert dann. Beim Zweiten ist zuerst die Beobachtung, ich möchte sagen, eine empirische, und dann erst davon abgeleitet die Wahrheit.«

»Papperlapapp. Es ist doch gehupft wie gesprungen, ob man nun sagt: Wir leben, ergo hat uns Gott gemacht, oder: Gott hat uns gemacht, ergo leben wir.«

Mit einem letzten Flackern von Widerstand seufzte der Hanse-Sekretär und schaute hilfesuchend zur Markgräfin, die aber in Rodenower Gedanken versunken war.

So im Stich gelassen, verzichtete Junker Jörg darauf, das geoffenbarte Weltgebäude im Handstreich einzureißen. Mit einem Lippenzucken schickte er sich drein, von der erwünschten Zentralität der Erde ruhigen Gemüts auf die davon abgeleitete Randlage der Sonne, von der Erhabenheit des Herzmuskels auf die Niedrigkeit der Schließmuskeln zu schließen. Und er mußte selbst den Kopf schütteln, als er bedachte, daß bei der Aufhebung solcher moraltheologischer Bewiesenheiten ›Du Herzloch‹ zur gröbsten Beschimpfung, die Schwurhand am Hintern aber zur feierlichsten Ehrenbezeugung werden könnte ... Oder daß bei solchen Zuständen dann alles egal würde – sozusagen das schiere Leben einträte.

»Liegt es an der Hexe, oder liegt's an mir, daß draußen alles immer schauriger wird?« fragte die Markgräfin, nachdem sie versucht hatte, ihre Phantasie daran zu hindern, in zwei langsam am Horizont vorbeigleitenden Wacholderbüschen zwei aufeinanderschlagende schwarze Beile zu erkennen. »Schaut nur, diese Bäume«, sagte sie klamm und griff wieder nach der Hand des Junkers.

In der Tat schienen die vereinzelt stehenden Erlen und Vogelbeerbäume zu beiden Seiten des Moorwegs dazu gemacht, jedem Kutscher ein »Kehr um!« zuzurufen. Selbst der Bader suchte heimlich einen Kniekontakt mit dem Junker und tat es den beiden anderen gleich, tief in die Wagenecke zurückgelehnt, still in die diesige Stille hinauszustarren. Mit bedrücktem Schweigen überging man die Erscheinung einer Birke, die dünn wie eine Nadel in den Himmel stach und dabei aus zwei Stämmen hervorwuchs.

»Die tanzen«, flüsterte Meister Johannes und deutete mit einem kaum sichtbaren Kopfnicken auf eine Zweierreihe, eine sinnlose Allee von Trauerweiden im Moor, deren Wurzelwerk wie hochgehobene Zehen in die Luft ragte.

»O Jörg!« rief Irene aus und drückte sich an ihren designierten Lebensgefährten. Auch er schluckte, und auch er sah die erfrorene Kreuzotter, die vom vorderen linken Wagenrad erfaßt worden war und alle paar Augenblicke mit steifem Schwung am Fenster vorbeigeflappt wurde.

»Die hat im Schlangenhaar der Alzine gehangen. Ich will zurück!« rief Irene.

»Die muß zur falschen Jahreszeit ausgeschlüpft sein ... Es

gibt doch keine Schlangen im Winter, ein Phänomen«, brachte Meister Johannes eher verzagt hervor und sah den schimmernden Schlangenstock schon wieder mit einem Zischen vorbeischlagen.

Ein heiseres Geschrei, das ihnen wie ein Fanfarenstoß in die Ohren fuhr – und die Reisegesellschaft war vollends zu drei Salzsäulen verwandelt. Ein Flügelrauschen, ein Windstoß, eine fliegende Spreu von kleinen Federn, und schon war direkt vorm linken Wagenfenster ein Bussard niedergestoßen, hatte die Krallen in die vereiste Kreuzotter geschlagen und schoß mit dem schon toten Opfer wieder in die verhangene Luft ...

Mit bleichem Gesicht deutete die Markgräfin dorthin, wo draußen auf dem Kutschbock Hans sitzen mußte. Dabei krachte der Wagen unablässig weiter durch die Eisdecken zugefrorener Wasserpfützen.

»Was?« fragte der Bader flüsternd.

»Jetzt hätte doch jeder andere vor Schreck anhalten müssen!« Die sechs Augen richteten sich auf die vordere Wagenwand und schienen zu versuchen, durch die Bretter hindurchzuschauen.

»Seitdem wir ihn geheißen haben, ins Moor zu fahren, hab ich keinen Mucks mehr von ihm gehört«, wisperte Meister Johannes.

»Nicht einmal einen Peitschenknall!« ergänzte der Junker.

»Wer schaut nach?« fragte Irene, so leise es ging.

»Ich will gar nicht wissen, wer uns da fährt«, gestand Jörg ein. »Wenn es jemand ist, der nicht mehr Hans heißt, ist es sowieso um uns geschehen. Ruft doch mal nach ihm!«

»Wir werden schon nicht in der Kutsche von Freund Hein sitzen!« unterstützte der Bader diese Auslegung, spürte ein kaltes Ziehen im Rücken und hatte – sonst beileibe kein Kunstkenner – hundert aufpeitschende Holzschnitte vor Augen, auf denen eine Gestalt in weitem, schwarzem Mantel, den breitkrempigen Hut im Gesicht und die Sense in den Fingerknochen, bekleidete Gerippe aus der Welt der Lebenden hinein in die Moore fuhr.

»Ha …!« Der Markgräfin versagte die Stimme. »Haansss!« unternahm sie es ein zweites Mal: »Alles in Ordnung bei dir da oben?«

Dreimal klopfte es dumpf aufs Wagendach.

»Na also, alles in Ordnung!« log Irene und hätte sich selbst gerne geglaubt.

»Sei's, wie's sei. Ich schau nicht nach. Ich vertraue einfach«, sprach mit schwacher Stimme der Junker sich und den anderen zu. »Essen wir doch jetzt einfach was … Hm, was haben wir denn da Feines«, brachte er mit einem letzten Brösel von Nonchalance hervor und griff in die Freßkiepe: »Ei, frische Fladen, Braten, Knoblauch und Salzgürkchen! … Ganz interessant zu denken, dies könnte vor der Verhexung unsere letzte Mahlzeit sein!«

Von werweißwem werweißwohin kutschiert, führten die drei mit zittrigen Händen die ersten Bratenbissen zum Mund. Daß sich in dieser Lage, ach, schon während der ganzen Fahrt, die im Eisenkasten mitgeschleppte Glühbirne, die Ideen der Neuzeit und alle Wissenschaft des Baders als nicht eben hilfreich erwiesen hatten, bestürzte die Markgräfin. Da waren Fußspuren im Schnee gewesen, die Leibeigenen von Rodenow, jetzt eben das Grauen im Moor, davor die Blitzaugen des Wickelkinds – aber wo war die Hilfestellung der Glühbirne, um all das zu bewältigen?

Ein Ornament der Kreatürlichkeit! dachte Irene wegwerfend zum Eisenkasten hin. Da gärte doch selbst, oder gerade, in dieser Moorlandschaft ein ganz anderer Saft, an den keine Glühbirne, keine Prozentrechnereien französischer Juristen, keine Elecktrisitet heranreichen konnte. In einer kurzen Wallung war es der Markgräfin klar, daß sie selbst noch eher aus kräftigem Moorschlamm als aus dem Disput über die bessere Weltära gebacken war. Im selben Atemzug glaubte sie die Wesentlichkeiten des Geschöpfes, das sie war, auf etwa eine Sehnsucht, zwei Hoffnungen und zwölf Ängste zurückführen und beschränken zu können. Auf summa summarum rund ein Dutzend Bewegungen der Seele, über deren Grund alle sonstigen Informationen wie die Holzkügelchen dahinkullerten. Pah, Neuzeitbrimborium, dachte sie und faßte dem überraschten Junker aus viel urzeitlicherer Regung mit der linken Hand zart zwischen die Schenkel.

»Torfstecher!« rief es vom Kutschbock herein.

»Hans! Es ist Euer guter Hans!« jubelte der Junker, der sich ganz nach dem System eines Verliebten benahm und den Rufenden für wichtiger nahm als das, was er rief.

»Wer denn sonst«, lachte auch Meister Johannes und biß, von einer Zentnerlast befreit, in die Bratenkruste. Rechterhand, wohl eine Viertel Meile entfernt, waren, diesseits des Hexenreviers, die nun mit Bestimmtheit letzten menschlichen Lebewesen zu erkennen.

Verloren in der Einöde standen einige der Torfstecher – bis zu den Knien hinauf vom dichten Bodennebel eingehüllt – aufrecht da, wie um sich das Kreuz nach langem Bücken zu recken. Von den übrigen, die gebeugt oder kniend bei der Arbeit waren, tauchten hier und da nur die Köpfe auf, die dann wie dunkle Kugeln auf der uferlosen Nebeldecke zu schweben schienen.

»Wie bizarr«, beschrieb der Junker treffend und machte den Vorschlag, sich die Beine ein bißchen zu vertreten, die Strecke zu der fast mysteriös einsamen Torfstecherschar hinüberzugehen. Angesichts solcher Moorleute könnte man sich nebenher sicherlich auch vergewissern, welch gutes Leben man selbst eigentlich führe.

Ob das klug sei, warnte der Kreuzbader, durch den Nebel übers Moor und dann: Gegen Leute, die hier winters steinharten Torf stächen, seien die Rodenower wahrscheinlich wahre Kosmopoliten gewesen. Wenn die nicht gewußt hatten, daß sie in Pommern lebten, würden diese kaiserlichen Untertanen hier vielleicht nicht einmal wissen, daß sie Menschen waren. »Jetzt haben sie uns gesehen!«

Man entschied sich zum Mut, da alles andere nur Feigheit gewesen wäre. Die Reisenden setzten ihre malträtierten Leiber in Bewegung und stiegen stumm, die hohe Frau voran, aus dem Reisewagen, wo sie sich nun selbst vom Nebel in Kniehöhe amputiert sahen.

Ein leichtes Schwindelgefühl befiel den Junker, als er neben sich von Pferd und Wagen nur noch Rumpf und Kasten auf der weißen Dunstdecke liegen sah. Auch um ein Viertel verkürzt schwebten seine beiden Gefährten über der milchigen Suppe der starr dastehenden Reihe der Torfstecher entgegen.

Da hätte man einen Kupferstecher mitnehmen sollen, um den Marsch der Schenkellosen zu verewigen, munterte Irene auf. Sie selbst schloß mehrmals mechanisch die Augen, wenn ihr unsichtbarer Fuß mit einer ebenso unsichtbaren Bodenranke kämpfte oder ihr Schuhwerk unter gedämpftem Glucksen ein Stück in etwas Weiches einsank. Der kalte Schweiß brach ihr aus bei der Vorstellung, mit einem Schritt weiter links oder woandershin in ein grundloses Moorloch eingesaugt zu werden, mit emporgerissenen Armen und Händen schreiend durch die Nebelschicht meilentief abwärts in den Schlamm hinabzugurgeln. Ein leises, qualvolles Ah! stieß sie aus, als ihr das Bild vor Augen trat der Tausende von schwer geschienten Ordensrittern, die Alexander Newski auf den zugefrorenen Ilmensee gelockt hatte, wo dann die Eisdecke gebrochen war ... Wie Steine waren die Männer untergegangen.

»Gut Freund!« rief indes neben ihr der Baderrumpf dem guten Dutzend von unbeweglich gewordenen Torfstecherrümpfen zu. Mehrfach war von dort, wo sie standen, undeutlich ein Reden zu vernehmen, etwas wie »Pein Porf« oder »Tein Zorf«.

»Daß ich die Landesherrin bin, lassen wir auf sich beruhen«, instruierte die Markgräfin umsichtig. »Das wird zu kompliziert, wenn wir ihnen sagen, daß sie woanders regiert werden ... Da merkt man erst, wie weitläufig allein dieses Hinterpommern ist. Keine sechs Wagenstunden von der Hauptstadt, und man weiß nicht mehr, ob man überhaupt Deutsch reden kann.«

»Und Australien soll ja noch viel ausgedehnter sein«, sprach der Junker zu ihr hinüber und versuchte, bei seinem Storchengang das Lächerliche zu vermeiden.

Ausgerechnet vor seinen Füßen schoß im nächsten Augenblick ein dunkles Männlein oder Kind aus dem Nebel herauf, wo es bis eben fleißig seinen Torf gestochen haben mußte. Der gellende Aufschrei des Junkers ließ vor ihm aus dem Nebel noch ein zweites finsteres Geschöpf heraufspringen. Auch die kleinen Gestalten, je eine Torfhacke in den schwarzen Händen, mußten wie vom Schlag gerührt sein, sich direkt vor zwei grell rot-gelb gestreiften Hosenbeinen wiederzufinden. Noch ehe der käseweiße Hanse-Sekretär sich überhaupt ans Herz gegriffen hatte, um wenigstens noch dessen Stillstand wahrzunehmen, waren die kleinen Wesen nach unten weggetaucht. Sie erschienen erst wieder kurz darauf hinter der Reihe der übrigen Torfstecher. Leicht quoll dort, wo sie geduckt entlanggehuscht sein mußten, in zwei Bahnen der Nebel auf.

»Die haben das Brandzeichen von Kloster Schwellin am Hals gehabt«, informierte der weitertappende Bader den um Atem ringenden Mann aus Köln. »Das können keine Wilden sein, wenn sie der Äbtissin Adelheid gehören ... Was rufen die sich denn dauernd ›Kein Porf‹ oder ›Kein Zorf‹ zu?«

»Wenn sie kein Deutsch können, verneigt man sich am besten«, riet mit größter Dringlichkeit der angeschlagene Hanse-Sekretär und senkte bereits sein blasses Gesicht, über dem, wie aus einer anderen Welt, schamlos die Barettfeder wippte.

So, die Augen nach unten auf seine verschwimmenden Knie gerichtet, erfuhr Junker Jörg nicht, was seine Gefährten erfahren mußten: Es war gar keine affenartige Behaarung, es waren keine Vollbärte, die die Torfstecher dort drüben zu so düsteren Gestalten machten! Jetzt war es deutlich zu sehen: Von ihrer Stirn, über die Wangen, die bloßen Hälse bis zu ihren herabhängenden Händen hatten sie eine Haut, deren Färbung durch nichts von der Farbe des Torfs zu unterscheiden war. Es war eine Pelle, die sogar genauso krümelig schien, die wie brüchiger Humus hellbraun und dunkelbraun gesprenkelt und gefasert war.

Erschüttert blieb die Markgräfin im Dunst stehen, um den Anblick dieser mit Köpfen und Armen versehenen Torfstücke zu verkraften, von deren Hälsen allein das Schwelliner Klosterwappen roséfarben herüberschimmerte.

»Verbeugen!« mahnte der Junker aus seiner Verbeugung.

Nach dem Bader neigte nun auch die in ihrem Kleid wie ein Kegel auf den Nebel gepflanzte Irene den Kopf. Zutiefst verwirrt, beinahe bezaubert traten die Torfleute einige Schritte vor. Nun war zu entschlüsseln, daß sie dauernd »Kein Torf« gesagt hatten.

Einfach sein, nahm sich die aller Streitmacht entblößte Regentin vor und griff nach den Händen des vordersten, durch seine schwere Berufskrankheit halbwegs in sein Arbeitsmaterial verwandelten Torfstechers. Noch durch ihre Lederhandschuhe hindurch konnte Irene mit einer Gänsehaut spüren, daß unter seiner humusbraunen Hülle auch das Fleisch auf dem besten Wege war, die mürb-trockene Beschaffenheit des Heizmaterials anzunehmen. Vorsichtig schüttelte sie diese Hände und hatte Furcht, sie zu zerbröseln.

Peu à peu wagten sich die erdigen Männer und die auch bereits dunkel verfärbten Kinder weiter vor. Die Art und Weise, wie sich ihre moorigen Gesichter lockerten, wie ihre Augen in den Höhlen kerzenhell aufleuchteten, ja zu lachen begannen, mußte die um viel Freundlichkeit bemühten Reisenden mehr ängstigen als jede geballte Faust. Von Minute zu Minute begieriger faßten die Moorleute nach den ihnen immer zögerlicher entgegengestreckten Händen und drückten sie kräftig.

»Zurück!« rief der Junker. »Standhalten!« kam es vom heftig bedrängten Bader, dem die Moorleute die Wamsärmel hinaufgeschoben hatten, worauf sie die Arme des Alchimisten, der zu allem Übel mit seinen Füßen in einem klebrigen Polster aus Sonnentau festhing, mit zig Fingern zu kneifen und zu knautschen begannen. Noch übler erging es jetzt dem Junker. Unversehens war einer der Torfstecher durch den Nebel neben ihn gesprungen und hatte ihm vorsichtig, aber immerhin in den Hals gebissen, um sogleich eines der schwärzlichen Kinder hochzuheben, das auch vom weißfleischigen Rheinländer probieren sollte.

Den drei Reisenden wurde, ohne daß sie sich darüber verständigen mußten, die Ahnung zur Gewißheit, aus lauter Neugierde mitten in eine Vampyr-Rotte der Moorherrin Alzine geraten zu sein. Mit jedem Schritt, den sie jetzt zurückstrauchelten, traten die schwarzen Gestalten einen sicheren Schritt vor und gingen dazu über, die Fingerkuppen der Fremden zwischen ihre cremefarbenen Gebisse zu nehmen.

»Von wegen Leute der Äbtissin Adelheid!« stieß Irene aus, als einer der vermeintlichen Torfstecher mit seiner moosigen Zunge über ihr Kinn zu lecken begann. Schlagartig ließen all die Münder und Hände von ihr und ihren Begleitern ab.

Und die angeknabberten Reisenden sahen die vermeintlichen Vampyre vor sich in den Nebel sinken und auf die Knie fallen, so daß im Handumdrehen nur noch ein Dutzend torfiger Köpfe aus der weißen Dampfschicht ragte.

Der Bader faßte sich als erster. Die Äbtissin habe ihre Leute aber verdammt gut abgerichtet, erklärte er, nachdem er kombiniert hatte, daß es der Name der Äbtissin war, der hier wahre Wunder wirkte.

»Adelheid!« probierte er gleich noch einmal laut und im Befehlston. Der Erfolg war verblüffend.

Es dauerte eine ganze Weile, ehe die wilden Haarschöpfe aus dem Dunst überhaupt wieder aufzutauchen begannen. Zufrieden mit seiner Findigkeit und dem schönen Effekt, schaute Meister Johannes seine geretteten Reisegenossen an. »Und ich hatte gedacht, das wären wilde Tiere«, wunderte er sich laut über sich selbst. »Die gehorchen doch aufs Wort. Das sind, bis auf ihre Hautgeschichte, die normalsten Leibeigenen von der Welt ... Adelheid! Seht nur, keiner mehr zu sehen, vor lauter Respekt.«

»Und das sogar mitten im leeren, wüsten, öden Moor«, fügte etwas enttäuscht über die gewisse Konventionalität der

Torfleute der Junker an und tupfte sich Spucke auf eine Bißstelle unterm Ohr. Nur weil man sich so überfreundlich zu ihnen verhalten habe, folgerte er dann klug, habe man sie außer Rand und Band gebracht ... »Mein Gott«, fiel es ihm siedend ein, »vielleicht sind wir die ersten hellen Leute, die sie jemals angefaßt und beknabbert haben. Aber das ist ja gar nicht zu denken ...«

»Ihr müßt Ihnen das Zeichen zum Aufstehen geben. Sie wachsen da unten sonst fest«, riet der Bader der Markgräfin. »Mir wird ganz blümerant, wenn ich diese Torfköpfe noch länger auf dem Nebel herumschweben seh.«

»Ich glaube, hier steht uns jetzt, schon rein sprachlich etwas bevor ... Ich glaube, wir müssen aufpassen, daß uns das nicht gleich fürchterlich deprimieren wird«, sprach nachdenklich der Junker. Er hatte zu ahnen begonnen, daß mit den Rufen »Kein Torf!« nichts und niemand anderes gemeint gewesen waren als er, die Markgräfin und der Bader. Auf ein Zeichen Irenes hatten sich die Schwelliner Moorarbeiter derweil stumm und gesenkten Kopfs erhoben. Da es so schien, als würden sie, nachdem sie dreimal mit dem Namen Adelheid zusammengeschissen worden waren, keinen einzigen Muckser mehr herausbringen, ergriff Jörg mit einem Seufzer die Initiative. Er zeigte mit der Hand auf den ihm nächsten Moormann und fragte: »Du Torf?«

»Ich Torf«, kam es kläglich zurück. Irene schaute zu Boden.

»Torf?« erkundigte sich der Junker bei einem zweiten.

»Ich Torf!« gab dieser ein Jota selbstbewußter als der erste Bescheid.

»Torf?« richtete der Junker seine Frage an eines der schwärzlichen Kinder.

»Torfchen«, lispelte auch dieses mit seinen knapp über den Nebel reichenden Lippen.

»Das kann nicht sein«, weigerte sich die Markgräfin, »unmöglich!«

»Ich kein Torf!« setzte der Junker eisern seine Untersuchung fort und tippte sich mit dem Finger auf seine Wamsbrust.

»Du kein Torf«, wurde ihm bestätigt.

»Auch ich kein Torf!« mischte sich Meister Johannes ein.

»Kein Torf!« wurde auch ihm scheu und wirr bestätigt.

»Das kann nicht sein«, wehrte sich Irene noch immer gegen die Tatsachen im Schwelliner Moor. »In meinem Lande Leute, die nichts als Torf und kein Torf sagen können! ... Was tut ihr denn hier?« fragte sie nervös. »Was machen im Moor?«

»Torfen für Adelheid.«

»Na, daß sie *für* jemanden torfen, ich meine Torf stechen, können sie immerhin auch sagen«, versuchte der Bader die aufgewühlte Landesmutter zu begütigen.

»Wo Adelheid sein?« ließ Irene mit ihrer Enquete nicht nach und wagte, der einen Frage gleich eine zweite anzuschließen: »Warum torfen im Brrr-Winter?«

»Torfen«, kam die Antwort zunächst auf die zweite, nähere Frage, die so klang, als gäbe es kein ›viel torfen‹, ›wenig torfen‹, ›auch im Brrr torfen‹, sondern nur und nichts als das Torfen. »Hinterm Torf.« Mit der zweiten Antwort mußte das Kloster gemeint sein.

»Warum nicht vorm Torf?« rätselte der Bader. »Das Kloster liegt ebenso gut vorm Torf. Dumm, aber eigenwillig – oder dumm, also eigenwillig ... Was hamham?« bohrte er mit schlicht gewählten Worten weiter und machte Essen vor.

»Krackknirsch«, antwortete verwundert der höchstgewachsene der Torfstecher und steckte sich, als müßte er ein paar Idioten alles klarer machen, einen Batzen Torf in den Mund. Neben ihm fingen auch die anderen an, über die Frager zu grinsen.

»Sie sagen zum Essen einfach Krackknirsch«, wiederholte Meister Johannes perplex. »Das ist ja ganz kompliziert. Warum sagen sie zum Krackknirsch nicht Torf?«

»Weil sie sich nicht selbst essen wollen«, versuchte Jörg mit diesmal großem Geschick das Rätsel zu lösen. »Wenn die mit knurrendem Magen nach Torf schreien würden, würden die andern ja weglaufen ...«

»Die armen Leute können doch nicht nur zehn Wörter haben!« schnitt Irene den beiden Herren die Rede ab.

»Brauchen sie mehr, wenn sie vielleicht immer nur hier sind und vielleicht alle paar Monate ein Fuhrwerk vorbeikommt, das den Torf nach Schwellin karrt?«

»Nicht Torf – du Mensch. Ich mit Äbtissin ein Hühnchen rupfen«, Irene trat an einen der Torfstecher heran und begann, ihm mit etwas Speichel die Handfläche hell zu reiben. »Du sein Mensch«, sprach sie ihm dabei zu. Erst rührte der Mann sich nicht, aber als er dann den Kopf schüttelte, war das für Irene fast eine Freude. Nicht Torf, nur ein Mensch konnte schließlich den Kopf schütteln.

»Du Lieber«, ließ sie sich sogleich gehen und streichelte dem Verschüchterten über die Wangen. »Siehst du, du bist kein Torf.«

»Das bringt Unheil«, rief der Junker ihr warnend zu. »Laßt ihn um Gottes willen bleiben, was er ist, ein Mensch der Rasse Torf. Was werden denn die anderen mit ihm machen, wenn er kein Torf mehr ist?! Das gibt Mord und Totschlag mitten im Moor. Schaut nur, wie ihm die Augen zu funkeln beginnen. Du bist Torf, basta!« brachte der Junker den Mann wieder in die gewohnte Fasson.

»Ich soll ihn lassen?« fragte unsicher die Markgräfin zum Junker und ließ die dunkle Hand los, die sich tatsächlich verkrampft hatte. »Er ist doch ein Mensch wie wir.«

»Das wissen wir ja, Irene, auch wenn er das nicht weiß. Ihr könnt doch hier nicht pardautz Minoritäten und Majoritäten schaffen! Uns, die wir nur drei gegen zwölf waren, hat auch nur das strenge Regiment der Äbtissin vorm Zerpflücktwerden gerettet ... Du Torf. Was du vorher?«

»Torf.«

»Was jetzt?«

»Torf.«

»Was danach?«

»Torf.«

»Na also«, resümierte Junker Jörg nach diesem kleinen und klaren Dialog: »Ruhiger läßt sich ein Leben doch gar nicht dahinvegetieren. Vorm Leben war er Torf, jetzt ist er Torf, und wenn er hier gestorben sein wird, wird er wieder Torf sein. Das ist doch nicht nur schrecklich, das ist auch immerhin schön einfach. Ehe unsereiner dermaleinst zu Torf werden wird, muß ich noch die Menschenphase durchstehen.«

»Aber ich habe Mitleid mit dem Elend.«

»Sie haben doch gar kein Elend. Wenn, dann sind sie's, was sie aber nicht erkennen können.«

»Das glaube ich nicht, Jörg. Sie fühlen's. Sie fühlen, daß sie Unglück haben.«

»Wenn Ihr sie noch lange so weinerlich anstarrt! Denen fehlt das Menschsein genausowenig wie, ich wette, Euch jetzt der Kaffee.«

Mit wahrscheinlich sehr gemischten Gefühlen sahen die Torfstecher, wie vor ihnen bei den drei Weißfleischigen das hitzige Geplapper gar kein Ende nehmen wollte. Ein paar setzten sich in den Nebel und blickten von einem plappernden roten Mund zum nächsten plappernden roten Mund und wieder zurück.

»Das Wappen hätte man ihnen nun wirklich nicht so tief einbrennen müssen. Da hat der Klosterbüttel ihnen ja beinahe die Halsschlagader durchgeschmort. Aber die nehmen's wie wir das Zahnziehen«, schaltete sich der Kreuzbader in den Disput ein, nachdem er eines der Brandmale untersucht hatte.

»Daß die Güte solche Rückschritte macht. Ich erinnere mich, daß mein Großvater erzählte, in den Stauferzeiten habe das Einbrennen von Hauswappen als schändliche Missetat gegolten. Ach, ich kann das hier kaum mehr ertragen«, gestand die Markgräfin und faßte einen der so alterslosen Torfstecher nach dem anderen ins Auge. Es sei doch egal, wer hier vom Elend wisse, das Wort sei nun einmal da! Ob der Junker es denn wage, wo nicht vom Elend, dann also vom Glück der Torfstecher zu sprechen.

Da jetzt wieder ein Wort mit ›Torf‹ gefallen war, schauten sich die Moorleute irritiert an, wer da von ihnen gerufen worden war.

»Die fühlen sich allmählich ausgeschlossen. Das ist nicht gut«, warnte Jörg mit einem Seitenblick auf die unruhig werdenden Klosterarbeiter. »Denen geht's so wie uns. Geht's uns schlecht oder gut?«

»Philosophicus«, tadelte Irene und blickte den Kreuzbader nach seiner Meinung an.

»Die werden quicklebendig bleiben, aber wir holen uns den Tod, wenn wir noch länger im Nebel herumstehen. Von heute auf morgen ist mit denen sowieso nichts zu machen. Ach, die wissen ja nicht einmal, daß sie Lust auf etwas Besseres haben können, geschweige denn, daß das Bessere obendrein zum normalen Notwendigen wird. Nur gut, daß wir in Pommern und nicht im Heiden-Athen sind, wo solche Bürger ihr Stimmrecht hätten, in Staatsgeschäften!«

Während Irene für angemessen hielt, daß sie hier kalte und nasse Füße in Kauf nahm – was nahmen diese Untertanen nicht alles und obendrein ahnungslos in Kauf? –, pflichtete der Junker dem Bader bei: »Lieber ganzer Torf als halb Torf, halb Mensch, wobei dann nämlich nur Pöbel herauskommt.«

Sie habe Mitleid, beharrte Irene, einen Kummer.

»Dem müßte etwas folgen. Dafür haben wir jetzt aber keine Zeit«, drängelte der Bader und begann, den Torfleuten zum Abschied wenigstens die Hände zu schütteln und dabei die ausgeprägte Fingernagelbildung zu begutachten. »Wenn der Fuhrknecht das nächste Mal vom Kloster vorbeikommt und ihnen nicht die Hand schüttelt, werden sie ihn womöglich erschlagen. Komm, Torfchen, gib dem Onkel deine Hand ... Daß die nicht alle an Rheumatismus leiden, ist bemerkenswert. Aber schon von den Römern wissen wir von lindernden Moorpackungen.«

»Jetzt lassen wir sie«, sagte der Junker, und er meinte es ganz anders als die Markgräfin, die nun auch sagte: »Jetzt lassen wir sie also.«

»Zur Neuzeit, auf, auf!« versuchte der Bader seinem Staatsoberhaupt den Aufbruch zu versüßen. Gleichzeitig wälzte er einen schemenhaften Plan, ob er nicht über kurz oder lang auf die Torfleute zurückkommen, mit der Zisterzienser-Adelheid ein Arrangement treffen sollte. Die Leute konnten ihm fürs Spital alle paar Monate ein paar Bottiche mit Schlamm vollpacken. Bei seinem gedanklichen Höhenflug wollte es Meister Johannes gar so scheinen, als harre dieses ganze riesige Matschland sehnsüchtigst darauf, nur rasch aus seinem zwecklosen Schöpfungszustand erweckt und endlich in etwas Thermales umgemodelt zu werden. ›Schwellin-Terme‹, phantasierte er in freier Anlehnung ans venetische Abano-Terme, wo die Lagunenmetropole ihre Schlagflüsse auskurierte. Und Meister Johannes sah vor seinem geistigen Auge, wie das von ihm ausgetüftelte System von Badehäuschen, Springquellen und netten Gradierwerken diese zugenebelte, endlose, sinnlose Brache in ein wahres Paradies für Pommerns steife Patriziergelenke verwandelte. Dann könnten auch diese Torfwesen, dachte er mit einem Einschwenken auf die markgräfliche Gesinnungsstimmung, allmählich aus ihrem Schlamassel herauskommen. Als brave Kurknechte könnten sie sich und anderen gewiß ein ziviles Gutes tun.

Ach, sie habe es nun bald dick, hörte er neben sich die Markgräfin rumoren. Wenn sie morgen vor lauter Neuzeit keine schlohweißen Haare bekommen hätte, wäre das das reinste Wunder! In 33 Jahren habe sie nicht so viel mitgemacht, wie in den letzten beiden Tagen. Da müsse ein Fluch mit unter den Traum gemischt gewesen sein. Es sei nur allzu sinnbildlich, daß sie hier fußlos durch den Nebel tappe. Diese innere Unruhe!

Was für ein Fluch? erkundigte sich Junker Jörg und bot seiner kompliziert gewordenen Freundin den Arm.

Zum Beispiel, konstatierte Irene und blieb kurz stehen, fühle sie sich richtig gottlos geworden. So wenig wie in den letzten wüsten Tagen habe sie noch nie an den Herrn, den Lenker und Erlöser, gedacht. Seit Stunden würden sie ja zu dritt alles selbst veranstalten: von der Glühbirne bis zur

Hexenpartie. Ja, unselig, so komme ihr das ganze Unterfangen allmählich vor. Wenn nur einmal im verstecktesten Sätzchen der Heiligen Schrift etwas von der Elecktrisitet stünde, wäre sie ja beruhigt. Aber so! Und dann dieser Wankelmut, der von der Neuzeit ausgehe. Allein, daß man sie mal wolle, mal wieder nicht. Das hätt's doch noch niemals gegeben. Sie sei doch wahrlich eine rüstige, gerade Frau und Fürstin gewesen, und nun der Blasebalg ihrer eigenen Pläne und Seelengewitter. Ihre Tirade nahm die hohe Frau so sehr in Anspruch, daß sie erneut stehenblieb und ihre Begleiter zwang, sich die Beinkleider noch ein Weilchen im kalten Nebelmeer durchfeuchten zu lassen.

»All der Aufruhr, nur weil ich weichherzige Törin diesen Sebastian von Ulrichsdorf – den älteren aus dem Traum – nicht an der Pest krepieren lassen soll. Das ist doch nun wirklich ein zu privater Beweggrund, als daß man deswegen die Welt umstürzen sollte.«

»Aber all das Interessante, die Glühbirne, der ›Sachsenschuß‹, Rodenow, das uns entgangen wäre«, gab Jörg zu bedenken. Er mußte die Markgräfin aber regelrecht weitergreinen hören, daß das Vorgestern doch aus einem anderen Holz geschnitzt gewesen sei. Zwar habe sie nachts in ihrer Kemenate gefroren, aber sie habe nicht geahnt, daß ihr Frösteln ein besonders schlimmes aus dem Mittelalter sei. Licht sei vorgestern noch Licht gewesen – nicht elendes Talglicht oder strotzendes Glühlicht.

Um eine weitere Brechung ihrer Gedanken zu unterdrükken, ließ Irene aus, daß ihr aber schon vorgestern Kolberg nicht nur dunkel, sondern im Vergleich zu Stralsund viel zu dunkel vorgekommen war.

»Was meint Ihr, kehren wir um? Ab morgen wieder Talglicht, bis sich in meinetwegen zweihundert Jahren wie von selbst etwas Neues ergeben wird? Ach, ich sollte nicht fragen. Ich sollte zum Rückzug blasen. Wo ist meine gottgesalbte Autorität geblieben? Lieber entschieden das Falsche tun als so weitermachen.«

Der Junker versuchte, die Markgräfin mit einem kleinen

Schubs in den Rücken in Bewegung zu setzen, um sie und sich selbst aus der Dunstbrühe in den Reisewagen zurückzumanövrieren.

»All das Interessante! Da haben wir's!« wurde er beinahe angefaucht: »Früher war etwas richtig, oder es war falsch. Fürwahr, jetzt ist es allemal interessant. Interessant ist es, darauf zu warten, ob die Alzine uns in drei fette Spinnen oder in Brombeergesträuch umhext, das sich des Nachts zuraunen wird: War doch interessant, wie wir draufgingen, nicht wahr?«

»Ihr seht schwarz, wenn Ihr schwarz seht«, mischte sich von der Seite mit rhetorischer Brillanz der Weißbader ein. »Und wir sollten nicht länger reden, sondern weiter den Weg gehen. Nicht den theologischen, den Heilsweg, der wohl stimmen mag, aber nichtsdestotrotz zu viel Patina angesetzt hat, um mich noch vom Stuhl zu reißen. Ein Weg wird's allemal, den wir gehen. Also auf, und der Alzine auf den Busch geklopft!«

Das sei ein Männerwort, sekundierte der Junker und versuchte die störrische Grüblerin ein weiteres Mal anzuschieben. Die wollte nicht und beharrte auf ihrem Recht, eingeklemmt zwischen Welten zu stehen, und sagte: »Es scheint mir überdies nicht einmal interessant festzustellen, daß etwas interessant ist. Wo ist denn bitteschön bei einer Fahrt zur Zaubervettel das Beseligende, das die kleinste, demütige Pilgertour mit sich bringt, hm? Meine Herren, wir häufen seit gestern vormittag nur noch hektische Anekdoten an. Fällt Euch das nicht auf!«

»Nein, ich sehe Sinn, nämlich den, in zwei Tagen um zwei Tage vorangekommen zu sein«, widersprach der Bader und grollte der undankbaren Frau, die Gottes Ratschluß auf Kolbergs Thron gesetzt hatte.

»Ist doch egal, wie man sich beschäftigt«, stand ihm wieder, etwas anders nuanciert, das Flaniergemüt des Hanse-Sekretärs bei: »Ihr fabriziert uns jetzt die größte Anekdote, wenn Ihr nämlich fabuliert, wie es vorgestern noch gewesen sei, liebe Irene.«

»Richtig. Nehmt, was ist, gelassener. So wie wir Frühhumanisten, die wir nicht am Alten kleben, sondern, ich sage es offen, von dem frohen Tatengeist der alten Römer und alten Hellenen zu lernen uns verpflichtet haben ...«

Wenn es noch länger in den kalten Nebel schwitze, bekomme das Roß den Verschlag, rief Hans vom schleierumwallten Kutschbock den auf dem Sumpf entzweit gestikulierenden Herrschaften zu.

»Alzine! Ja, das böse Luder!« kam es dem Bader andeutungsvoll über die Lippen, nachdem er sich in seiner Wagenecke wieder in die Biberfelle gemummelt hatte. Draußen entschwand indes mit den Torfarbeitern die letzte Menschenbastion hinter dem einsamen Reisegefährt der pommerschen Markgräfin. Die torfigen Köpfe wurden zu schwarzen Knöpfchen auf dem weißen Nebellaken. Es war, als hätten sie nun eine unsichtbare Wand durchfahren, an der selbst der Name der mächtigen Zisterzienser-Äbtissin zu Staub zerschellen mußte.

In die Winterluft war ein Geknister wie vom Nachhall vermaledeiter Hexenformeln gekommen. Es schien zu surren vom Flügelschlag nächtlicher Geschöpfe, die der hier verbollwerkten Trude ums grüne Alraunenfeuer flatterten, zu summen vom Jammergesang der zum satanischen Stelldichein verdammten Schwelliner Heide. Jede Zweigkrümmung im Weidengestrüpp wurde in den Augen der Reisenden zum verstümmelten Zeugnis des hier lastenden Wehs. Jeder unter den Wagenrädern knirschende Stein, jeder unter den trottenden Pferdehufen klirrende Eissplitter wirkte wie die unkenntlich gemachte Stimme all der armen Dinge hier, die den Insassen der Karosse die warnende Mitteilung zurufen wollten, daß Alzine in den Flammen ihres Feuers die Gesichter der Eindringlinge schon brennen sehe.

Wohl zehn Minuten brauchte der Junker, um sich halbwegs auszureden, er erkenne in dem Gezweig einer im Nordwind schräg gewachsenen Birke das Profil eines Jugendfreundes wieder, der im Jahre 37 spurlos aus Köln gen Osten verschwunden war. Würden morgen neben der krummen Birke weitere vier Bäume stehen, deren Geäst in späteren Zeiten einen rasch Vorbeireitenden denken ließe: Verdammt, die Birke dort links erinnert aber stark an das Frauenporträt, das mir gestern der Markgraf in seiner Ahnengalerie gezeigt hat!

»Rudi«, sprach ganz leise der Hanse-Sekretär in Richtung Birke. Das Geschwanke ihrer Zweiglein ließ den Bekümmerten im Ungewissen darüber, ob sie einstmals als rotgelockter Rudi in der Lateinschule von Sankt Severin neben ihm die Bank gedrückt hatte.

Meister Johannes schien in den unbehaglichen Gedanken seines Gegenübers gelesen zu haben.

Es sei stets beruhigend, daß jemand, mit dem man es zu tun bekomme, auch selbst schon an Niederlagen genascht habe, hub er an. Und da mache die Alzine keine Ausnahme. Ja, gerade durch ihre größte Niederlage, eine Schlappe für ihre ganze Zunft, sei Alzine ihm überhaupt bekannt geworden. Und wenn er nicht irre, habe man es jener seinerzeit aufsehenerregenden elsässischen Hexenpleite zu verdanken, daß sich das blamierte Aas ins hiesige Moor verkrochen habe, um auf bescheidener Flamme weiterzukochen. Damals im Elsaß sei sie ja einem ganzen bis an die Zähne bewaffneten Heerbann entgegengetreten.

»Alzine? Was für eine Hexenpleite? Erzählt!« trieb der Junker.

Wo, wann, wie oft schon die Alzine das Licht der Welt erblickt habe, ob in den Schluchten Thessaliens oder an den Ufern des Schwarzen Meeres, das könne man nicht wissen. Daß sie aber vor etlichen Jahren sich in den Vogesen eingenistet habe, sei gewiß.

»Ach, die Schlacht von Colmar ... die Alzine war das? Na, dann hat sie ja was mitgemacht«, schaltete sich kurz die in neueren Erbfehden gut bewanderte Markgräfin ein, um sich gleich darauf an den wißbegierigen Junker zu lehnen.

»Nun, Junker«, fuhr der Bader fort, »ursprünglich war es irgendeine von diesen südwestdeutschen Erblappalien, wo's blutige Köpfe geben sollte: Odowakar, seines Zeichens Fürstbischof von Colmar, weigerte sich mit einigem Recht, sich schon zu Lebzeiten vom Herzog von Burgund beerben zu lassen. Philipp hingegen erklärte, so pietätlos wolle er als Christenfürst nicht sein, gierig aufs Ableben Odowakars zu lauern. Der solle ihm also lieber gleich die Stadtschlüssel von Colmar überbringen lassen. Hin und her, jedenfalls, Odowakar wollte erst sterben und ließ klug die Wassergräben um seine Hauptstadt breiter schaufeln. Der Krieg, der losbrach, verlief für das schwache Colmar allerdings denkbar mißlich. Beim ersten Zusammentreffen der fürstbischöflichen Landsknechte mit den Burgundern bei, ich weiß nicht wo ...«

»Schlettstadt«, konnte Irene präzisieren.

»Also nach Schlettstadt sah der Fürstbischof von seinen siebentausend Streitern ganze 250 wieder. Ähnlich verlief das Gemenge von – jetzt weiß ich's aber – von Besançon, das den armen Odowakar weitere sechstausend Mann kostete. Er konnte sich in seiner Pfalz wahrlich die Haare raufen. Und so ging es weiter, zwölf Sommer lang: Einmal kamen von seinem Heerbann nur noch ein einfüßiger Fähnrich mit einem halbierten Armbrustschützen über der Schulter aus dem hurtigen Treffen heim. Dann fand der große Kirchenfürst von seiner Schweren Reiterei eine durch den Rhein schlingernde Satteldecke wieder. Die Colmarer Kanzlei wurde langsam ratlos. Man konnte die Kriegskassen, ja die Klingelbeutel auf den Kopf stellen, es wollte kein Heller mehr herausklimpern. Nirgendwo war vom männlichen Geschlecht noch etwas anderes als Großväter und ihre Enkel aufzustöbern. Letztere versuchte Odowakar zwar zu einem Kinderkreuzzug gegen den Herzog Philipp zu stimulieren, aber was sollte es? Wenn ihnen die Eisenhaube ums Kinn geschnallt war, kippten die einen Knaben hintüber, die anderen klappten nach vorn, sobald sie versuchten, Vaters zurückgelassenen Morgenstern vom Boden zu heben. Nahezu ungehindert, nur hier und da von Cholera und einigen Knirpsen aufgehalten, die zu siebt mit einer geschulterten Hellebarde gegen die Burgunder rannten, rückte der Erzfeind auf Colmar vor.

Da hieß es im bischöflichen Ordinariat auf einmal hitzig: Da haben wir doch eine Zauberin in den Vogesen, eine ausgemachte Teufelspaktlerin, die sich nun ihr Seelenheil verdienen kann. Es war keine andere als unsere Alzine. Eilends ließ der Fürstbischof sie aus ihrem Waldschlupf in den Domkeller bringen.

›Was kannst du? Kannst du alles? Kannst du die Burgunder totmachen?‹ drang er in sie. ›Nein‹, hieß es erst schroff. Als dann die Eisenkeile unter ihren Fingernägeln saßen: ›Ja. Kann ich. Natürlich. Nichts leichter, als die Burgunder totzumachen. Bin ja eine Hex.‹

Der Fürstbischof ließ sich von der Gefolterten Blendwerk erzählen und schlug angesichts solch froher Kunde in den Wind, daß noch niemals in der Weltgeschichte anstelle eines Heeres eine Zauberin aufs Schlachtfeld gestellt worden war.

Mag so ein Biest sonst die Kinder schockweise zu steinernen Drosseln machen, ein Kriegerheer bringt sie nicht zum Stehen. Es sollte sich erweisen, daß so das ungeschriebene Gesetz ist. Ungeschrieben, aber ebenso zu beachten wie, daß solch ein Teufelsbraten auch noch so gut Gold kochen mag, nie wird er eine leere Staatsschatulle füllen können. Fragt mich nicht nach dem Wieso solcher erwiesenen Fakten aus dem Hexeneinmaleins.

›Daß mir aber keiner aufs Schlachtfeld folge‹, befahl Alzine dem bedrängten Landesvater, ›daß niemand in meiner fürchterlichen Nähe sei. Ich werde den Herzog Philippus zur lodernden Flammensäule machen und seinen Heerbann zu einem Haufen von Kürbissen, mit denen die Gäule davongaloppieren sollen.‹

›Es sei‹, sagte Odowakar und klatschte in die Hände: ›Wir schließen uns alle in der Stadt ein und lassen dich allein raus. Daß du mir aber nicht die Fronten wechselst, mein Kind.‹

›Nein, nie, ich steh auf der Seite meines geistlichen Herrn‹, belehrte Alzine stolz den Fürstbischof. Sie sei des Bischofs und des Papstes glorreichste Zauberin, und morgen schon werde man sie die heilige Medea der Vogesen nennen, den Purpurengel vom Oberrhein.

›Gut, gut, das gefällt mir, pfui auch diese Burgunder.‹ Nur – sie möge ihm nicht zürnen – wenn er sie morgen allein vor die Stadt lasse, dann sei ihm in der Seele wohler, wenn er mit ihr durch einen leichten Strick verbunden bleibe.

Anderntags stand sie da, Alzine, vor den verrammelten Toren Colmars und sah, wie in meilenlanger Reihe und tief gestaffelt die geschienten Burgunder auf sie zuzurücken begannen. Auf ihren schwarzgeflammten Panzern und gestriegelten Streitrössern spiegelten alle Zinnen und Turmspitzen Colmars sich wider. ›Jetzt ran, du Aas!‹ feuerten von ihrer hohen Mauer nicht nur der Fürstbischof und seine Kanzlei die Heldin an. Nein, ganz Colmar reckte seine Hälse über die Brüstung und gab dem Weib da unten guten Rat zur Feldschlacht.

Unsere Alzine hatte nun natürlich nichts Besseres zu tun, als fahrig hin und her zu rennen – soweit es jedenfalls das daumendicke Seil zuließ, das man ihr um den Hals geschnürt hatte – und gespenstisch herumzuschreien. ›Ja, spuck deine Sprüche aus!‹ heizte sie in Verkennung des eigentlichen Sachverhalts von hoch oben der Fürstbischof an. Im nächsten Atemzug und mit geballten Fäusten schleuderte er dem Herzog Philipp entgegen: ›Du gepanzerte Mistgabel, komm nur näher!‹ oder ›Morgen gibt's Kürbis in Burgund!‹

›Ha!‹ schrie begeistert das verschanzte Colmar aus. Die finster strahlende Eisenmasse des Feindes hielt inne. Was sich vor Philipps Augen abspielte, ist in die oberrheinischen Chroniken eingegangen: Da lag ungeschützt wie ein rohes Ei vor ihm das Mauerwerk des feindlichen Colmar, dessen Bürger wie besessen hinter den Zinnen herumturnten, schon die Hüte in die Luft warfen und Burgund frech die blanken Ärsche zeigten. Da stand zwischen ihnen, den Bischofshut auf dem Kopf, Odowakar und fluchte etwas von Kürbissen, da preschte unten vorm Wassergraben eine

Megäre herum, die abwechselnd die Arme zum Himmel reckte oder an einem langen Seil sich selbst erwürgen zu wollen schien.

›Schieß mal mitten rein!‹ wies Herzog Philipp seinen Leibschützen an. Der spannte seinen Bogen, ließ den Pfeil abzischen und holte den krakeelenden fürstbischöflichen Schatzkanzler, der sich eben die Hosen heruntergelassen hatte, um den Burgundern entgegenzukacken, vom obersten Zinnenkranz. Mit einem weitspritzenden Klatsch sauste er ärschlings hinter der schreienden Alzine in den Wassergraben hinab. ›Na also‹, sagte der Herzog Philipp, als hinter den Zinnen alles seine Köpfe einzog. Nur noch die wilde Frau war zu sehen, die, fest angebunden an ihre Strippe, erkennen mußte, daß sich sechzehntausend gut beschlagene, gegnerische Pferdehufe auf sie zuzubewegen begannen.

›Jetzt tu dein Geschäft ... Du wirst fürstlich belohnt ... Mach schon, mach schon!‹ keifte es hinter ihr vom Mauerring herunter.

Um es kurz zu machen: Alzine, die schon das Weiß der Burgunderaugen hinter den Visieren schimmern sah, umtost vom sechzehntausendfachen Hufgetrappel und dem Erstikkungsschweigen hinter den Colmarschen Mauern, brüllte auf: Sie sei die fürchterlichste Hexe des Nordens! ... Daß der Herzog zur Schwefelflamme werde, wenn er sein Roß noch einen Schritt weitergaloppieren lasse! ... Daß seine erzene Ritterschaft, wenn sie nicht sofort umkehre, als Rudel Kürbisse in den Wassergraben kullern werde! ...

Zwei Stunden darauf war Colmars Mauerring unter den burgundischen Rammböcken zum Arkadengang geworden, war Odowakar, ich weiß nicht wie, nach der englischen Art auf das Kruzifix seines Hauptaltars gepfählt, war Burgund um ein Bistum einflußreicher geworden und hing Alzine, zwischen zwei Pappelwipfel gespannt, hoch über dem Rheinufer. Von da muß sie dann nach Pommern gekommen sein.«

»Da ist sie womöglich verbittert«, gestand Jörg voller Unbehagen, »über die Welt.«

»Wenn sie es gewesen ist, hat sie sich an der richtigen Adresse schon abgekühlt. Kurz nach der Eroberung Colmars sind dem Herzog seine drei Söhne Schlag auf Schlag weggestorben. Man sagt offiziell, von ihren strauchelnden Pferden gestürzt – alle drei!«

»Na«, kommentierte sarkastisch die Markgräfin aus ihrer noch immer düsteren Gemütsverfassung, »die armen Buben trugen auch am meisten Schuld. Ach, falls Ihr es noch nicht wißt, meine Herren, vor einem Monat ist nach der zweiten Schlacht von Schlettstadt Colmar luxemburgisch geworden.«

Das letzte Stück der Strecke erwies sich als zäh. Nur selten riß der Bodennebel über der Moorebene auf. Immer wieder mußte Hans vom Kutschbock klettern, um sein Pferd am Halfter zu fassen und es Schritt für Schritt über den unsichtbaren Pfad zu führen. Dem Stand der Wintersonne nach war die elfte Morgenstunde längst überschritten, und noch immer polterte man, und schon hinter dem Ende der Welt, weiter ins Irgendwo und Nirgendwo. Meister Johannes war eingeschlafen und seitlich über seinen Glühbirnenkasten gesunken. Bei jeder Bodenunebenheit rumste sein Kopf einen Taktschlag gegen das Eisenfutteral.

»Wir kommen nie an.«

»Plötzlich sind wir da«, tauschten der Junker und die Markgräfin ihre Empfindungen aus.

»Sie sitzt schon im Wagen und hat Ohren, Augen und Finger gespitzt«, plapperte des Junkers Zunge so vorschnell, daß er sich wieder einmal eigenhändig in einen Hinterhalt gelockt hatte. Denn nun mochte er gar nicht mehr auf jenen Wagenplatz schauen, wo neben dem Glühbirnenkasten ein vielleicht nur scheinbar unbesetztes Heupolster lag.

»Und auf ihrem Schoß schaukelt sie das verkohlte Gespenst von Magister Berthold«, führte Irene ahnungslos die sich schon als ungut erweisende Phantasie weiter, wobei sie dem Junker an dessen Haarschleifchen zupfte. »Was genau hat eigentlich Sebastian mit dir gemacht, da in der

Nacht?« kirrte sie an der endlich liebgewonnenen Schulter des Hanse-Sekretärs, mit dem sie sich, auf hohem Wunschniveau, als Ehegatten zufriedengeben wollte. »Was hast du an dem Mann so attraktiv gefunden, Schatz... die Haare? die Größe? ... diese enge Hüfte?«

Erst nach dieser Frage, die sie sich selbst vielleicht am besten hätte beantworten können, merkte Irene, daß der Junker bis zum Hals hinauf eine Gänsehaut hatte. Rührte das von der Erinnerung, die sie soeben wachgerufen hatte oder von ihrer Nasenspitze, mit der sie gegen seinen Hals gestupst hatte? Es war ja nicht unwichtig, was von beidem ihm eine Gänsehaut machte. Jörg aber flüsterte ihr zu:

»Hast du diesen Windstoß auch bemerkt? Irene, ich glaube, auf dem Platz dir gegenüber sitzt wer.«

Vor jeder weiteren Erwägung dieser Hypothese riß Irene mit kaltem Entsetzen ihre ausgestreckten Beine hoch und warf sie über die Beine des Junkers.

»Die sollen hier drin sein, die beiden? ... Ich seh nichts, Jörg«, flüsterte sie.

Die Idee, daß geradezu hautnah neben dem schnarchenden Alchimisten eine entmaterialisierte Hexe und ein entmaterialisierter Inquisitor saßen, kalten Blicks das Liebespaar fixierten, vielleicht mit vorgebeugten Oberkörpern dicht vor ihren Gesichtern waren, ließ den Hanse-Sekretär und die Markgräfin bang noch enger zusammenrücken.

»Haben wir etwas sehr Böses über die beiden gesagt?« wisperte Irene und kroch dem Junker auf den Schoß.

»Ich weiß nicht mehr ... über Magister Berthold jedenfalls nicht«, erinnerte sich Jörg und war drauf und dran, in die so unbestimmt leere Wagenecke ein freundliches Lächeln zu schicken.

»Meister Johannes«, flüsterte seine fürstliche Freundin, um diesen aufzuwecken. Der Bader schlief fest. Da hatte er seinen Kopf womöglich nur ein paar Zoll neben den Ellenbogen der Alzine gebettet. Man mußte es geschehen lassen, daß der Gespensterodem jetzt vielleicht genau über sein Gesicht strich.

Ein neuerlicher Windstoß, der ein zweites Mal den Vorhang blähte und dann emporwehte, ließ die Verängstigten tiefer in die Wagenecke zurückrutschen und alle vier Beine hochklemmen.

War man jetzt, da man sie quasi erkannt hatte, die ungebetenen Gäste losgeworden? Oder hatte man sie, indem man sich so auf sie fixiert hatte, erst hereinwehen lassen?

»Da sitzt niemand. Ich könnte das schwören«, nuschelte der Junker mit einer interessanten Konjunktivform und hielt die Arme fest um das Pelzwerk der Markgräfin geschlungen.

»Könnte ich auch«, pflichtete sie ihm bei und mühte sich zu erkennen, ob das Sitzpolster auf dem freien Platz jetzt etwas stärker eingedrückt war als vorhin.

»Es ist doch gar nicht einzusehen«, sagte sie, nachdem sie einige Zeit resultatlos die Luft nach Anhaltspunkten für Geisteranwesenheit durchspäht hatte, »daß wir uns jetzt partout auf Dämonen festlegen. Da kann mit dem Windstoß schließlich genauso auch eine gute Fee zugestiegen sein, wer weiß: ein Begleitschutz, den Alzine geschickt hat, weil sie froh ist, daß Besuch zu ihr kommen will?«

Das sei allerdings wahr, griff der Junker diesen Strohhalm der Zuversicht auf und spürte, wie sich um seinen Magen der Krampfkranz zu lösen begann. »Mein Gott«, ermannte er sich nun, »es ist doch nicht das erste Mal, daß ich glaube, mir schaue jemand aus dem Jenseits oder von sonstwoher über die Schulter. Was können die schon wollen, wenn sie unsichtbar bleiben? Ist ja langweilig!« sagte er, schon recht frech, an der Markgräfin vorbei in die leere Wagenecke. »Zeigt Euch, wenn Ihr was wollt! Na, wird's, Magister Berthold. Hopp, ins Fleisch gesprungen.«

»Ich werde dir schon klarmachen, warum du besser ins Jenseits paßt«, trumpfte auch Irene auf und streckte ihre eng angewinkelten Beine wieder aus. »Im Grunde haftet Geistern nur so etwas wie der blanke Neid aufs Lebendige an«, informierte sie nun eher intuitiv als aus präziser Kenntnis den Junker.

»Wer was will, soll vortreten!« riskierte der aus der komplizierten Denkwallung, daß das kurzlebig Fleischliche vor dem andauernden Geisterhaften einen unabweislichen Sympathievorrang habe. Er teilte das der auf seinem Schoß sitzenden Markgräfin mit, die aber kurz nachdachte und dann erklärte: Vorrang, Nachrang, das löse sich alles in Zusammenhang auf, nein, füge sich zum Zusammenhang – lösen, fügen, ach, sie wisse nicht, jedenfalls: Ein Gespenst sei ein Gespenst, eine Nelke sei eine Nelke und ein Gespenst mit einer Nelke halt ein Gespenst mit einer Nelke ...

»Ei nun, gibt's hier Wortspiele«, wachte Meister Johannes wieder auf. »Aber auch bei mir war's fein lustig. Habe ich doch geträumt, die Alzine hat mir eben den Bart gekrault.«

Keine Viertelstunde später rief es von draußen herein: »Da vorn ist was! ... Ich halt mal besser!«

Der Reisewagen hielt.

Jäh verspürten die Reisenden, selbst der bisher so gelassene Wissenschaftler, daß ihnen die Knie weich wurden. Man war wohl angekommen.

»Nicht zu fassen«, erklärte die Markgräfin, dann jedoch, während sie sich mit sicheren Griffen die Pelzkappe fester steckte: Sie wisse nicht, wo ihre Aufgeregtheit abgeblieben sei. Sie sei weg. Wahrscheinlich sei ihr Nervensystem mittlerweile so gebeutelt, daß es sich schlichtweg weigere, nach all den Veitstänzen nun noch einen Veitstanz aufzuführen. Wohl sei ihr. Einer still ausgestreckten Adlerschwinge gleiche sie. Man brauche sie jetzt nicht mehr zu schonen. Sie befinde sich nun nicht mehr im Diesseits, sondern im friedvollen und wachen Jenseits ihres Zusammenbruchs. Man möge nun aussteigen und guter Dinge das Gewaltige angehen. »Nehmt unseren Kasten, Meister! Und Ihr, Jörg, seid so freundlich und reicht uns noch einmal den Branntweinkrug.«

Der Tonkrug machte die Runde. »Auf, ihr Herren! Wir erleben was. Ich meinerseits bin damit einverstanden. Mein Leben ohne die Schwelliner Fahrt wäre ein Leben, in dem die Schwelliner Fahrt fehlen würde. Ich weiß, ich weiß – wäre die Fahrt nicht gewesen, wäre heute etwas anderes gewesen. Doch wahrscheinlich nur ein Burgtag. Mein Burgtag ist voll, ich bestreite das nicht: randvoll. Muß ich das überhaupt sagen, wo ›randvoll‹ ohnehin die einzige Maßeinheit ist. Aber schaut selbst! Jetzt bin ich hier. Ich kann den Tag auf der Burg, wo er nun einmal nicht stattfindet, missen. Was denn sonst, da er gar nicht da ist … und andererseits: Wie sollte ich es zustandebringen, das zu missen, was sich eingestellt hat? Ja, es läuft zu Lasten unserer Nachdenklichkeit doch immer darauf hinaus, daß an seinem Ort, zu seiner Zeit immer nur Eines ist – nicht Zweierlei, nicht, wie wir's am liebsten hätten, ein geeintes Vielerlei. Immer nur das Eine, das mit einem Anderen keine Nachsicht übt. Wir haben uns bei ihm oder bei dem Anderen einzufinden. Da ist man von Atemzug zu Atemzug auf Reise. Und die Erde, Meister, sie ist gar nicht so, wie sie aussieht. Sie ist unser Zeitraum, der ganz ohne Lücke mit Töpfen vollgestellt ist. Und in mehreren Geschwindigkeiten gleichzeitig wird von uns nichts anderes getan, als von dem einen in den anderen Topf zu stapfen. Langsam tun's unsere Lebenszeitalter. Am schnellsten und fahrigsten tappen unsere Gedanken, denn sie sind so viele und so frei. Und dann das Herz, ach, das Herz und sein Tempo! Sein großes Straucheln durch das Töpfeland. Auf zwei Beinen mögen wir stehen, innen aber leben wir als Tausendfüßler. Und was für einer! Während links hundert mutige Gedankenbeine in Galopp gefallen sind, beginnen rechts vorn fünfzig Erinnerungsfüße in die Gegenrichtung zu traben, schleifen ihm rechts hinten hundert blutige Herzensbeine hinterher, sind in der Mitte zehn gebildete Vernunftsknie steif durchgedrückt, und es windet sich das ganze Wesen obendrein vielleicht gerade aus einem Kummertopf in einen Hoffnungstopf hinein. Aber ich habe 740 Beine vergessen, wie sie heißen, was sie tun und wie flink … Doch die Gedanken werden mir nicht nur zu säuberlich, sie werden auch zu groß. Das Leben könnte sie schon unter seiner Fußsohle kitzeln fühlen. Aber nein, nicht dort, sie sind ja irgendwo im Leben drin.«

Ohne sich weiter um die Reaktionen der zwei Herren zu

kümmern, öffnete Irene, die also versucht hatte, darzutun, warum sie sich beruhigt habe, den Wagenschlag und stieg aus.

Es drang nicht an ihre Ohren, was das doch für eine Widersinnigkeit sei: Just im Moment der gefahrvollen Ankunft gerate diese Frau in philosophische Redseligkeit.

Bei der Markgräfin laufe einiges sehr quer, mußte Jörg leise zugestehen. Man stehe wohl auch nicht ohne Grund mitten im Moor in Hexennähe ...

»Das interessiert mich jetzt alles nicht«, schnitt ihm Meister Johannes jedes weitere Laienwort ab. »Uns interessiert, was die hier wohnhafte Dame kann. Was sie nützt.«

Damit packte er den Kasten mit der Glühbirne unter den Arm und stieg voller Resolutheit aus. Junker Jörg nahm es hin, zur Zeit zum reinen Anhängsel heruntergekommen zu sein. Für sein eigenes Wohlgefallen zog er mit Eleganz wenigstens das Barett schräg in seine Stirn.

Was die drei vor sich erblickten, war weder so, daß sie vor lauter Unfaßlichkeit entseelt umgefallen wären, noch so, daß es in ihnen nicht einiges Staunen hervorgerufen hätte. Es war vielmehr so, daß ihre Gesichter auszusprechen schienen: »Oh! – Doch warum auch nicht!«

Alzine wohnte nämlich nicht nur irgendwo, nämlich in der tiefsten Schwelliner Heide, sieben beschwerlichste Wagenstunden von Kolberg, sondern sie wohnte auch irgendwie, nämlich dort hinten, in einem dicken Klotz von Turm, der grau und leicht zur Seite geneigt, fast ohne Mauerschlitze über die wüste Gegend ragte. Sein Fundament war den Blicken völlig verborgen, was nicht am Nebel lag, der nämlich hier am Hexenturm eine eigentümliche Enklave reiner Winterluft ausgespart hatte. Aber dicht an dicht, offenbar auch mehrfach gestaffelt, waren hohe Wacholdersträucher wie ein natürlicher Palisadenwall um den Turm gepflanzt.

»Wie düster das Ganze«, flüsterte Junker Jörg. »Beklemmend. Hier schreit nicht Krähe noch Lerche.«

Meister Johannes dachte in eine andere Richtung. Das widerspreche ja nun kraß den Gerüchten über ihre Allmacht, daß man Ihro Magische Magnifizenz hier nun also tatsächlich besuchen könne. Daß man sie in irgendeiner Form sogleich auch vor sich sehen werde!

Vielleicht, nein, ganz bestimmt zu voreilig rümpfte er über das nur begrenzt geheimnisvolle Anwesen seiner schwarzalchimistischen Konkurrentin die Nase: Ein schiefer Turm im Moor, nun gut! Was sich mit gutem Gewissen der Allmacht rühmen dürfe, das müsse ihm schon endgültiger das Blut gefrieren lassen, das dürfe sich überhaupt nicht besuchen lassen, das dürfe im Grunde gar nicht zu finden sein.

Damit habe Alzine dem Lieben Gott aber immerhin voraus, daß man sie etwas fragen könne, enervierte sich Irene nach der Reiseplackerei über des Meisters Allmachts-These.

Mit weit ausholender Armbewegung schickte der Kreuzbader sich an, die Führung zu übernehmen, und marschierte schon los.

Als sei nun von irgend etwas die Ankunft der Moorfahrer registriert worden, hörte der Wall aus Wacholdergesträuch ganz abrupt auf, seine vertraute bläulichgrüne Farbe zu haben. Etwas war in den Gewächsen in Aktion getreten. Von den Wurzeln bis zu den Spitzen hinauf begann ein helleres Schimmern, ja bald ein Leuchten, das den ganzen Umkreis des Hexengeheges in fahlen Schein tunkte. Keine Minute mochte vergangen sein, und die zuvor so friedliche Wacholdermauer war in einen aberwitzigen Lichtfuror geraten. Aus dem sanften Schimmern und Leuchten der im engen Zirkel stehenden Sträucher wurde urplötzlich ein Lichtgewitter, das die Reisenden und ihren Kutschknecht mit einem Satz hinter den markgräflichen Reisewagen zurückspringen und den Rappen kerzengerade mit den Vorderbeinen in die Höhe schießen ließ. Eine hundertfache Salve von giftgrünen Leuchtzacken fauchte aus Alzinens Wacholderbestand in die diesige Luft empor und ließ gewiß noch die weitentfernten Torfleute sich jetzt voller Grauen flach auf den Boden werfen.

»Da!« schrie Irene, von oben bis unten wie mit Grün angepinselt, gleich allem übrigen um sie herum, und streckte ihre Hand aus. Wie Wogen und Dünung quollen zwischen den fürchterlichen Sträuchern lind- und mattgrüne Wolken hervor, die behend voranrollten und in Windeseile die aufbrüllenden Hexenfahrer überwalzt hatten. Sie sahen sich nicht mehr, klammerten sich aufs Geratewohl aneinander und erkannten mit Zagen, daß nach der lindgrünen Lichtwalze eine noch dickere, moosgrüne über sie hinzurollen begann. Nur Grün! glaubte der Junker – er hatte seinen Kopf zwischen Irenes Brust und des Baders Ellenbogen gequetscht – als letzten menschlichen Gedanken zu haben: Nur Grün, sie wird uns in Moose verwandeln, in Frösche! Würde er seine Freunde und sich selbst gleich quaken hören, oder quakte er jetzt schon? Ein furchterregender, diesmal dröhnender Tornadoschub nahte sich und begrub die Neuzeitmannschaft in modriger Dunkelheit.

»Da, der heilige Georg!« rief Meister Johannes aus, und nicht feststellbar, ob nah oder fern, ob groß oder klein, sahen die acht aufgerissenen Augen durch das tiefgrüne Gewühl der Lüfte auf seinem Schimmel in blinkendem Harnisch den heiligen Drachentöter dahersprengen. Mit seiner rechten Hand umfaßte er sein weißes Banner, die linke hielt die Lanze umgriffen, mit der er schräg hinauf gegen das Firmament zu stürmen schien. Kleiner und kleiner wurde die helle Gestalt von Reiter und galoppierendem Streitroß. Bald war sie ein Punkt, bald verschwunden hoch oben im schlickgrünen Ungewitter.

»Das war Sebastian!« riefen Irene und Jörg wie aus einem Munde und jauchzten über die Erscheinung auf. Nach dem Vorbeipreschen himmelwärts begannen sich die Wirbel zu legen, wurde das Licht dünner, sank es in immer bleicheren Schwaden zu Boden, ließ es die besänftigten Sträucher durchscheinen, zertröpfelte es schließlich im moorigen Erdreich.

Die vier krochen hinter ihrem Wagenschutz hervor. Trotz

allem ging es ihnen noch besser als ihrem Kutschpferd, das – selbst der wackre Hans hatte von so etwas noch nie erzählen hören – ohnmächtig auf seinem Pferdehintern saß und bei geschlossenen Augen den vergrünten Odem aus den Nüstern pfiff.

»Sapperlot!« merkte stellvertretend für alle Meister Johannes an: Er habe den Leuchteffekt vor Augen, der gestern vormittag von ihrer Glühbirne erzielt worden war.

Wiewohl es trügerisch sein mochte, war drüben um den Turm, im Hexenhain wieder Ruhe eingezogen. Kein Moosdampf wallte mehr. Kein lindgrüner Kugelblitz schoß.

Ratlos stand man nun vor dem Zweck der kaum verebbten Grünkanonade. War's eine letzte Warnung gewesen? Ein Willkommensfanal? Etwas Zufälliges? Irene schlug vor, darauf zu bauen, daß die Farbe Grün ja zumeist etwas Nettes ausdrücke, auch die Couleur des Frühlings sei – und dann sei ja ihr Sebastian über den Himmel geritten.

Junker Jörg indes stellte bei sich tatsächlich fest: Es lag an seiner Faulheit, daß er hier lieber weitergehen als in den Wagen zurücksteigen wollte, um sich aufs neue sieben Stunden lang nach Kolberg zurückpoltern zu lassen. Ja, er meinte, aus Trägheit würde er es jetzt eher hinnehmen, von feurigem Rotlicht verschlungen zu werden, als den Fuß einen einzigen Schritt rückwärts zu setzen.

»Vorwärts«, forderte er seine Genossen auf und behielt für sich, nur aus Unlust an der Rückkehr nicht das ihm viel näherliegende ›Zurück!‹ gerufen zu haben. Mit einem bemühten Lächeln kölnischer Tatkraft nahm er Irenes Blick entgegen, mit dem sie seiner Courage einen Orden verlieh. Wie konnte die hohe Frau auch merken, daß sein ganzer Vorwärtsmut nur aus Rückwärtsunlust bestand? Sie kann's nicht merken, ging es Jörg durch den Kopf. Sie ist ja eine, die sich an Resultate und nicht an Gründe hält, die nicht herausfinden wird, daß es nichts anderes als die kleinere von zwei Trägheiten ist, die hier als Tat erstrahlt.

Mit mächtig von der Gefahr geweckten Sinnen setzten die drei sich in Marsch. Neben allen eventuellen Bewegungen des Hexenhains hatte man obendrein auf das viel schlichtere Moor achtzugeben, denn nur weil die Wacholder gefährlich waren, war der Sumpf noch lange nicht ungefährlich geworden. Da und dort gluckste er nach einem Fehltritt.

»Ein Tor, eine Schneise sehe ich nicht. Wir müssen zwischen den Sträuchern durch«, diagnostizierte Meister Johannes. Kurz überlegte er, unter welcher Bezeichnung er nach der Heimkehr – die ausgerechnet er voraussetzte – diesen so entlegenen, nun aber aufgespürten Hexenverschlupf in die Landkarten eintragen würde. Hier mußte es sich um etwas Letztes, noch nicht Erfaßtes auf pommerschem Boden handeln. Gehandelt haben. Bei diesem Gedanken überkam ihn die große abendländische Lust, ein Stöckchen in die Erde zu bohren, sein Schnupftuch dranzubinden und das Fähnchen der Vereinnahmung im Winterwind wehen zu lassen. Würde es später aber nicht leider heißen: ›Die Schwelliner Wacholderklause, entdeckt unter Irene I.‹? Gar nur, ohne alle Namen: ›Die Schwelliner Wacholderklause, entdeckt 1348‹? Mit Gewißheit wenigstens nicht: ›... unter Mitwirkung eines kleinen Hanse-Angestellten‹! Ein wenig betrübt spürte Meister Johannes das verdammte Damoklesschwert der ungerechten Geschichtsschreibung durch seine Mütze schneiden.

Nicht unähnlich waren neben ihm die Gedankenschleifen der vorantappenden Markgräfin, der die neuerliche, blanke Rittererscheinung noch in den Knochen rumorte. Wenn die Geschichte mit Sebastian irgendwann einmal von der noch so ausgeprägt fleischlichen Ebene auf eine edelmütigere gehoben sein würde, mochte aus ihrer auserwählten Person wohl noch eine allerorten verehrte Pestheilige werden. Hinter ihrem Kopf würden die Kirchenmaler auf dem Hintergrund der Altarbilder in den Irene-Kapellen immer den geheimnisvollen Sendboten über die Leinwand sprengen lassen. Sie schaute zum Junker hinüber. Ach, der hatte solche Ambitionen, vielleicht einmal heilig gesprochen zu werden, wohl nicht. Der machte es sich leicht, indem er den sympathischen Zeitgenossen abgab, unter Verzicht auf jedes

Durchdrücken eines überpersönlichen Fanals. Nette Spreu in, nun ja, betörenden Streifenhosen, dachte Irene, ein Näschen, ein Po, um frohgemut zu bleiben.

Gerade als ein stichelnd eisiger Nieselregen über der trüben Schwelliner Ebene niederzugehen begann, schlüpften die drei über den weichen, krautigen Sumpfboden in den ersten Kreis der bollwerkhaft gepflanzten Wacholderbüsche. Das Singen des Regenwinds, das Kratzen und Knacken von struppigem Gezweig, die Erdschmiere unter ihren verdreckten Schnabelschuhen und Sandalen versetzte die Voranpirschenden in einen fiebrigen Zustand. Sie mußten damit rechnen, jetzt, wenn nicht schon seit längerer Zeit, einer eigentümlichen Strahlung, einem Zaubergas ausgesetzt zu sein.

Konnte man wissen, wie weit es reichte? Bei ungünstigem Wind vielleicht bis hin zu den Torfleuten, gar bis in die Amtsstube der Äbtissin im Kloster Schwellin, die hin und wieder etwas Merkwürdiges tat, Absonderliches dachte, ohne auch nur den geringsten Verdacht zu hegen, daß es der Ostwind war, der ihr das Hexengas durch die Fensterläden ins Hirn pustete.

Irene begann durch den Mund zu atmen. Sie wollte lieber gar nicht erst riechen, was ihr mit der Luft des Hexenhains eingeflößt wurde. Womöglich standen bei Windstille ganze Regionen der Markgrafschaft unter der Einwirkung einer von hier ausströmenden Substanz! Formte dieses vermutliche Zeug etwa daran mit, daß Hinterpommern typisch Hinterpommern und nicht eher wie Dithmarschen war? Vielleicht hatte es Einfluß auf den Dialekt, darauf, daß die Alte in Rodenow schon heute starb und nicht erst in sechs Jahren.

Irene fühlte sich gänzlich ungreifbaren Gassystemen ausgeliefert, die hier im Lande die Dinge zu regeln begonnen hatten, die sich unter Umständen gewaltige, tonlose und geruchsfreie Vormachtskämpfe lieferten. Da mochte sie, die weltliche Herrin, still in ihrer Kemenate sitzen und sticken und erfuhr durch nichts, daß das Alzinengas ein Rivalengas ausgeschaltet hatte und nun daranging, sich mit seinen mysteriösen Programmen in die pommerschen Adern zu schleichen. Wenn man nach dem Sticken schlafen ging, konnte es schon sein, daß einem von diesem Hain aus der Lebenssinn umgemodelt ward, daß man vor zwei Stunden am Deutschen Reich noch Gefallen, es nun aber reif zum Schlachten fand. Wie war unter solchen Gasschüben, die eine Alzine mit ihren Gegnerinnen ausfechten mochte, überhaupt noch jemandem im Land zu trauen? Mochte heute ein Gemüt von reiner Luft genährt sein, konnte morgen in den Lungenflügeln der Hexenbrodem schwirren. Wieso tat man, wieso tat sie, Irene, denn überhaupt noch irgend etwas, wenn sie von sich selbst nicht einmal wissen konnte, welche zum Beispiel in diesem Augenblick zusammengekochten Befehlslüfte durch ihren Mund einströmten?

Wer war denn noch sozusagen ein Ich-Selbst? Den Mann mit dem schweren Eisenkasten unterm Arm, der sich neben ihr durchs Gestrüpp kämpfte, Meister Johannes zu nennen besagte ja nichts! – Und doch, merkwürdig, einzuschätzen blieb er trotzdem, noch hier, vielleicht nur vierzig Ellen vom Herd entfernt, wo die Mutationsaromata dick aus dem Kessel quollen.

Mit manchem Kratzer auf Stirn, Nase und Händen war man vor dem letzten Zirkel des düsteren Wacholderwalls angelangt. Junker Jörg machte ein Zeichen stehenzubleiben, hier, wo sie sich ein letztes Mal der Verborgenheit erfreuten. Sie erspähten, daß vor ihnen eine Wiesenlichtung lag, aus deren Mitte auf klobigem Findlingsgestein der dicke Hexenturm wuchs. Unter seinem Gewicht mußte das feuchte Erdreich nachgegeben haben, und eine Seite seiner Grundmauern war abgesackt. Doch was den dreien viel mehr auffiel als dies, war eine Frau, die in einem Gärtlein vor der eisernen Turmtür Unkraut hackte.

»Da hätten wir sie also!« versuchte der Bader die Gefahrenträchtigkeit dieser Momente fernab von Burg und Dom herunterzuspielen. Wie die feinste Wiege der Welt schwebte ihm sein Hospiz vor Augen, in dem er – das war klar – keine ruhige Minute zugebracht hätte, wären der Sekretär und die hohe Frau ohne ihn auf Reisen gegangen.

»Noch und noch und noch können wir überlegen, ob wir den Fuß vorsetzen oder nicht«, kam es hinhaltend vom Junker, der sich seine Haarschleifchen richtete, um einer eventuell bevorstehenden Verzauberung in die erwähnte Spinne oder etwa in ein Erdferkel wenigstens mit einer gewissen Grandezza entgegenzugehen.

»Noch ist sie viel ahnungsloser als wir«, taxierte die Markgräfin. »Übrigens lebt wie jeder auch eine Hexe nur davon, daß sie Begegnungen hat, meine Herren. Also denn! Wenn die da drinnen mich in der Mitte durchbrechen sollten, wird's immer noch blaues Blut sein, das ihnen entgegenspritzt«, gab sie kund, der Haus-Devise folgend, mit der auch ihr Vater anno 41 vors feindliche Nowgorod gezogen war.

»Ihnen? Sind denn da mehrere Alzinen?« fragte berechtigterweise der Junker nach, aber zu spät: Würde die fleißig ihre Kräuterrabatten säubernde Alzine auf Eindringlinge unmutig reagieren, so mußte Irene ihr erstes Opfer werden. Entschlossen war sie aus ihrem Wacholderversteck vorgetreten und rief zum Gärtlein hinüber: »Gott zum Gruß, gute Frau!«

Das Resultat des markgräflichen Brückenschlags war gleich Null. Die vermeintliche, in einen schlichten, bodenlangen Wollumhang gehüllte Hexe, der die dünnen, grauen Haarsträhnen bis über die Schultern hingen, blickte nicht auf, hielt im Unkrauthacken nicht inne und schien außer von Brennesseln und Quecken zu ihren Füßen von nichts Notiz zu nehmen. Verdutzt wandte sich Irene nach ihren Begleitern um, die nun auch hervorzutreten wagten.

»Satanas mit dir, alte Ziege!« ergriff Meister Johannes die Initiative, nachdem er seiner Landesherrin mit einem Blick klargemacht hatte, wie fruchtlos es war, hier ›Gott‹ und ›Gute Frau‹ hervorzukehren.

Doch Kolbergs Chefbader – was er an diesem 11. Dezember jedenfalls die längste Zeit gewesen sein sollte – mußte einsehen, daß auch seine Fachkenntnis ins Leere stoßen konnte. Das Weib im blaßgrünen Wintergärtlein bückte sich nur und zupfte zwischen ihrem Salbei ein paar Gräser aus.

Der sich etwas blamiert fühlende Bader rettete sich in die Feststellung, wie interessant das sei, so eine Hexe, die nicht auf ihre Stichworte parieren wolle. Hier tue sich ihnen allen ein ganz neuer Forschungsbereich auf. Unterdessen war auch das »Buongiorno, cara strega!« des Hanse-Sekretärs ohne jede erkennbare Wirkung geblieben. Hier wurde offensichtlich nicht nur Italienisch nicht verstanden, hier wurde gar nichts gehört. Stocktaub war sie also geworden, sie, die einst den 4000 Burgundern entgegengetreten war.

Enttäuscht, aber auch wesentlich ungehemmter gingen die Kolberger Besucher über die nasse Wiese näher an die tüchtige Alraunenzüchterin heran. Ihr welkes, immerhin geheimnisvoll altersloses Gesicht war einen Moment im Profil gut zu sehen. Schön mußte sie einst gewesen sein, so schön wahrscheinlich, daß man, genauso wie bei den besonders häßlichen Weibern, schon früh hatte erkennen können, daß da Hexenblut in ihr pulste.

Mit einem Schreck blieben die Besucher mitten auf der ungeschützten Wiesenfläche stehen. Alzine hatte sich mit ihrer Hacke einem mit Eissalat bestellten Beet zugewendet und hatte dabei ein paar Momente lang ihre grauen Augen genau auf die Eindringlinge gerichtet gehabt.

»Blind, die ist auch noch blind! Die ist nur noch eine Ruine ihrer selbst!« konnte Meister Johannes seinen Freunden mit einer wegwerfenden Handbewegung kundtun und empfahl der Markgräfin, am besten schon heute die Hand auf diesen Wehrturm zu legen, denn an elecktrischen Zaubereien werde hier nichts mehr zu holen sein. »Nur frisch drauflosmarschiert«, munterte er auf und hatte schon das bescheidene Gärtlein erreicht.

Gottseidank sei ja leider nichts Übernatürliches mehr zu erwarten, meinte auch Junker Jörg, wurde neugierig aufs Turminnere und ging forsch dem Kreuzbader hinterdrein. Alzine richtete sich langsam auf. Als hätte sie Rückenschmerzen, stützte sie sich am Stiel ihrer Hacke ab und hielt Gesicht und Augen frontal auf die Fremden gerichtet.

»Sie fixiert uns!«

»Ach was, blind wie ein Regenwurm!« riefen Junker und Bader sich zu.

»Was für ein friedvolles Antlitz«, klang es von hinten, wo es der Markgräfin wegen der völlig abwesenden Hexenaugen, die starr auf ihr ruhten, heiß und kalt über den Rücken rieselte. Irene, ob das nun wahrgenommen wurde oder nicht, nickte freundlich mit dem Kopf. Im offen dargebotenen Gesicht der Alzine zuckte keine Miene. Was sich an ihr bewegte, war allein das dünne Haar, in dem der Dezemberwind spielte.

»Wir können weitergehen. Sie sieht uns nicht. Die Augen zwinkern nicht einmal«, beruhigte Meister Johannes, der es nicht aushalten wollte, noch länger vor diesem effektlosen Medusenblick stehenzubleiben.

Der Junker schrak zusammen. Er sah zu, wie der Bader tatsächlich frisch durchs Eissalatbeet stieg, dicht vor der hoch aufgerichteten, bleichen Alt-Zauberin eine Reverenz machte und biedersinnig mit beiden Händen nach den ihren faßte.

Im Hintergrund hielt sich die Markgräfin die Hände vors Gesicht. Was sie dennoch durch ihre Finger hindurch sehen konnte, ließ sie Pommern und Pest vergessen: Der Bader, der so hervorragend treuherzig nach der Hexenhand gefaßt hatte, hatte nichts anderes als seine eigenen zwei Hände zu fassen gekriegt und noch nicht gemerkt, daß er sich selbst Guten Tag sagte. Jetzt erkannte er's. Irene sah, daß ihr Bader aus lauter Verdatterung sein Gleichgewicht verlor, vornüber fiel, und zwar, vor den aufgerissenen Augen des Junkers und der Markgräfin, mitten durch den Leib der kerzengerade dastehenden Hexe hindurch.

Da schlotterte ihr langes Wollgewand wie unberührt im Wind, und da strampelten gleichzeitig die dicken Beine des Baders, da sah man seine Schuhsohlen genau dort, wo die Kniescheiben der alten Hexe sein mußten.

Junker Jörg sprang weit zurück. »Er ... er ist durch sie

hindurchgefallen!!!« rief er stotternd Irene zu, die das ja selbst sah und ihrerseits paralysiert mitverfolgte, wie mitten in der Hexe der aschfahle Bader mühsam wieder auf die Beine kam und sich sein Hinterkopf mit dem Gesicht der Alzine zur haarigen Visage vermengte. Als der Bader sich seinen Gefährten zuwandte, hatten die nun ein Doppelantlitz vor sich. Eine Ebene davon schnaufte und war wie vom Blitz gezeichnet, die andere blickte reglos weiter geradeaus.

»Er ist weg!« schrie der Junker angesichts dieses Schauspiels und sprang noch einmal zurück: »Sie hat ihn aufgesaugt!«

»Wo ist sie? Sie war doch eben noch hier!« rief in diesem Moment der in der Hexe befindliche Bader zurück und schaute sich nach allen Seiten um.

»Da! Da!« rief mit brechender Stimme die Markgräfin hinüber und wies mit ihrem blutleeren Zeigefinger genau dorthin, wo Meister Johannes stand.

»Wo?« fragten zwei von den vier Lippenlinien. Irene schwanden die Sinne. Da waren auch vier Arme, einer stützte sich auf die Hacke, einer hing müde herab, zwei fettere im Wams gestikulierten umher, vier Augen, zwei starre, zwei aufgedunsene, dicht an dicht unter einer doppelschichtigen Stirn. Hatte Alzine nun eine Filzmütze auf, oder wuchsen dem verschlungenen Alchimisten die Altweibersträhnen vom Kopf?

Während die Markgräfin außer einem tiefen Schwarz mit funkelnden Sternchen nichts mehr vor Augen hatte und wie ein erlahmender Kreisel rundum schwankte, sah Jörg, daß die Hexe sich vorbeugte, mit ihrer freien Hand wieder nach Quecken griff und daß dort, wo ihr Oberkörper gewesen war, nun klar und eindeutig der Oberkörper des Baders aus dem Hexengewand ragte. Unruhig schaute Meister Johannes um sich.

»Seht Ihr sie?« rief er drauflos und trat, von seinem Sturz hinkend, zwei Schritte vor.

»Na, da ist sie ja!« meldete er kopfschüttelnd. »Da rupft sie ja wieder!«

Ehe Junker Jörg ihm etwas klarmachen konnte, geschah es, daß Meister Johannes der Gebückten auf die Schulter klopfte, diesmal aber selbst sah, wie seine Handfläche hindernislos quer durch den Rücken und die Brust auf seinen eigenen Schenkel niedersauste.

Ein zweifaches, vom Schock geprägtes »Aha!« zeigte an, daß der Kreuzbader endlich kapiert hatte, was hier gezaubert wurde. Mit einigen weiteren »Aha!« auf den Lippen strauchelte er rückwärts, um sich dann einfach ins nasse Wiesengras fallen zu lassen. Jetzt mochte es ihm dämmern, daß er einige Zeit mitten in der entleibten Gärtnerin zugebracht hatte.

Doch der Meister erwies sich als hart im Nehmen. »Teufel nochmal!« brachte er nach nur kurzer Besinnungspause hervor: »Wie ich solche unerwünschten Unerklärlichkeiten hasse!« Und er rappelte sich wieder auf aus dem Gras mit den Worten, das sei ihm hoffentlich zum letzten Mal passiert, vor lauter Erlebnis nicht registriert zu haben, was und wie etwas gewesen sei, zum Exempel da drin in dem leeren Leib. Es sei gar nicht nach seinem Geschmack, erst hinterher zu erfahren, was vorher Besonderes los gewesen sei. »Schauen wir uns diese Hülle mal an!« rief er die beiden anderen herbei. Das Stöckchen, das er auflas, um damit ein bißchen in der Hexe herumzustochern, ließ er mit einem Gedanken an das pietätvolle Gehabe seiner Landesherrin wieder fallen. Zögernder als er probierte sie es, eine Hand mal durch den Oberschenkel, mal durch den Unterarm des jätenden Gespensts zu schieben.

»Sie hat sich bis auf die passivische Optik ausgelöscht«, konnte der Alchimist unschwer als Untersuchungsergebnis festhalten, wenngleich damit auch noch nicht erkannt war, warum das rein optische Wesen nicht nur eine Hacke festzuhalten, sondern obendrein auch noch Unkraut aus der Gartenerde zu zupfen in der Lage war.

»Wenn man sie doch irgendwie verpacken könnte, um sie nach Kolberg in mein Magazin zu schaffen.« Es half nichts. Sooft Meister Johannes an den verschiedenen Extremitäten der Alzine – man ging mangels eines anderen Gedankens jedenfalls davon aus, daß es die quasi schon zerfallene Vogesen-Kirke war – zupackte, so oft blieb seine Hand auch leer. Mit Verdruß mußte der berühmte Alchimist es sogar hinnehmen, daß das Phänomen sich wieder einmal aufrichtete, sich die Strähnen aus dem friedvollen Gesicht wischte, dann mitten durch ihn hindurch zu einem Garteneckchen, wo der Thymian sproß, ging und bei diesem Durchgang ihm nur ihre durchaus harte Hacke gegen das Schienbein schlug. Während der wütende Bader noch Au rief, lobte der Junker Gott im Himmel, daß die Frau ihre Hacke ausgerechnet so gehalten hatte, da sie sonst den Gefährten damit geradezu hätte tranchieren können.

»Schaut nur, wie vornehm, wie wunderbar ruhig dieses Wesen aussieht«, stellte Irene fest und fing an, sich für das stille Tun der ausgelöschten Alten zu begeistern. Klaren Auges und mit sanft geschlossenen Lippen zupfte sie die Grashälmchen.

»Nun, wenn sie gewollt hat, daß von ihr nur die ›Passivische Optik‹ da ist, dann sollte man sie auch lassen«, schlug Irene vor und hatte einen schönen Moment, in welchem sie die Atmosphäre im entlegenen Wacholderhain als sehr wohltuend verinnerlichen konnte: Weit weg war hier alle Zivilisation, da breitete sich unberührt wie am Schöpfungsmorgen das Moor aus, da umgaben dunkle Wacholder einen prachtvoll dicken und schiefen Turmklotz, vor dem ein Gemüsegärtlein fürs Nötigste lag. Hier, wo die Alte sich verschanzt hatte, herrschte Frieden, wehte eine frische Seeluft. Hier war ein unangetastetes, würdevolles Ende zu verbringen. Mit einer Idee für ihre eigene Zukunft malte sich die Markgräfin aus, wie sie selbst in dreißig, vierzig Jahren ohne einen Begleiter hier eintreffen könnte, um in der Wacholderklause ihre letzte Lebensruhe zu finden. Im Moment wollte sie diesen pommerschen Moorfleck jedem Platz in Flandern oder der Toskana vorziehen. Es schien ihr, es sei viel eher hier, in Dunst und Nässe, der Ort, wo man mit der Geisterhaftigkeit von Diesseits und Jenseits ins vertraute, beredte Schweigen treten konnte.

»Ich würde sie wirklich zu gern im Magazin haben«, unterbrach der Bader mürrisch das Ödlandsehnen, hob ein spitzes Steinchen auf und pfefferte es der offenbar ganz fühllosen Gärtnerin wütend durch den Unterleib. »Dann bleibt sie halt hier. Ist ja sowieso langweilig, ein derart reibungsfreies Unwesen!«

»Was machen Sie mit Tante Drusilla!«

Nicht einer der drei Eindringlinge hatte die Turmtür im Auge behalten. Sie wurden der erbosten Hausherrin gewahr, die ihrem Aussehen nach etwas älter als die Markgräfin sein mochte.

Aber wie sonderbar war die Aufmachung, in der sie vor der Eisentür stand. Bis zu den Knöcheln hinab war sie in mehrere Tücher aus Leinen gewickelt, die nur die Arme und eine Schulter freiließen. Auch von ihrem Haar war nichts zu sehen. Eine Art Turban war um ihren Kopf gewunden.

»Das ist maurisch«, flüsterte Jörg, der bei seinem Italienbesuch von 1343 an der Rialtobrücke auf eine leibhaftige Mohammedanerin gestoßen war.

»Altrömisch!« gab der Alchimist leise und noch besorgter zurück, denn nun schwebte etwas von den Giftköchinnen Messalina und Agrippina über der nassen Wiese, auf der sie sich vorkamen wie die Zeisige auf der Leimrute.

»Wir wollten nur ...«

»Ja, was? – Meine Tante mit Steinen bewerfen?« Die erzürnte Magierin trat von der Turmtür einen Schritt vor. Ihre Besucher wichen zwei Schritte zurück.

»Es war so interessant, daß sie so außergewöhnlich wenig davon mitkriegt!« Falls dieser Satz des Junkers ein Schachzug gewesen war, dann konnte er sich dazu gratulieren. Ohne plump eine intensive Anteilnahme am Zustand der Muhme zu heucheln, hatte der Hanse-Sekretär es dennoch erreicht, die Worte der unberechenbaren Turmfrau ins Fließen zu bringen.

»Allerdings ist das interessant« sagte sie, zuerst noch etwas geharnischt, und stemmte sogar ihre Hand in die weiß drapierte Hüfte: »Die Dame, die Sie dort Unkraut hacken sehen, die – wie Sie mit ein bißchen Sprachgefühl nun wissen könnten – Römerin ist, gehört zum Weltbewegendsten, was Sie weit und breit finden können. Und sie hat, weiß der Teufel, schon anderes erlebt als die diesjährige Adventszeit in den hiesigen Sümpfen.«

Die als neue Messalina gekleidete Frau schnippte erschreckend laut, womit sie offenbar einer Rage Luft machte, und sagte mit kräftigem Organ über die beachtliche Entfernung hinweg zu den Herrschaften auf der Wiese: »Ohne ihre Pflanzenkundigkeit wäre – ich nenne nur ein paar Namen – ein Knäblein wie der junge Scipio Africanus nie von seinem Keuchhusten geheilt worden. Ohne ihre Versiertheit in Aphrodisiaka hätte Seneca nie im Leben die Zeugung seines Philosophensohns Lucius Annaeus zustandegebracht. Ohne ein Wurzelmittelchen meiner Tante wäre der Statthalter Pilatus schon bei seiner Einschiffung nach Galiläa am Fleckfieber weggestorben. Ohne Drusillas wohlpräparierten Baldrian wäre der Friedenskaiser Hadrian der reinste Hysteriker gewesen ... So, jetzt kennen Sie sie«, sprach sie und hielt allein schon durch ein kurzes Auf-und-Abgehen vor dem Turm die baff stierenden Besucher in Schach: »Und gar nicht uninteressant ist ihr jetziger schwacher Zustand: Man mag es Sentimentalität oder Unfortschrittlichkeit nennen, aber 453 hat sie bei der Eroberung Roms den Untergang der antiken Welt einfach nicht verkraftet.

Als die Goten auf dem Forum Lagerfeuer machten, hat sie ihren Freitod beschlossen. Mit ihrer Selbstauflösung geht's freilich nicht ruckzuck. Aber zur Zeit des Hunnensturms war sie immerhin schon fühllos. Als die Vandalen Nordafrika eingeebnet hatten, konnte sie schon nichts mehr hören. Als die Christenbande ihr wegen ihrer Amulette die Knochen brechen wollte, waren die Knochen schon weg. Als später die Kreuzfahrer sie eben deswegen verbrennen wollten, brannte sie nicht mehr. Als sie hier nach Deutschland kam, konnte sie längst nicht mehr sehen, daß von der Zivilisation nur noch die Porta Nigra übrig war. Als ein paar plündernde Landsknechte ihr die Haut abziehen wollten, war das nur noch ein Witz – ich meine, für meine Tante. Wie lang ihr äußerer Anschein noch hält, weiß ich nicht. Aber wie ich sie von früher kenne, wird diese feinfühlige Frau ganz verschwunden sein, wenn das Schwarz-Pulver seinen Siegeszug antreten wird.«

»Eine echte Römerin!« Junker Jörg, dem das Knallerbsen-Mehl eines pyromanischen Klosterbruders ein erstaunlich läppischer Finalpunkt des Auflösungsdramas zu sein schien, konnte es nicht fassen.

»Man sieht, wie's für alles eine einleuchtende Erklärung gibt. Deswegen kann man sie also nicht einpacken«, sagte Meister Johannes, wobei ihm seine Sensibilität nicht die besten Dienste leistete.

»Einpacken? Wen? Meine Tante?« Die Magierin beschleunigte ihr Hin-und-her-Gehen.

»Und erzählen tut Eure wunderbare Tante auch nichts mehr, von den Thermen in Rom, den sicher herrlichen Stoffen der Kaiserinnen? Von spätägyptischen Schmink-Raffinessen wird sie doch bestimmt noch gewußt haben?«

Mit diesem Thema von Frau zu Frau hatte die Markgräfin die Lage gerettet. Nachdem Alzine mit gefährlichem Blick den Bader fixiert hatte, richtete sie voller Liebe den Blick nun auf die stetig fleißige Gärtnerin, die einst mit nubischen Sklaven Spazierfahrten auf dem Aventin unternommen haben mußte – und das zu einer Zeit, in der ein Virgil seine Sommerfrische im schönen Bajä verbrachte.

»Drusilla war einst eine der bestfrisierten Vestalinnen der Hauptstadt ... nein, kein Wort sagt sie mehr. Wissen Sie, daß sie die legendäre Cleopatra nicht nur gesehen, sondern auch gesprochen hat? Zuerst ist es um Bäder in Eselsmilch gegangen, dann wurde über Giftschlangen geredet.« Vielsagend sprach Alzine den Satz aus: »Die ägyptische Königin wollte Genaueres über die Wirkung des Vipernsekrets wissen!«

»Aha – Caesar!« kramte Irene mit aller Mühe aus ihrem gutdeutschen Wissensschatz. Aber man war sich ja nun

schon viel näher gekommen. »Seid auch Ihr ... Römerin?
... Euer Gewand?«

»Liebe Dame, die Unart, nach fünf Minuten der
Bekanntschaft meine Lebens- und Geburtsumstände auszu-
breiten, werde ich nicht begehen. Aber trotzdem: Nein,
nicht Römerin.« Alzine schlang ihr weißes Leinentuch wieder etwas fester um den Körper. »Ich saß gerade im Badezuber, als ich hier draußen diesen Radau hörte. Das grüne
Feuer hat Sie wohl nicht abhalten können, was? Die Licht-
effekte stammen noch von meiner Tante. Ihr letzter Zauberakt, damit sie hier ihre Ruhe hätte. Aber sind Sie etwa
von dieser Inquisition?« Kurz wurde Alzinens Auge wieder
feindselig.

»O nein, ich habe gestern den Magister Berthold sogar
eigenhändig ins Feuer geschubst«, konnte Irene beruhigen.
»Ich bin die Markgräfin von Kolberg, die beiden Herren,
darf ich vorstellen, sind Junker Jörg, Sekretär der Hanse
aus Köln, und Meister Johannes, der Hauptbader meines
Kreuzspitals.« Irene streckte ihre beiden behandschuhten
Hände vor und trat mit dieser Geste auf die Zauberin zu:
»Mag Eure Tante einst der Untergang Roms schlimm
getroffen haben, auch uns, Alzine, steht der Untergang von
allem ins Haus. Wir kommen um Eure Hilfe. Die Pestilenz
bricht über mein Land herein.«

»Tja, Not lehrt beten, zum Schluß sogar vor Hexen ...
Aber sei's drum, Madame, ich sehe schon, ich mag Sie.
Wagen Sie sich einfach hier heraus!« Alzine ging einige
Schritte der Markgräfin entgegen, und beide Frauen faßten
sich bei den Händen.

Junker Jörg, der für große Augenblicke einen Sinn
bewahrt hatte, konnte ein Schlucken nicht zurückhalten. Ja,
eine von diesen beiden hochherzigen Frauen, die eine in
ihren Pelzen, die andere in wallendem Weiß, die sich still die
Hände hielten, hätte er selbst in diesem Moment sein
mögen. Viel mehr sind sie doch Schwestern, als zwei Männer Brüder wären, dachte er mit Eifersucht und wollte gerne
seine Hände dazulegen.

Die beiden Frauen erwiesen sich überdies als selbständig genug, um ihre schöne Geste nicht zu einer Art Verständnisweihrauch werden zu lassen. Sie lösten ihre Hände, und Alzine bat, man möge ihr in ihren Turm folgen. Ihr Haar sei naß, und der Wind werde immer frostiger.

»O wie behaglich«, mußte Irene loben, als sie die Eisenpforte hinter sich geschlossen hatte und im unteren Turmgemach sich umschaute. Dabei waren die Wände aus grobem Gestein, der Fußboden aus einfachen Buchenholzbalken, das Mobiliar von schlichtester gotischer Machart: In der Mitte ein großer Tisch, drumherum einige Stühle mit kopfhohen Rückenlehnen. Was aber die gemütliche Note ausmachte, schon gar wenn man ein paar Stunden lang durchs winterliche Moor geruckelt war, das war das muntere Kaminfeuer und der dampfende Zuber, der davorgerückt war. Dem Duft nach zu urteilen, mußte Alzine ein Melissebad genommen haben.

Sie bade gern vor dem Kamin, weil sie dabei stundenlang in den Feuerbruder schauen könne, erklärte sie denn auch.

»Habt Ihr oben auch ausgebaut?« erkundigte sich Irene und entdeckte gerade eben eine Leiter, auf der man ins obere Geschoß klettern konnte.

»Was heißt ausgebaut? Nicht perfekt im Flandernstil des derzeitigen Saeculums. Meine, das braucht Sie nicht zu wundern, spezielle Küche habe ich da oben. Darüber dann eine gut gefüllte Vorratskammer und unterm Dach schließlich einen Raum, in dem man umhergehen kann, wenn's draußen zu sommerlich wird. Wer keinen freien Platz zum Umherwandeln hat, sage ich, lebt wie ein Schwein im Pferch ... Drusilla ist selten im Turm. Nachts pirscht sie mit den Wölfen übers Moor.

Diese letzte, nur leicht hingeworfene Information aus der Geisterwelt stellte das Verhältnis zwischen Gastgeberin und Gästen wieder klar. Alzine löste ihren Turban, und ihr dickes schwarzes Roßhaar fiel ihr auf Brust und Rücken. Mit ein paar Elfenbeinkämmen und Nadeln hatte sie rasch eine majestätische Frisur daraus gemacht. Geschickt wikkelte sie sich vor ihrer Truhe aus ihrem Leinentuch und zog eine Robe aus schwerem Brokat über, deren Trompeten- ärmel von den Handgelenken bis fast zum Boden hinab- reichten.

»Also die Pest?« fragte sie beim Umkleiden. »Ist sie also da. Warum auch nicht. Hat einer von Ihnen es noch nicht verdient, endgültig mit den Zähnen klappern zu müssen? Kann man's denn nicht so sehen, daß der Gevatter endlich klar Schiff macht? Ich kann's so sehen. Für jede Sauerei von früher wird einer geholt. Jetzt kann bezahlt werden. Ende. Finis. Schluß. Ade lieb Erdenkreis. Hat nicht geklappt. Warst ein Dreckschwein.«

»So denkt Ihr?« rief Irene betroffen aus.

»Ja doch ... Weg mit dem Dreck, jeder auf seine Weise. Da hat der Gevatter sich also aufgemacht, Schwaben und Holstein und Pommern und alles ratzekahl leer zu machen. Junge, der kann rangehen!«

»Wir kamen um Hilfe«, wiederholte Jörg die Worte Irenes.

Alzine schaute ihn an. Sie ging um ihn herum. »Du willst dein Gekröse noch weiter über die Runden bringen?« Sie stupste ihm mit ihrer flachen Hand hart gegen den Kopf. »Dein angefaultes Hirnschmalz will noch länger für den Hanse-Umsatz schwitzen. Bäh!« Alzine boxte dem unglücklichen Junker in den Magen, daß er nach Luft schnappen mußte: »Niedlich, wie der Plunder funktioniert. Hör, Hanse-Sekretär«, und Alzine stierte ihm von ganz nah in die Pupillen, »es liegt an deinen Hundeaugen, wenn ich jetzt sage: Gut, schlagt vor. Was soll unternommen werden? Nein, der Gevatter braucht dich nicht schwupp wegzu- pflücken. Da ist für später noch etwas ganz anderes geplant. Und da wird kein Ohr übrigbleiben, das schlackern könnte, hieß es kürzlich in Thessalien.«

Die drei Hilfesuchenden wußten nicht, wie sich an diesen Worten orientieren, und schauten sich betreten an.

»Hier«, sagte nach einer ziemlichen Weile Meister Johan- nes und stellte den Glühbirnenkasten auf den Tisch. »Wir meinen, in diesem Kasten ruht nicht nur der Sieg über den Tod, sondern hierin ruht auch das Wunder der Neuzeit!«

Die Magierin trat näher und zeigte auf einmal Neugierde. Der Meister öffnete die Lederschnallen, klappte die zwei Eisenhälften auseinander, und da stand sie, die gut verkorkte Phiole auf ihrem Dreifuß mit den sechs Kerzen drumherum.

»Ich muß dazu was sagen«, schaltete sich die Markgräfin ein, und sie begann zu erzählen, was sich in den letzten beiden Tagen und Nächten Absonderliches in Kolberg zugetragen hatte. »Dies Gerät ist das Mittel zur pestfreien und hellen Neuzeit. Wir haben es. Wir wissen es nur nicht anzuwenden. Wir müssen raus aus der Gotik!« endigte sie ihren Bericht. Furchtsam schaute sie zur Zauberin, die mit ihrer undurchsichtigen letzten Weissagung die entsetzliche Pestilenz so heruntergespielt hatte.

»Meine Tante hätte in puncto ›hellere Zeit‹ sofort geschworen, daß ihr von der Hellenenzeit geträumt haben müßt, von Alexandrien«, gab Alzine zu bedenken und war nun geschäftig geworden. »Seid ihr sicher, daß ihr weit vorwärts und nicht etwa weit zurück geträumt habt? Ich meine, Alexandrien, das war der Platz der Helle und des Wohls.«

»Nein«, erwiderte Irene und mußte es sich selber auch noch einmal bekräftigen: »Helle hat mit Hellenismus bestimmt nichts zu tun. Helle Neuzeit, nicht helle Antike hat mir der Ritter gesagt.«

»Ein falscher Schritt, und das Unglück ist da. Könnte er mit ›Neu‹ nicht wirklich gemeint haben, daß man neu zum guten Alten zurückkehren müsse?«

Irene schüttelte den Kopf. Das wäre widernatürlich.

»Auch dieses Wort Electrisitet stößt einen aber doch geradezu mit der Nase darauf, daß es um Griechisches geht. Meine Herrschaften, die Prinzessin Elektra ist hier im Spiel. Ich rate: Zurück, das ist die richtige Richtung ...«

Dieser zweite Verweis brachte bei den Kolbergern nun in der Tat eine solche Verwirrung auf, daß man schließlich zum Hilfsmittel einer mehrheitlichen Abstimmung über den einzig richtigen Weg greifen mußte, wobei Alzine sich diskret der Stimme enthielt, die drei anderen ihr Votum für die Zukunft abgaben.

Die Fragerei der Hexe hatte den Bader so sehr gewurmt, daß er nicht mehr an sich halten mochte und selber fragte, wie weit oder eng Wissen und Macht der Alzine gesteckt seien. Bis jetzt habe eher sie sich was offenbaren lassen. Den Wink mit der Apokalypse hätte jeder Schuljunge geben können.

Die Turmfrau maß den Vorlauten von Kopf bis Fuß. »Junger Mann«, sagte sie, »ich nenne dich ›junger Mann‹, weil ich schon erheblich, erheblich länger auf der Erdenkruste weile, also, was meine Fähigkeiten sind, werde ich euch nicht auf die Nase binden. Auch ich will meinen Spaß. Mit dem trüben Los der Allmächtigkeit bin ich nicht geschlagen. Da war meine Tante schon schlimmer dran: Das Ende Karthagos ist euch geläufig? Nun, der rösche Hannibal hatte meine Tante in Campanien einmal, sagen wir mal, ganz uncharmant und ungefragt benutzt, und dann noch von hinten. Und damals war sie noch sehr, sehr rachsüchtig gewesen.«

»Angst machen gilt nicht«, brachte Junker Jörg leutselig vor und forderte Alzine auf, daran zu denken, daß dort in Kolberg die Finsternis unter den Menschen Einzug gehalten habe, daß gehandelt werden müsse.

»Könnt Ihr uns ... nun, die Neuzeit machen, und zwar ziemlich schnell?« fragte Irene.

Alzine holte tief Luft. War das ein Signal, daß sie ihre Kräfte sammelte, daß sie gleich einen Spruch spräche und die Markgrafschaft im nächsten Moment den Flug durch die Zeit anträte?

»Kann ich nicht. Nein.«

Mit Mühe verschluckte Meister Johannes die schlimmsten Flüche, die er wußte. Stumm sprachen hingegen Irene und Jörg mit ihren Lippen die endgültigen Worte nach. Die Verdammung war ausgesprochen. Sie mußte bleiben, die Zeit mußte bleiben, jeder Sprung ins Licht war ausgesprungen.

Ein taubes Zauberding, zu dem die Formel fehlte, stand die Glühbirne auf dem Tisch.

»Winter 1348«, sprach die Markgräfin gebrochen aus. Daraus würde es kein Weghuschen geben. Da mochte es vielleicht für sie noch eine Zukunft geben. Doch was für eine! Die winzige, die ihre eigene Lebenszeit noch in sich barg. Vielleicht bis 1370, bis 1381. Was konnte diese Zeitspanne schon an ganz neuen Dingen bieten? Einen Kaisertod, drei Papstwechsel, ein Dutzend Ordensritterüberfälle mit wechselndem Kriegsglück, eine Teuerung, eine ungeheuerliche Seuche. Ja, sicher auch Frohes und kleine Dinge fürs Glück. Aber das war doch nicht besser als Ameisengekrabbel, das sie miterleben würde. Hinten und vorn war das Wirkungsfeld zugemauert. Irene von Kolberg sah sich namenlos in die Zeit wegsinken. Tausend Säuglinge müßte sie erwürgen lassen, um mit ein bißchen Gewißheit in den Chroniken ihr Andenken zu garantieren. Ich kann nicht, hatte die Magierin gesagt. Keinen Jüngling der Zukunft würde sie an sich schmiegen können. Womit auszukommen war, das nannte sich Jörg. Irene hatte Atemnot vor Enge, und dann erstickte sie fast vor der Innigkeit, mit der sie an diesen einen Zeitgenossen geklebt war. Das Los war mit ihm geteilt, mit Alzine auch, mit dem Kreuzbader, mit den Kolbergern dieser Stunde.

Dem Gefühl des endgültigen, elendiglichen Eingemauertseins in die eine Sekunde der ungeheuren Erdenuhr sprang nun das ganz andere Gefühl hinterdrein, nur jetzt und jetzt und immer wieder jetzt doch wenigstens sich selbst das Beispiel der Tapferkeit zu sein. Mit dem großen, trotzigen Stolz, an diesem zufällig erzwungenen winzigen Platz in der Zeit und der Weltlandschaft die Bravour der Wachsamkeit zu vollbringen, hob Irene nach den besiegelnden vier Worten den Kopf und schaute auf Alzine.

»Das kann ich nicht machen«, sagte die. »Und ihr müßt wissen, daß es häßlich wäre, das machen zu können, Zeiten zu tauschen, umherschlüpfen zu können ... Im Elsaß kannte ich seinerzeit einen Zwerg. Der war unter seiner

Zipfelmütze, mit seinem Schäufelchen zum Ausgraben von Trüffeln, die er bei mir gegen frischen Mandelkuchen eintauschte, ein patenter Waldkamerad. Kein Vormittag verging, wo Giselbrecht nicht mit seinem kleinen Trüffelschweinchen an meiner Höhle vorbeispazierte, sein Gläschen Met ausnippelte und mir meldete, daß letzte Nacht am Weiher eine der Libellen vor lauter Extravolten ins Wasser geplumpst sei, daß man den neuen Steinadler dabei beobachtet, wie er heimlich ein ganzes Büschel süßer Walderdbeeren auf seinen Horst geflogen habe. Dann aber hat Giselbrecht, weiß sein Teufel wie, eine Tarnkappe in die Finger bekommen. Nach und nach war nichts mehr sicher in der Gegend. Toll geworden, tauschte er die Vogeleier aus, und dann hockte so ein Rotkehlchen in seinem Nest und erlebte den Schock, daß unter ihm ein kleiner Storch zu klappern begann. Da suchten im Winter die Eichkatzen nach ihren Nüssen, buddelten aber nur Bachkiesel aus, da sich Herr Giselbrecht mit dem eisernen Vorrat seinen eigenen Magen vollgeschlagen hatte. Da sammelte Drusilla Pilze und merkte gerade noch rechtzeitig, daß der unsichtbare Tunichtgut den Fliegenpilzen die Steinpilzhüte aufgepfropft hatte ...«

»Ein Décadent!« warf der Junker nicht ohne Faszination für die Blüten der Langeweile ein.

»Aber ein gemeingefährlicher!« glaubte Irene diese Aufwertung rasch korrigieren zu müssen.

»Dem Treiben des krummbeinigen Tarnkappen-Nero wurde ein Ende gemacht: Als Giselbrecht eines schönen Sommernachmittags, an der Unerschöpflichkeit der möglichen Taten und Untaten schon fast verzweifelnd, mit seiner Kappe durch die Waldschlucht schlurfte, fiel die Waldschlucht über ihm zusammen ... Doch nun kommt mit!«

Während der Bader daran zweifeln wollte, ob ein frisch ausgeschlüpfter Storch tatsächlich schon mit dem Schnabel klappern könne, wies die angenehm nach Melissengeist duftende Magierin auf die Leiter und sprach dabei zur Markgräfin: »Nicht wahr, so spannend wie die Tat des Zeitenflugs ist die Idee davon, sind es die Umständlichkeiten allemal?«

Der Reihe nach stiegen sie, wobei der traurigen Irene ihre stark verdreckten Schnabelschuhe wieder einmal hinderlich waren, die steilen Sprossen hinauf in Alzinens Arbeitsküche.

»Brauchen wir die Glühbirne nicht? Wir haben sie unten vergessen«, fragte Jörg.

»Nein, brauchen wir nicht. Sonst hättet ihr sie vielleicht gar nicht vergessen.«

»Was habt Ihr vor, Alzine?« erkundigte sich mit einem Schimmer der Hoffnung die Markgräfin.

Alzine konnte nicht antworten, da Meister Johannes sofort die Turmküche einer Inspektion unterzogen hatte und scheinheilig konstatierte, daß die Wissenschaft der Magierin ein Auskochen des Individuums offenbar noch nicht in Angriff nehmen wolle.

»Aber das ist auch nicht von schlechten Eltern«, konterte Alzine, öffnete ein Schränkchen und reichte dem Bader eine Tinktur, mit der er in seinem Siechenhaus endlich wirksam gegen den Fußpilz vorgehen könne. »Klein, aber fein«, sagte sie, und Meister Johannes mußte sich wohl oder übel bedanken.

Als hätte bis jetzt nur Schnickschnack stattgefunden, senkte die Zauberin ihren Kopf – Zwerge und Melissenbäder schienen nun daraus verschwunden – und wanderte in tiefer Konzentration einige Male auf und ab. »Deine Hundeaugen!« sprach sie dabei abwesend zum Junker, »dein klarer Blick!« zur Markgräfin, »deine kuriosen Pumphosen« zum Bader, und schließlich blieb sie stehen: »Nein, ich will versuchen, daß ihr überlebt!«

»Wie? Wie?« Irene rang die Hände.

»Die Zeit kann ich nicht auswechseln. Was anderes ist es mit einer Reise ins Zukünftige.« Versonnen schob Alzine ihre Hände unter die prächtigen Trompetenärmel ihres Brokatgewands und stöhnte.

Stille trat ein. Allein der Wind blieb zu hören, der um das Turmgemäuer summte, der als Sturm viele Meilen entfernt über die Ostsee brauste und dort im sinkenden Tag die Segel der Stettiner Ratskogge blähte, die sich ihren Weg bahnte bis weit vor die Odermündung, wo die Ratsknechte bald nach ihrer Ladung greifen würden, um die an Händen und Fußknöcheln gebundenen Narren und Krüppel beider Städte Kolberg und Stettin von der Reling hinab zwischen Eisschollen und Fluten zu schleudern, wo sie, die Geisteskranken, zwei blinde Sorben und der eine Taubstumme aus Kolberg im winterlichen Meer versinken würden.

»Wir könnten in die Neuzeit hinüberreisen?« Der Alchimist war skeptisch. Alzine rührte sich nicht.

»Oh!« brachte Junker Jörg sehr laut hervor. »Das wäre ja ganz phantastisch und die Lösung. In einem Jahr, wenn die Pest vorbei ist, kommen wir wieder zurück ... Vielleicht wollen wir dann sogar mit Freuden wieder heim. Ein Jahr, das ist genau die richtige Zeit. Da kann man sich drüben schon mal einleben, und trotzdem ist's nicht zu definitiv. Was, Irene, wir beide werden ein Jahr fein Kaffee trinken und es uns wohl sein lassen!«

»Jörg«, bekam er strafend von ihr zurück, »es geht überhaupt nicht darum, daß wir drei uns ein Jahr lang den Kaffee schmecken lassen! Soll ich solange mein Land im Stich lassen, dann munter zurückkommen und hier Leichen zählen? Nein, wir fahren rüber und kommen sofort zurück, wenn wir erfahren haben, wie man die richtige Elecktrisitet macht, die Desinvezion und so. Wir müssen auf alle Fälle genug Kiepen und Töpfe mitnehmen, um das Wichtigste hierher schaffen zu können.«

»Drei Tage Neuzeit werden, müssen reichen, daß unsere gelehrte Welt in Zukunft nach Kolberg, auf mein Kreuzspital schauen muß. Unser Wissen wird die ganze Sorbonne in den Orkus schicken!« blühte Meister Johannes auf. »Also los, verehrte Kollegin. Schickt uns für drei Tage rüber nach – ja, was nehmen wir denn da mal, also kurzum 1548 ... Kinder, dort werden wir die ungeahntesten Beglückungen der Menschheit mit Händen greifen können. Da werden die Doktores wissen, wie man amputiert, ohne daß einem der Patient in eins verblutet und vor Schmerz verreckt, vielleicht sogar wissen, wie man«, und Meister Johannes spitzte die

Finger, »den Köpfen von idiotisch geborenen Erbprinzen die Gehirne von pfiffigen Bauernburschen einpflanzt. Das wäre eine Goldquelle für Kolberg ...«

Als ginge es schon los, knöpfte sich Junker Jörg aufgeregt die obersten Wamsknöpfe zu. Dabei schien sein Blick Irene zu fragen, ob er elegant genug sei, diese Reise anzutreten.

Irene hingegen wollte sich schon jetzt ein bißchen schämen, mit dem garantiert überholtesten Schnitt unter die feine Welt von 1548 zu geraten. Ihrem fürstlichen Nachfolger im Lande würde sie auf jeden Fall einen aufmerksamen Besuch abstatten. Was würde der sich freuen, seine Ahnin, die große Ordenswidersacherin, begrüßen zu können. Manchen Ratschlag in Hanse-Fragen konnte sie ihm dalassen. Sie faßte nach ihrem Siegelring. Der war vielleicht das Wichtigste, der Beweis, daß sie von Stand war. »Es muß kein Triumphzug werden«, dämpfte sie laut ihre eigenen Erwartungen. »Vielleicht werden wir mancherlei Verpönung auszustehen haben. Man muß ja nur daran denken, wie's schon den Polen ergeht, wenn sie in ihrer Tracht nach Kolberg kommen ... Aber gut denn, Frau Alzine, fangt an.«

Sehr interessiert am Gespräch hatte die Zauberin die ganze Zeit mit verschränkten Armen dagestanden.

»Anfangen?« fragte sie etwas sarkastisch. »Euch für drei Tage als Gruppe nach 1548 schicken?« Die Magierin lachte befremdlich auf. Dann stellte sie sehr klar: »Nur einer kann fahren – Ich bin doch kein Fuhrwerksunternehmen. Einer. Der kann so weit rüber, wie er will. Wie er zurückkommt, dafür muß er selber sorgen.«

Dieser Hinweis dämpfte alle Euphorie, und zwar erheblich. Die drei Aufbruchswilligen aus Kolberg stierten sich an. »Einer? Und nicht zurück? Stimmt das denn?« Junker Jörg weigerte sich, wenigstens verbal, das durchgehen zu lassen.

»Nun, Herr Sekretär, wenn der oder die Betreffende von hier wegkommt, wird der oder die Betreffende in einer so weit fortgeschrittenen Zeit gewiß leicht eine spätere Kollegin von mir ausfindig machen können – irgendwo dort –, die ihn uns zurückexpediert. Ich will ein Empfehlungsschreiben von mir mitgeben ... Es mag sogar sein, daß man dort für einen halben Reichsthaler bei jedem Trödler schon einen Zeitapparat erstehen kann. Also, wer schnallt sich die Kiepe auf den Rücken und holt die Dinge des Fortschritts?«

»Das ist gemein, uns zu trennen!« empörte sich Jörg gegen das Fatum, wobei er sich bereits darauf vorbereitete, vor der Markgräfin als Versager dazustehen: Sich mit der Kiepe im Genick allein eine Gasse von 1548 entlangzudrükken und nach einer Hexe zu forschen, die ihn – unter Umständen mit verheerender Zielungenauigkeit – zurückkatapultieren könnte: Ihn fror. Konnte passieren, daß er dann in 1331 landete und 17 Jahre vor der Markgräfin dahinleben mußte. Leise für sich versprach er dem Schöpfer, lieber auf zwei oder zweieinviertel Jahre seines Lebens zu verzichten, als sich mutterseelenallein durch die Jahrhunderte schießen zu lassen.

Alzine wiederholte ihre Aufforderung und gab zu verstehen, daß ein solcher Zauberakt keine Kinderei sei. Der ginge an die Grenze ihrer Kräfte und sei wirklich ein großes Geschenk, das sie aber, sie habe es versprochen, zu machen gedenke.

»Ich weiß nicht, ob's bei mir am mangelnden Mut liegt«, überlegte die Markgräfin. »Aber ich kann meinen Mut gar nicht erst ausprobieren. Wie sollte ich weg? Meine Position als Landesherrin nimmt mich in die Pflicht. Man kann nicht darauf hoffen, daß während meiner Abwesenheit – einer unbestimmt langen sogar – meine Untertanen alleine zurechtkommen könnten. Und von Öllstein als Verweser einsetzen? Ich weiß nicht ...« Nervös fragte die Fürstin, wo es einen Abtritt gäbe, all diese Aufregung gehe auf die Blase. Alzine zeigte ihr den Weg zum Balken.

Dann nahm sie ihren Fachkollegen aus der Stadt ins Visier. Schon seit einigen Minuten befand sich Meister Johannes in der denkbar größten Bredouille. Jetzt hatte das wissenschaftliche Experiment sich mit einem Male mit der

Gefahr für sein eigen Leib-und-Leben verwickelt. Das war eine recht häßliche Situation. Mit pochendem Herzen und im Nu eingefallenen Wangen fingerte er an den Mörsern neben Alzines Feueresse herum. In stiller Diskussion mit sich, zuckte er dabei mehrmals die Achseln.

Da er leider recht fettleibig sei – hätte er sich nur früher darauf einstellen können! –, wär's sicher schwierig, ausgerechnet seine Masse rüberzutransferieren. Außerdem, das Alter.

»Dein Bauch ist nicht das Problem«, konnte ihn die Hexe beruhigen.

Abrupt und mit feuchten Augen wandte sich Meister Johannes zum Junker: »Ich habe Angst, ich habe fürchterliche Angst.« Das konnte Jörg gut begreifen, und er senkte den Kopf.

Nun sollte es wohl endgültig aus sein, daß sich auch einmal in Pommern etwas Universal-Großartiges ereignen würde. Auf ewig eine von den kleinkarierten Provinzen zu bleiben, das schien besiegelt. Der Wille, den munteren Aquitaniern oder selbstbewußten Lombarden eine Nasenlänge voraus zu sein, war gebrochen.

»Auch so wie bisher ist es doch nicht allzu übel hier. Es muß auf der Welt auch Winkel geben, wo man sich etwas bescheidener durchs Leben bosselt. Wir haben unser Auskommen. Es kann uns schließlich egal sein, wenn sie uns woanders Hinterwäldler und Nachhinker schimpfen, die Laffen von Paris und Aufschneider von Siena. Wirklich egal. Als Pommer kann man damit fertig werden. Ich scheiß auf die andern«, polierte Meister Johannes seine Absage auf.

»Gut. Aus«, faßte die Hexe zusammen und schien sich nicht sehr über den wendigen Wortschwall eines dieser sterblichen Drückeberger zu wundern, die bei ihr hereingeschneit waren. Sie räumte einen herumstehenden Topf mit granuliertem Quarz in sein Regal.

Die Markgräfin kam zurück. Sie erkannte sofort, daß ihr Bader vor Entscheidungsverzweiflung fast verging. Mit eigentümlicher Sehnsucht schaute er seine Landesherrin an.

»Obwohl der Tod für die Wissenschaft nicht der Rede wert sein dürfte, mir fehlt die Courage«, murmelte er.

Irene kniff die Augen zusammen und schätzte wie bei ihrer alljährlichen Truppenschau den Mann ab. Erriet sie richtig, was er von ihr wollte?

»Meister Johannes«, sagte sie laut und mit der Resolutheit, die man so oft von ihr forderte: »Laßt jetzt Euer Hasenherz beiseite. Ihr braucht es nicht mehr, denn hört: Hiermit, als Eure Herrin, erteile ich Euch den strikten Befehl, Euch auf die Reise zu begeben und uns die Elecktrisitet zu bringen. Ein Widerwort, und Öllstein wird Euch höchstpersönlich die Kette um den Hals schließen.«

Der Bader atmete auf. Aus spontaner Regung fiel er vor Irene auf die Knie, küßte ihre Siegelhand und murmelte: »Danke, danke für den grausamen Befehl!«

Dann könne es ja losgehen, brach Alzine dieses Schauspiel ab: »Machen wir ihn fertig.«

Mit Lust und Leid ging's ans Werk. Mit schöner Geste, bei der sie auf ihren Mantel verzichtete, hängte Irene dem zittrig dastehenden Temponauten das schwere Rauchwerk über die Schulter. Alzine schaffte aus dem Erdgeschoß eine Kiepe heran und band sie dem in die Untertanenpflicht Genommenen auf den Rücken. »Und noch einen Korb!« rief Junker Jörg, der den Blickkontakt mit dem Erwählten vermied. »In die Kiepe kann er die Medikamente und die echten Glühbirnen tun, in den Korb den Kaffee und was sie drüben sonst noch an feinen Sachen haben.«

»Jetzt packen wir ihm aber zuerst den Proviant hinein«, erklärte Irene und bat die Turmdame, Wurst, Speck, Käse und Branntwein zu stiften.

»Lecker«, versuchte Meister Johannes mit klappernden Zähnen zu scherzen und schaute zu, mit welcher Eile die Landesmutter seinen Proviantkorb bis an den Rand mit Bauchspeck, Limburger und Magenbrot vollstopfte. Er rief ihr dann und wann noch einen Hinweis zu, was seine Vertretung, was die Führung des Kreuzspitals während seiner Abwesenheit betraf.

»Da seid Ihr unersetzlich«, bekam er freundlich zu hören. »Aber wir werden es schon ohne Euch schaffen.«

Als Irene ihm den Proviantkorb über den Arm hängte, drückte sie ihm auch noch einen gut gefüllten Beutel mit Stralsunder Münze in die Hand. Die würde weiter helfen als der leicht mit Kupfer verlängerte Kolberger Dukaten. Buch über die Ausgaben brauche er dieses Mal nicht zu führen.

»So«, sprach sie feierlich. »Ihr seid von mir in die ruhmreiche Lehnspflicht genommen. Wo auch immer Ihr hinkommt, vergeßt niemals: Es gilt für Euch nur das Gebot der Markgräfin von Kolberg und Körlin. Fahrt hin, holt von der Elecktrisitet, instruiert Euch über die Mittel gegen die Pest, kauft ein, was Euch wert erscheint, daß wir es in unserm 1348 gebrauchen können. Holt auch Kaffee. Wir werden Euch erwarten. Kommt so rasch heim wie irgend möglich. Ihr wißt, in wenigen Tagen schon kann hier der Schwarze Tod die Menschen mähen. Nun küßt mein Siegel.«

Unterdessen hatte Alzine ihr Empfehlungsschreiben an eine Hexe von 1548 aufgesetzt und steckte die Papierrolle vorsichtig dem Bader in die Kiepe. Junker Jörg vertauschte die Filzmütze des Baders gegen eine stabile Eisenhaube. »Daß dir nichts passiert, mein Freund!«

»Danke«, sagte Meister Johannes mit einem Schluchzer und ließ sich den Helmriemen fest unters Kinn binden.

»In welches Jahr soll er denn nun?«

»1548!« bekräftigte der Hanse-Sekretär. Dem Bader wurden die Knie weich. Das war weiß Gott noch weiter weg als die Hauptstadt des Mongolen-Khans.

»Mehr, mehr!« drängte Irene. »Wenn er schon mal abgeschossen ist!« Als käm's nicht mehr so genau drauf an, nannte Alzine als ihren Vorschlag glatt die Zahl 1850, »oder noch besser gleich 1980.«

»Tausendneunhundertundachtzig«, wiederholte mit zagender Stimme Meister Johannes. Er faßte auf der Schulter des Junkers nach Halt. Mit den Fingern zeigte er, daß das mehr als fünfmal hundert Jahre weit weg wäre, wohin man ihn da forttransferieren wolle.

»Und am besten nach Köln. In einer großen Hanse-Stadt wird er am leichtesten auf die Desinvekzion stoßen. Köln 1980!« Junker Jörg, Kind der Stadt, war schon ganz fanatisiert von dieser Idee. Der Dombau würde beendet sein, wie mochte es sich am Rhein flanieren lassen?

»Wenn schon, denn schon! Jetzt gebt auch noch ein Saeculum drauf!« schickte sich der Kreuzbader drein und faßte um die Riemen seiner Kiepe.

»Abgemacht«, sagte Irene, »Ihr zischt rüber nach Zweitausendachtzig und schaut, was in Köln los ist. Gesetzt den Fall, es will Euch da einer dumm kommen, nennt einfach meinen Namen, beruft Euch auf mich. Solange Kaiser und Reich Geltung haben, wird man auch einen Abgesandten der Irene von Kolberg ehrerbietig behandeln. Aber Ihr werdet gewiß überhaupt nicht sonderlich auffallen. Ein Wams wie das Eure ist zeitlos, eine Eisenhaube, wie Ihr sie auf dem Kopf habt, haben schon die alten Franken getragen, und ein Mann mit einer schlichten Kiepe auf dem Rücken wird auch noch 2080 unbehelligt durch die Kölner Gassen wandern können. Nur plaudert nicht gleich zu viel aus. Die sind uns Ostelbischen sowieso nicht ganz grün.«

Willfährig nickte Meister Johannes. »2080 am schönen Rhein, in unserm Ratskeller. O wie beneid ich doch den Mann, der sich die Domtürme anschauen kann«, sagte Junker Jörg, wenn auch leise: Getauscht werden konnte noch immer.

Die drei, die zu früher Morgenstunde mit so ganz anderen Vorstellungen das Kolberger Stadttor passiert hatten, umarmten sich.

»Kommen Sie hinauf, Meister Johannes. Wir machen's im Dachzimmer, da hab ich mehr Platz.«

Aus ihren Schränken griff die Magierin einige Phiolen, holte ein vergilbtes Papier – es schien von Papyrus zu sein – aus einer Lade, klemmte sich einen schweren Steinguttopf mit einer gemahlenen Substanz unter den Arm und kletterte mit Vorsicht die nächste Leiter hinauf. Meister Johannes tappte ihr hinterdrein.

»Auf Wiedersehen, Frau Irene. Auf Wiedersehen, Jörg«, sprach er mit unterdrückten Tränen vom Fuße der Leiter. Die beiden nickten, und Jörg drückte die Daumen: »Grüß mir meine Heimatstadt.«

Da stieg er mühsam hinauf, den Helm auf dem breiten Schädel, die große Kiepe auf dem Rücken, den prallen Proviantkorb in der Linken. »2080«, hörte man ihn wispern. Jetzt waren nur noch seine Waden und Füße mit den Schnürsandalen zu sehen.

Wenig später begann über den Wartenden ein Lärmen. »Oh! Oh!« hörte man Meister Johannes rufen, dann ein Gestampfe von Füßen, als wäre da oben ein Veitstanz im Gange. Es kam ein Poltern, daß Jörg schwören wollte, nun habe dort über ihm ein Pferd zu galoppieren begonnen. Ein wenig Lehmstaub rieselte von der Decke herab.

»Jetzt spricht sie Formeln«, flüsterte Irene und schaute ängstlich zur Decke. »Armer Meister Johannes.« Den hörte man gleich mehrmals »Nein! Nein!« brüllen. »Ja! Ja!« hallte Alzinens Stimme durch das Gemäuer. Das Galoppgeräusch verdoppelte sich, dann ein gewaltiges Zischen, dann war bis auf den Abendwind Grabesstille.

Es dauerte lange Zeit, die die beiden wie verloren in der Hexenküche zubringen mußten. Über ihnen rührte sich gar nichts mehr. Endlich tauchte ein Fuß auf der obersten Leitersprosse auf, ein zweiter Fuß, dann Alzinens brokatener Rock. Über und über war er, waren die langen Trompetenärmel von Brandlöchern übersät. Mit der Langsamkeit einer Greisin stieg die Magierin herab – und auch das Gesicht, das zum Vorschein kam, gehörte einer Greisin. Ja, schlohweiße Strähnen zogen sich durch ihr aufgelöstes Haar. Beim Anblick der ausgemergelten Zauberin wichen die Markgräfin und der Junker zurück bis an die Esse.

»Er ist weg. Schon unterwegs ... Schaut nicht so«, sagte sie mit schwacher Stimme. »Ich habe doch gesagt, das ist keine Kinderei. Auch nicht für mich.«

Irene lief hin, die wankende Alzine zu stützen. »Hinunter!« befahl die. »Ich muß vors Feuer in den Zuber, mich regenerieren.«

Unter Beteuerungen, daß sie ihr das Gewand ersetzen werde, half Irene mit Jörgs Unterstützung der Hexe die untere Leiter hinab. »Ist er gut weggekommen?«

Alzine aber stöhnte nur, wankte auf ihren Badezuber zu, ließ ungeniert die angebrannte Hülle fallen und stieg ins Wasser, das offenbar dieselbe heiße Temperatur behalten hatte.

Leise zählte die Markgräfin dreißig Dukaten auf den Tisch. »Können wir etwas für Euch tun? Vielleicht einen Branntwein?« Aber Alzine reagierte nicht. Starr und heftig atmend hatte sie ihre Augen aufs vor dem Zuber prasselnde Kaminfeuer gerichtet. »Bruder«, hauchte sie. Bang schauten die beiden Besucher zu, wie die weißen Strähnen schon wieder eine dunklere Tönung anzunehmen begannen. Mit »Danke« und »Lebt wohl« drückten sie sich zur Tür.

Draußen war es sternklarer Abend geworden. Hand in Hand huschten sie an Drusilla vorbei zum Wacholderwall. Bald mochte die Stunde schlagen, in der die alte Vestalin mit den Wölfen auf die Pirsch gehen würde. Hastig zwängten sich die zwei Übriggebliebenen durch das harte Gestrüpp der Heidesträucher.

Der hereinbrechende Nachtfrost hatte, so weit das Auge nur reichte, das Schwelliner Moor in ein schillerndes, blinkendes und blitzendes Gefilde verwandelt. Wo sich vorher düster das triefnasse Erdreich, die Tümpel und Pfützen ausgedehnt hatten, lag jetzt ein unabsehbarer Mantel aus eisiger Seide. Mond und Sternenlicht funkelten darauf im Farbenzauber der Dezembernacht. Jede Furche des Heidebodens war zur Falte im winterlichen Seidentuch geworden, das über viele Meilen achtlos über das Land geworfen war. War die Erde eine Kaiserin, mußte es ihr kostbarster Stoffvorrat sein, den sie hier ausgebreitet hatte, und erst die Nachtstunde schien klares Licht geboren zu haben. Die beiden verbrämten Gestalten, die vom schwarzen Turm der Zauberin ihren Weg zum weitab stehenden Reisewagen suchten, ließen bei jedem ihrer Schritte ein Stück des glänzenden Prachtgewandes zerklirren. Hauchdünn noch war die Eisdecke, aus der von überall her ein Knistern tönte, als widersetze sich das Moor seiner Verwandlung in Kristall.

»Vorsicht!« rief die Markgräfin manchmal dem Junker leise zu, als scheue sie sich, in dieser Landschaft eine laute Stimme zu haben.

»Die Schneekönigin und die Königin der Nacht werden hier ihre Throne zusammenrücken, um die Dunkelheit zu durchwachen«, flüsterte Jörg und ließ nach fast jedem Schritt seine Augen über andere Flächen der gläsernen Wüstenei gleiten.

»Eine Wunderwelt«, hörte er hinter sich gedämpft die hohe Frau sagen.

Wie ein Gefährt vom Hofe des Nachtfürsten tauchten hinter Büschen die scharfen Konturen des Reisewagens auf, der pechschwarz mit seinen Radspeichen auf dem Eismantel zu schweben schien. Reglos stand der Rappe davor, reglos saß Hans mit gesenktem Kopf auf dem Kutschbock. Irene bekam Angst, daß beide erfroren seien. Ihr Schritt beschleunigte sich, das Klirren und Knacken unter ihren Sohlen lärmte durch die Abendluft. Der Hut ihres Kutschers bewegte sich. Ein Huf des Rappen stampfte auf.

»Hinein in die Gespensterkarre«, rief sie erleichtert dem Junker zu, der zum kleiner gewordenen Turmklotz der Alzine zurückschaute und gegen die Tränen kämpfte.

Dort oben, in den Sphären und Winden des Himmelszelts, dort irgendwo sauste der Gefährte umher, drückte sich angstvoll den Helm in die Stirn, raste am Mond vorbei, hatte die Hände um die Kiepengurte gekrampft und brauste davon in die neue, ferne Zeit. Mit Verzagtheit malte sich der Junker aus, daß er es hätte sein können, dem tief unter ihm die Erde von 1348, dieses Dezembertages, entschwinden würde.

Wo der Meister vom Spital bleibe? fragte es vom Kutschbock, nachdem die Markgräfin in den Wagen gestiegen war.

Mit einem Blick in die klaren Gestirne und mit gepreßter Stimme gab Jörg Bescheid, der Kreuzbader habe noch einen Ausflug gemacht ... Jedenfalls jetzt komme er nicht mit zurück nach Kolberg.

Mit einem ohrenbetäubenden Krachen lösten sich die Räder aus ihrer Vereisung. Bereits die ersten Meter auf dem harten Untergrund waren so, als würden den Reisenden die Knochen ohne Unterlaß gegen eine Felswand geschlagen. Fröstelnd drückte der Junker seine rot-gelb gestreiften Knie aneinander und senkte den Kopf, daß ihm die vordersten Haarschleifchen und die Spitze seiner grünen Barettfeder vor den Augen tanzten.

»Da war sein Platz, da steht noch der Branntweinkrug, aus dem er als letzter getrunken hat«, redete er mit erstickter Stimme und versteckte seine feuchten Augen vor der Markgräfin, indem er auf die schimmernde Landschaft schaute. »Wie gern würde er hier bei uns sitzen und erzählen. Wo mag er jetzt sein? Vielleicht brüllt er schon ›Zu Hilfe, Markgräfin, zu Hilfe, Junker‹? Doch wo ruft er? Nichts langt dahin.«

Irene zog die Pelzdecken über sich und rutschte neben den verbliebenen Gefährten. Der Hexenturm war winzig geworden, der zauberische Wacholderwall zum dunklen Streif am Horizont. Dahinter mochte Drusilla ihre Schatten recken, sich auf die Hände fallen lassen, um für die Nacht als Wolfsgeschöpf mit den Wölfen über die Heide zu ziehen.

»Ach, die Erinnerung an jemanden«, seufzte Jörg so tief aus dem Herzen, als habe er jetzt den wahren Inhalt des Lebens beim Namen genannt. Viele Gesichter mochten ihm nun durch den Kopf gehen.

»Und auch das Vergessen von jemandem«, sprach ihm die Markgräfin leise ins Ohr.

Beide waren wieder verstummt und schauten in diesen Minuten vielleicht in sich nach, was von beidem, das Erinnerte oder das Vergessene, mehr Traurigkeit in ihnen auslöste.

Die Trabtritte von draußen zeigten an, daß Hans es eilig hatte, aus der verwunschenen Eiswelt herauszukommen. Gewiß hatte er vor der Rückfahrt dem Rappen spitzere Stollen in die Hufeisen geschraubt.

»Das wird wieder schön werden«, tröstete Irene und schickte ihre Worte ihrem Empfinden voraus, das sich gerne hier und jetzt einfach verströmen wollte, um nicht wieder in der irgendwann erreichten Stadt angestrengt werden zu müssen.

»Dieser Abschied von Meister Johannes nimmt ja so viel Platz ein wie die ganze Pest«, sagte der Junker aufgekratzt. »Wir haben nur wenig an die Pest gedacht! Als ich Alzine in ihrem ewig heißen Wasser sitzen sah, habe ich nicht an die Pest gedacht. Jetzt denke ich auch nur halb an die Pest, ich denke, daß in meinem Rücken ein Heusack liegt, in den das Gesäß von jemandem eingedrückt ist, der nicht mehr bei uns ist. Alles ist heute wegen der Pest geschehn. Aber was wir erlebt haben, war etwas anderes ...«

Als bräuchte Irene für ihre Stärke ein Sorgenkind, legte sie ihren Arm um Jörgs Schulter. Mit der anderen Hand schob sie sein kastanienbraunes Haar zurück, um sich des feinen Baus seiner Wangenknochen zu vergewissern. Sie sah, daß es in seinem langen Wimpernhaar feucht glänzte.

»Ihr tut so, als wäre unser prächtiger Bader auf Nimmerwiedersehen verschwunden. Als wäre er mit seinem schönen Bart woanders ein Häufchen Elend. Ah, Köln von 2080, Jörg! Er wird bald mit voller Kiepe zurück sein, bersten vor lauter Berichten und Neuheiten. Wir werden dann so tun, als wäre die Abschiedsstunde nie dagewesen. Dann ist der Ablauf zurückgedreht. Oder wir verherrlichen sie, dann hätte die Markgrafschaft einen eigenen Feiertag. Keiner soll ihn uns ersetzen. Er selbst wird bald wieder da sein, uns zu retten.«

Irgendwo hier draußen mußten sich die Torfleute befinden, vielleicht in Höhlen, die sie sich für die Nacht ausgeschachtet hatten und wo sie sich gegen die Kälte dicht zusammenlegten.

»Das wird nicht sein ... Das wäre wider die Natur!« sagte Jörg, in dem ein Widerwille gegen die Rückkehr von Gewesenem aufgeflackert war, und er ließ sich zur Seite gegen die Brust der Markgräfin sinken. Irene hatte sicherlich, wo sie nun mit beiden Armen seinen Körper umfaßte, den Ehebund im Herzen. War wirklich er es gewesen, der sie gestern abend wie besessen bestürmt hatte? Jörg führte sich den schimärenhaften Sebastian vor Augen. Eilig sann er nach, was das Köstlichere war: die Umarmung, in der er jetzt lag, oder das, was er im Traum erlebt hatte. Die Bilder gingen alle so durcheinander, daß er sie allesamt fahren ließ, die Beine emporriß und sie hoch in der Luft grätschte.

Daß dieser Anblick die Markgräfin verlockte, sollte wohl so sein. »Laß uns das Leben leben«, gab auch sie zu verstehen und bedeckte die Stirn des auf ihrer Brust ruhenden Hanse-Sekretärs mit Küssen.

Bis kurz vor Rodenow genossen beide im Sitzen die Delikatesse von Liebkosungen. Dann, als es nicht mehr anders ging, sank die Markgräfin von Kolberg und Körlin längs über die Sitzbank. Mit Wirrnis nur in seinem Herzen, nicht aber im männlichsten Teilstück seines Körpers legte sich der Junker über die kluge Frau.

Noch immer in seinem Pelzwerk begann Jörg sich so behend über die Pelzdecke der Daliegenden hin und her zu schieben, daß, ehe noch mehr geschehen konnte, plötzlich die Fürstin ausrief: »Jörg! Zurück! Rauf! Noch einmal ... Ja, siehst du denn nicht!!«

Dabei hatte Irene den Verblüfften auf sich schon fest um die Schultern gefaßt, hatte ihn nach unten zurückgedrückt und zog ihn nun rasant wieder über sich. »Jörg! Unsere Pelze! Schau, da sprühen ja Funken aus dem Pelz!« Wie toll rieb sie ihre Brust gegen die Brust des Junkers und spähte, wie hier und da helle Funken aus dem Pelzhaar in die Dunkelheit sprühten.

»Das ist wie beim Haarkämmen«, brachte der verstörte Jörg heraus.

»Ja, genau, ja«, hörte er unter sich aufgeregt rufen. Ihm

rutschte vor lauter Hin- und Hergerissenwerden das Barett auf den Boden des polternden Wagens.

»Bitte, Liebster, reibt, reibt. Das sind doch ganz wunderliche Funken!«

Jörg tat, wie ihm geheißen und rutschte auf der ausgestreckten Markgräfin auf und nieder. Begierig nahm sie wahr, was für einen Funkenregen sie beide zustandebrachten. Manche der Miniaturblitzchen stoben bis hinüber zur leeren Sitzbank auf der anderen Wagenseite. »So klein diese Reibesternchen auch sind, Jörg, an was erinnern sie Euch?« keuchte Irene. Der noch mehr in Atemnot geratene Mann über ihr zuckte die Achseln und ließ sich platt heruntersinken: eine Verrückte – und eine völlige Überraschung war das nicht!

»An das Licht der Birne doch, Jörg, die, die wir vorgestern nacht gesehen haben. Ohne Leitung, ohne Loch in der Wand, ohne die Birnenform, und doch: Bei diesen Fünkchen ist die Elecktrisitet im Spiel. Ich habe doch Augen für Licht!«

»O nicht schon wieder, und jetzt«, stöhnte der Hanse-Sekretär und schaute von ganz dicht zu, wie die Landesherrin wie toll ihre Pelzdecke gegen seine scheuerte. Nun ja, etwas recht hatte sie – was da jetzt funkenartig aufblinkte, das hatte was von kalter Lichtschärfe, dem Licht, das den neuzeitlichen Traum so voluminös ausgefüllt hatte.

»Ein letzter Versuch«, sprach ihm hautnah von unten die Markgräfin ins Gesicht. »Gegen die Pest ist jedes Mittel recht, solange es nicht schlimmer als die Pest ist … Und gleich morgen soll der Herold die Befehle in der Stadt kundtun. Man kann's versuchen, ach was, man muß …«

Damit war die Markgräfin verstummt. Zärtlich drückte sie ihr Knie dem Junker in den Schritt.

Spät in dieser Nacht, gerade als in dem Pelz- und Fleischgebirge der reichliche Samen des Junkers gegen die Kinnlade und über das Gesicht der Fürstin schoß, zeichnete sich am Ende der Ebene die Silhouette Kolbergs ab.

Von all den Türmen, der Burg und ihren Wällen, von den

Glockenstühlen seiner Kirchen, den spitzen Dachreitern der Kapellen, den zinnengezahnten Wachttürmen, den hohen Giebeln der Patrizierhäuser hatte das Mondlicht nur noch die kristallklaren Umrisse zurückgelassen. Wie Millimeter um Millimeter fein mit der Schere schwarz aus dem Horizont geschnitten, erhob sich die Stadt auf der bläulich-weißen Weite des zugeschneiten Landes. Kein Licht schimmerte herüber, denn auch im Turmzimmer des Burgvogts war neben dem Schachbrett die Öl-Ampel schon verloschen. Von Moskau über Kolberg bis Salamanca war das Abendland längst zur Ruhe gegangen. Polternd und schwarz näherte sich der Reisewagen auf der verlassenen Landstraße den im Mauerring zusammengedrängten Dächern der mitternächtlichen gotischen Pommernstadt.

Zwei Tage später, am 13. Dezember 1348, schritt vom verseuchten Stettin ein Mann auf die Stadt zu. Schwarz waren seine Schnabelschuhe, schwarz sein Beinkleid, von schwarzem Samt sein Wams, schwarz umflort war die Trommel, die er schlug. Als der Tod mit seinem Hauch durch das verriegelte Tor zur Stadt eintrat, hielt er in seinem Gehen inne. Ein wirres Geschrei ertönte vor ihm. Ein Toben war auf den Gassen und Plätzen. »Reib! Reib doch! Mehr, mehr!« scholl es an den Mauern hinauf. Da klammerte sich in Felljacken und Pelzen Alt an Jung, Groß an Klein, da rieb es sich gaßauf, gaßab, daß der weiße Atem aus den Mündern quoll, ungestüm waren die Bäckersfrauen an den Rücken der Waschweiber zugange, scheuerten die Winterjoppen der Stellmacher über die bunten Joppen der Färber, die Pelzbäuche der Augustiner über die Ärsche der Stadtwache, da blitzten die Funkengarben so wild durch die Luft, daß der Tod geblendet davon die Augen schloß und es durch seinen Schädel tönen hörte: »Los, alles enger zusammen, ja, reib dich feste! Feste!«

Hans Pleschinski, geboren am 23.5.1956 in Celle, aufgewachsen in Wittingen in der Lüneburger Heide; studierte Romanistik, Germanistik, Geschichte und Theaterwissenschaften; arbeitete für Bühnen und Galerien; lebt als Schriftsteller und Mitarbeiter beim Rundfunk in München.

Im Haffmans Verlag erschienen: *Gabi Lenz* (Werden und Wollen. Ein Dokument, 1984) – *Nach Ägyppten* (Ein moderner Roman, 1984) – *Pest und Moor* (Ein Nachtlicht, 1985) – *Der Holzvulkan* (Bericht einer Biographie, 1986) – Außerdem regelmäßig Beiträge im Magazin für jede Art von Literatur *Der Rabe* (insbesondere den Nummern 4, 6, 8, 14, 16, 17).